Ce que je n'oserai jamais te dire...

DU MÊME AUTEUR

Seulement si tu en as envie..., Michel Lafon, 2016.

Parce que c'était toi..., Michel Lafon, 2018.

BRUNO COMBES

Ce que je n'oserai jamais te dire...

ROMAN

J'AI LU

Partagez vos impressions sur ma page Facebook :

www.facebook.com/BrunoCombes

Pour me contacter :

bc-ecrivain@orange.fr

Compte Instagram de l'auteur :

www.instagram.com/bruno_combes_auteur

À mes filles, que votre route soit belle !

Chacun de nous est une lune, avec une face cachée que personne ne voit.

Mark Twain

La seule lutte qui compte vraiment, c'est la lutte mélancolique et désespérée pour la liberté.

Ahmad Shah Massoud

Chacun a son propre chemin de vie.

Il peut être d'une extrême difficulté ou d'une déconcertante facilité. Nous devons l'accepter ; c'est la règle du jeu.

Mais nous avons, toutes et tous, quelque chose en commun : la recherche du bonheur.

Je crois profondément que le bonheur se mérite, c'est une récompense à la souffrance.

Se libérer d'un obscur passé est une forme de douleur. Certains refuseront cette lutte et traverseront l'existence sans savoir qui ils sont réellement et ce qu'ils peuvent partager.

D'autres accepteront le combat, feront face pour renaître apaisés. À partir de cet instant, ils seront capables d'offrir et d'aimer… d'aimer de tout leur être.

Mais le chemin est long, parsemé de renoncements et d'espoirs…

Elle s'appelle Joy.
Il s'appelle Guillaume.
Ceci est leur histoire…

1

« Oui, je le veux ! »

Le mariage est une cérémonie bien étrange : la légèreté du bonheur associée à la lourdeur des responsabilités. Tout à coup, l'insouciance n'a plus sa place.

Ce jour-là, nous promettons bien plus que le raisonnable, comme si nous lancions une forme de défi à nos existences, mais nous l'aimons plus que tout, cet être qui nous fait face. Alors, nous serrons un peu plus fort sa main.

*
**

« — Joy, veux-tu être ma femme ?

— Oui, je veux être ta femme. Et toi, Guillaume, veux-tu être mon mari ?

— Oui, je le veux !

— Guillaume, je te reçois comme époux et je me donne à toi pour t'aimer fidèlement tout au long de notre vie. »

Combien de fois avais-je répété cette scène dans ma tête ? Des dizaines de fois sans doute. Depuis ce soir du mois de décembre où Guillaume m'avait fait sa demande en mariage.

Et voilà que le grand jour était arrivé… Je voulais vivre intensément ces instants précieux, au point que j'entendais à peine Guillaume prononcer ces mots, ceux qui allaient faire de nous, quelques instants plus tard, un couple… pour le meilleur et pour le pire.

Le père Bertrand nous l'avait assez répété durant les réunions de préparation :

— Mes enfants, vous partagerez tout : les moments de bonheur et ce sera le plus facile, mais aussi les périodes de doute. N'oubliez jamais que vous devez compter l'un sur l'autre, toi Joy sur Guillaume et toi Guillaume sur Joy.

Le père Bertrand était un homme adorable. J'ai bien dit un homme, car pour ce qui est de l'aspect religieux, il faut bien l'avouer, ce n'était pas trop notre truc avec Guillaume.

Au fil de nos rencontres, le père était devenu plus un conseiller conjugal qu'un homme d'Église. Il avait bien essayé, à plusieurs reprises, de raviver notre foi dans le « Tout-Puissant », comme il se plaisait à le répéter, mais il avait abdiqué. Nous nous aimions sincèrement et cela semblait lui suffire.

Le père Bertrand n'eut qu'une seule exigence : que ma robe ne soit pas de couleur blanche, mais plutôt écrue. La tête baissée et un peu gênés, nous avions acquiescé, comme deux enfants qui se seraient fait prendre les doigts dans le pot de confiture.

À voir son sourire lorsque je m'étais approchée de l'autel au bras de Gabriel, l'oncle de Guillaume, j'avais compris que le contentement du père ne tenait pas qu'à la satisfaction de voir ses exigences respectées : il était vraiment heureux de nous unir. Lorsque je fus face à lui, ses yeux se posèrent sur moi avec bienveillance, je ne voyais que son regard, comme une enveloppe de douceur.

Les dernières notes de *Turning Pages* du groupe Sleeping at Last résonnèrent lorsque je saisis enfin la main de Guillaume. Le ventre noué, je sentis sa peau moite et froide. Le côté solennel de la cérémonie nous touchait déjà profondément, mais c'était surtout le père Bertrand qui, par ses mots, avait provoqué cette décharge émotionnelle que le meilleur des maires ne saurait faire passer.

D'ailleurs parlons-en, de Monsieur le Maire ! Plus soucieux d'éponger les énormes gouttes de sueur sur son front et d'en finir avec son piètre discours réglementaire que de nous accompagner dans notre engagement. À sa décharge, la chaleur écrasante de ce début d'après-midi de juin et le fait que les trois cent vingt-cinq habitants de son village du Brestet, qu'il administrait depuis plus de trente ans, ne lui permettaient pas de célébrer régulièrement des mariages, tout au plus un ou deux dans l'année.

*
**

Guillaume avait vécu jusqu'à l'âge de neuf ans dans ce petit village de Provence niché sur les premiers contreforts du mont Ventoux, jusqu'à ce que ses parents s'installent à Paris pour reprendre la gestion d'un restaurant qu'une cousine, fraîchement retraitée, leur avait laissé à un prix défiant toute concurrence.

Cela faisait désormais vingt ans qu'il était « à la capitale », comme le lui rappelaient avec humour les anciens du village. Ils se moquaient de son accent parisien aux intonations chantantes qui évoquait son Sud natal. Malgré cela, il était toujours pour eux « le petit Guillau », le chenapan qui dérobait les pêches et les abricots dorés par le soleil dans les vergers.

Lorsqu'il revenait au pays, quelques weekends par an et deux à trois semaines durant l'été, Guillaume résidait dans la maison de famille. Elle appartenait à Lucien, son père, et à son oncle Gabriel, célibataire invétéré, qui occupait le rez-de-chaussée et entretenait tout au long de l'année cette immense demeure.

Cela faisait quelques mois déjà que nous nous connaissions lorsque Guillaume me fit découvrir, sans cacher sa fierté, cette maison et ses extérieurs.

Je m'y sentis bien dès l'instant où je franchis le pas de la porte. Il y régnait une atmosphère sereine. Moi, la fille de partout et surtout de nulle part, j'y trouvais une forme de plénitude ; les vieilles pierres et les poutres de bois semblaient veiller sur moi. Guillaume s'en était d'ailleurs rendu compte. Il me le fit remarquer lors de mon deuxième séjour, le soir de Noël, alors que ses parents, déjà partis se coucher, nous avaient laissés seuls sur l'immense canapé faisant face à la cheminée.

— Tu as l'air de te sentir bien ici, non ? m'avait-il murmuré alors que, blottis l'un contre l'autre, nous laissions nos regards se perdre dans le mouvement hypnotique des flammes.

Je ne répondis pas, acquiesçant d'un simple hochement de tête.

Il insista.

— Tu ne dis rien ?

— Si, bien sûr, oui je me sens bien, lui glissai-je au creux de l'oreille tout en posant ma tête sur son épaule.

— Ah, Joy !… soupira-t-il.

Je ne lui proposai, d'un ton calme et interrogatif, qu'un simple :

— Oui ?

— Joy, mon « mystère à moi »… mais un sacré mystère.

— Pourquoi dis-tu cela ?

Je décollai ma tête de son épaule et le regardai avec insistance.

— Je ne sais pas, quelquefois tu me parais tellement loin. Cela fait maintenant près d'un an que nous nous connaissons et j'ai parfois le sentiment que tu n'es pas complètement avec moi.

Je devinai de l'inquiétude dans ses paroles. Je quittai son regard et répondis sous forme de boutade – la meilleure des façons pour qu'il ne poursuive pas :

— Ça fait tout mon charme !

Il fit de même :

— Un sacré charme, alors !

Nous échangeâmes un sourire amusé avant que le silence ne reprenne ses droits.

Je m'endormis dans ses bras.

Depuis la terrasse de notre chambre, exposée sud-est, on découvrait une vue imprenable sur le mont Chauve et son sommet à l'aspect lunaire. Les premiers rayons de soleil se posaient sur les branches d'olivier et les pieds de vigne récemment taillés, donnant à la campagne alentour la quiétude des lumineux matins d'hiver.

Toujours la première debout, le lendemain de cette soirée, j'enfilai le pull de Guillaume et me dirigeai sans faire de bruit vers la porte-fenêtre que j'ouvris délicatement. Je m'assis sur la première marche de l'escalier qui descendait vers le verger qu'entretenait avec goût Gabriel.

Je fermai les yeux, le soleil réchauffait mon visage. Après quelques minutes, je me levai et marchai en direction de la chambre. À travers la vitre, je regardai Guillaume qui dormait encore profondément, et me remémorai la conversation de la veille : serais-je encore son « mystère à lui » dans six mois, dans un an ?

J'aimais Guillaume du plus profond de mon être, il était la meilleure chose qui me soit arrivée et je lui devais la vérité, mais pas encore, pas maintenant, pas comme ça. Je prenais le risque qu'il se sente trahi, qu'il ne le supporte pas et qu'il mette un terme à notre relation.

À chacune de ses tentatives, j'imposais toujours le même rituel : d'abord le silence puis, s'il insistait, l'humour, le meilleur des alliés. Je ne savais pas mentir ou, plutôt, je ne voulais pas mentir à Guillaume.

J'aurais pu lui raconter une histoire qui ne correspondait pas à la mienne, mais jamais je ne le fis.

*
**

Mes parents et mon jeune frère Paulo vivaient à Rio, dans un appartement proche de l'Avenida Atlantica qui longeait la plage de Copacabana.

Ils s'y étaient installés après avoir bourlingué aux quatre coins de la planète dans des lieux qui faisaient souvent rêver les touristes.

En ce qui me concerne, j'étais loin de garder comme souvenir l'image d'une carte postale ensoleillée, je me rappelais plutôt l'angoisse des longues soirées solitaires enfermée dans ma chambre et le dégoût des ambiances nauséabondes de la nuit et de ses excès.

Mes parents s'étaient connus à Paris dans les années 1980, mon père tenait un bar dans le quartier de Pigalle. Les clients, une fois qu'ils avaient fini leurs verres, pouvaient, s'ils le désiraient, poursuivre la soirée avec quelques plaisirs moins officiels dans les deux alcôves situées derrière la porte au bout du comptoir. Ma mère avait été l'« employée » de mon père avant de devenir madame Lucin ; non par souci d'officialiser leur liaison, mais cela sonnait plus vrai pour que leur « affaire » soit un peu moins suspecte.

Un an plus tard, je vis le jour un matin de janvier 1986. Du plus loin que je me souvienne, mes parents ne m'ont jamais témoigné leur amour. Je n'ai jamais connu l'étreinte des bras d'une mère ou la chaleur réconfortante d'une voix paternelle. Mes premiers ressentis d'enfant, ceux qui ont scellé les fondations de ma personnalité et sa fragilité, sont peuplés de ricanements de soûlards, d'une mère parfaitement absente et des cris de mon père m'intimant l'ordre de remonter dans ma chambre lorsque, trop seule et apeurée, je tentais de descendre l'escalier qui menait au bar à la recherche d'un peu de chaleur humaine.

J'avais six ans lorsque, à la suite de plusieurs descentes de police, mes parents décidèrent de fermer leur établissement de Pigalle et de partir pour Bangkok ouvrir le même type de lieu de perdition. Un couple d'amis s'y étaient installés l'année précédente et leur réussite acheva de les convaincre de choisir la capitale thaïlandaise comme nouvelle destination.

Ce fut la période la plus difficile de mon enfance ; la langue m'était inconnue et je suivais ma scolarité dans une école thaïlandaise ; les écoles françaises étaient trop chères. Nous parlions français à la maison, il me fallut près de six mois avant de pouvoir communiquer aisément avec les enfants de mon âge. Mais nous étions très doués pour pallier le manque de mots par des gestes et des mimiques, et finalement nous nous comprenions, c'était pour moi l'essentiel.

Inconsciemment, cela m'apportait un bien-être passager, mais nécessaire pour ne pas sombrer dans la mélancolie. Même si j'étais trop jeune pour m'en rendre compte, les premières images de ce monde d'adultes s'ancrèrent en moi. Je le comprendrais plus tard, elles n'étaient que le reflet de ce que l'homme possède de plus décadent.

À l'âge de douze ans, je quittai mes amis le cœur meurtri ; je savais que j'allais devoir apprivoiser un autre univers aussi angoissant que les précédents. La solitude serait, de nouveau, ma seule compagne durant de longs mois. Nous partîmes en Guyane française, dans la banlieue de Kourou, non loin de la base de lancement de la fusée Ariane. Pourtant, même si mes parents se trouvaient loin de la métropole, les autorités commencèrent à s'intéresser de près à leur activité. C'est ainsi que quelques jours après mon quatorzième anniversaire ils fuirent de nouveau pour s'installer au Brésil. Les deux premières années là-bas furent, sans aucun doute, les plus apaisées de leur parcours chaotique. Ils avaient acheté un petit restaurant situé en bordure de la plage de Copacabana et, une fois n'est pas coutume, la restauration était leur seule activité.

Paulo naquit durant cette période, j'avais alors quinze ans. Ce fut, pour moi, un immense bonheur.

*
**

— J'espère que tu ne les as pas perdues, murmurai-je à l'oreille de Paulo, d'un ton bienveillant, au moment crucial de la messe de mariage.

Il haussa les épaules et me regarda avec ce visage d'ange qu'il affichait chaque fois qu'il savait que je serais fière de lui. Il serrait entre ses mains la petite boîte de velours bleue contenant les alliances.

Je n'avais presque rien imposé à Guillaume pour les détails de la cérémonie et l'organisation de la soirée au domaine des Lavandières situé à quelques kilomètres du village ; sa famille s'en était parfaitement chargée et cela ne me dérangeait pas : mes trente premières années d'existence avaient eu le mérite de me démontrer que les détails n'étaient pas le plus important dans une vie.

Une seule chose était non négociable : Paulo devait être le gardien du symbole de notre union.

— Bien sûr que je n'ai pas perdu les alliances ! confirma mon petit frère.

Avant que le père Bertrand reprenne le déroulement de la cérémonie, j'ai lâché un instant la main de Guillaume et ai posée la mienne sur le front de Paulo. Je pouvais sentir son émotion ; sa peau était brûlante.

-

Une image furtive me traversa l'esprit : à l'époque où, enfant, un mal insidieux et encore inconnu le rongeait, la seule chose qui l'apaisait, c'était la douceur de ma main sur son front. Il me demandait alors, une pointe d'inquiétude dans la voix :

— « Joi », tu resteras toujours avec moi ?

Le « y », il n'y arrivait pas. À l'époque, il parlait portugais toute la journée à l'école pour retrouver le français à la maison en fin d'après-midi.

Je restais près de lui jusqu'à ce qu'il retrouve son calme. Souvent, il s'endormait, je pouvais alors retirer ma main et partir aider à la mise en place des tables ou à la préparation des repas dans les cuisines du restaurant.

Lorsque le diagnostic final fut enfin posé pour Paulo, j'étais en troisième année de faculté d'anglais. J'ai très peu profité de la vie normale d'une étudiante avec ses sorties, ses délires entre copines et les petits amis. Même si, vu ma sensibilité à fleur de peau, certains ont su conquérir une infime partie de mon cœur.

Mes parents ne comprenaient pas pourquoi je souhaitais apprendre l'anglais ; pour eux, le restaurant devait être ma priorité. Pour moi, l'important était ailleurs : Paulo en premier lieu et le besoin de m'évader le plus loin possible. Puis l'anglais, devenu mon refuge, et ma formation d'hôtesse de l'air l'année suivante. Une de mes occupations favorites, lorsque les moments de cafard se faisaient trop intenses, c'était de dessiner avec mon doigt sur la mappemonde accrochée au mur de ma chambre tous les pays où l'anglais était la langue officielle. Par la pensée, je voyageais sur les cinq continents et cela me faisait du bien.

Même si, désormais, Paulo maîtrisait parfaitement le français, il m'appelait encore quelquefois « Joi ». Je dois avouer que si quelqu'un d'autre déformait mon prénom de la sorte je ne l'accepterais pas, de la part de mon frère c'était presque une évidence.

Paulo était venu seul du Brésil, mes parents ne pouvaient pas être présents ; leur santé ne leur permettait pas de supporter un si long voyage : ça, c'était la version officielle pour la famille de Guillaume. La vérité était moins aisée à avouer ; ils ne souhaitaient pas être là et, de mon côté, je ne souhaitais pas leur présence. Les événements passés avaient eu raison d'une bien fragile relation. Je ne leur adressais plus la parole depuis plusieurs années, mais je ne pouvais me résoudre à rompre complètement les ponts. Paulo le savait et, sans que je le lui demande, il me donnait brièvement de leurs nouvelles lors de nos nombreux appels téléphoniques ou lors de mes escales professionnelles dans la capitale brésilienne.

J'avais fui le Brésil à l'âge de vingt-six ans ; un autre pays, un autre continent étaient devenus vitaux pour moi. Après avoir passé dix-huit mois dans une petite compagnie brésilienne, je fus embauchée chez Air France et m'installai à Paris.

J'avais naïvement cru que le passé s'effacerait avec la distance, mais il peut resurgir parfois à travers un coup de téléphone masqué vous rappelant que tout doit finir de se payer, même le souffle de vie d'un frère.

*
**

Il était 1 heure du matin, la fête battait son plein et les invités s'amusaient sur la piste de danse sous les coups de boutoir d'*Alexandrie Alexandra*.

Paulo riait aux éclats et faisait apprécier son déhanché sensuel appris avec ses amis lors des longues soirées passées sur les plages de Copacabana. J'étais heureuse de le voir ainsi, la vie ne l'avait pas épargné et il avait droit à ces moments d'insouciance que l'on doit tous vivre, surtout à quinze ans.

Pour la première fois de la soirée, Guillaume prenait quelques minutes de repos. Un verre de champagne à la main, il discutait avec David, son témoin et collègue de travail. De loin, je reconnaissais l'humour décapant de David à ses gestes qui mimaient une paire de menottes, signifiant à Guillaume qu'il était désormais pieds et poings liés. Guillaume irradiait de bonheur, c'était bon de le voir comme ça, apaisé de savoir que la journée s'était parfaitement déroulée et heureux de porter cette alliance qu'il n'arrêtait pas de faire tourner autour de son annulaire.

De mon côté, je profitais aussi d'un moment de quiétude auprès d'Emma, ma seule véritable amie avec qui j'avais déjà effectué plusieurs millions de kilomètres : nous étions dans la même équipe de personnel de bord chez Air France. J'avais choisi les longs-courriers et mon mariage ne changerait rien à mon besoin de passer d'un continent à l'autre, en particulier pour me rendre en Amérique du Sud.

Guillaume n'avait pas apprécié, cela l'agaçait. À maintes reprises, il m'avait demandé de modifier mon programme de vol afin de limiter mes longues absences.

Lorsqu'il devenait trop insistant et qu'il évoquait l'avenir et le jour où nous aurions des enfants, je sortais mon arme imparable. Je ne manquais pas de lui rappeler que sa profession de reporter-photographe l'amenait, lui aussi, à effectuer des déplacements en Europe et quelquefois dans le reste du monde. Ce n'était que la stricte vérité, mais une dose assumée de mauvaise foi mettait à égalité ses rares déplacements et mes absences régulières. Le résultat, à chaque fois identique, ne tardait pas : la discussion tournait court, chacun restant sur ses positions. C'était nos seuls moments de tension.

Je savais qu'il souffrait de cette situation, il aurait souhaité me retrouver plus souvent dans notre appartement de Neuilly sur les bords de Seine. Malgré lui, il se contentait de trois ou quatre soirs par semaine et d'un écran d'ordinateur le reste du temps.

Moi aussi, je déplorais de ne pas être plus souvent près de lui, mais je ne pouvais l'exprimer comme je le désirais ; les visites à Paulo, pour moi, étaient une obligation vitale. Au sens propre du terme. Et je refusais d'entrer dans les explications.

J'aurais tellement aimé donner satisfaction à Guillaume ; il m'apportait du réconfort et il m'offrait ce calme et cette quiétude que je n'avais jamais connus. Quand il me prenait dans ses bras, je me croyais, l'espace d'un instant, une autre. J'oubliais la petite Joy, celle que je voulais gommer de mon esprit.

Je venais d'allonger mes jambes sur une chaise et de balancer par terre ces satanés escarpins qui comprimaient mes pieds meurtris par la chaleur et la hauteur des talons. Emma massait délicatement mes chevilles.

— Ben ma vieille, tes pieds auraient besoin d'un peu de repos, me dit-elle tout en croquant avec gourmandise dans un morceau de nougatine.

— Je suis morte ! lui rétorquai-je.

— C'est normal, tu n'as pas arrêté de la journée ! Calme-toi ma belle, calme-toi, répéta-t-elle.

J'acquiesçai avec un léger sourire.

— Tu as raison. Je vais rester un peu assise avec toi.

— Cendrillon serait-elle fatiguée ?

— Morte, je t'ai dit ! Je n'en peux plus.

Emma se mit à plaisanter tout en suivant le rythme de la musique sur mes genoux qu'elle tapotait avec ses deux index. Un clin d'œil moqueur éclaira son visage.

— Fais attention, les princesses sont fragiles, tu sais !

Emma ne croyait pas si bien dire. Je savais que dans quelques minutes mon carrosse redeviendrait citrouille, mes chevaux des souris, et ma superbe robe de soie un rêve inassouvi…

Je regardais Guillaume, j'avais envie de le serrer dans mes bras une dernière fois. Je fis signe au disc-jockey de commencer la séance romantique par *Purple Rain* de Prince.

« *I never meant to cause you any sorrow*
I never meant to cause you any pain
I only wanted to one time to see you laughing
I only wanted to see you
Laughing in the purple rain… »

Il y a quelquefois des paroles…

Je ne pris même pas la peine de remettre mes escarpins, je saisis Guillaume par la main et l'entraînai au beau milieu de la piste, mes deux bras autour de son cou. Je le serrais si fort que je suis sûre qu'il pouvait entendre les battements de mon cœur contre sa poitrine. Il m'embrassa à plusieurs reprises, prit ma tête entre ses mains et me demanda :

— Tout s'est bien passé, tu es heureuse ?

— Oui.

Je poursuivis, j'avais besoin d'être rassurée :

— Quoi qu'il arrive, tu m'aimeras toujours ?

Il s'arrêta un instant, me fixa d'un air étonné.

— Pourquoi dis-tu cela ?

— Pour rien… la fatigue sans doute… Mais réponds-moi s'il te plaît, insistai-je.

— Bien sûr Joy que je t'aimerai, quoi qu'il arrive ! m'assura-t-il.

Je n'ai rien pu dire, j'ai plaqué mes yeux emplis de larmes refoulées contre son épaule. Nous avons dansé jusqu'à ce que le disc-jockey décide de réveiller les invités qui commençaient à s'affaler, un à un, sur les chaises laissées à leur disposition tout autour de la piste.

Il était 2 h 15, bientôt l'heure du rendez-vous. Celui que le passé m'imposait, celui que je ne pouvais pas rater. J'avais voulu profiter de la moindre minute qu'il me restait avec Guillaume, Paulo, Emma et tous les invités.

Dans quinze minutes, la voiture m'attendrait juste à la sortie du domaine. Je regardai une dernière fois Guillaume, mon mari désormais, s'amuser avec les invités. Il essayait de mettre en place une chenille improvisée : il était heureux.

Je me dirigeai vers la chaise où Emma venait de déposer sa veste. Je pris garde qu'elle ne me voie pas, et glissai dans la poche intérieure deux enveloppes, une pour Guillaume, l'autre pour Paulo. J'espérais que, dans l'affolement de ma disparition, Emma n'égarerait pas sa veste.

*
**

Je ne savais pas qui de Guillaume ou de mon frère serait le plus bouleversé après mon départ. J'avais peur de perdre l'amour de Guillaume et j'étais terrorisée à l'idée que Paulo se sente abandonné.

La première enveloppe contenait une unique feuille destinée à mon jeune frère. Je lui assurais qu'il me reverrait bientôt, que je ne pouvais pas faire autrement et qu'il ne devait pas s'inquiéter pour son retour à Rio. J'avais laissé quelques lignes pour Emma lui demandant de s'occuper de Paulo jusqu'à ce qu'il puisse rentrer sereinement au Brésil. Il serait malheureux, c'est certain, mais je savais qu'il comprendrait et me pardonnerait ; nous étions trop liés pour qu'il en soit autrement.

Dans la deuxième enveloppe, sur deux pages recto verso, j'essayais d'expliquer à Guillaume que mon passé, celui qu'il ne connaissait pas, m'avait rattrapée quelques mois plus tôt. J'avais cru naïvement qu'avec le temps tout s'effacerait et que je n'aurais jamais à lui en parler.

Une partie de ma vie était si laide qu'il ne l'aurait sans doute pas supporté. Il existe, quelquefois, des situations où nous n'avons pas le choix, nous n'avons que les devoirs que la vie nous impose. J'aurais pu ou dû, je ne sais pas, annuler le mariage, tout expliquer à Guillaume, partir le temps nécessaire et… revenir pour reprendre le cours de notre vie. Mais non, c'était impossible, je ne pouvais qu'espérer que son amour soit assez puissant pour qu'il m'attende. J'avais tellement peur de le perdre que je me suis montrée lâche et égoïste, je n'ai rien dit. Nous nous sommes mariés... Sans doute était-ce pour moi une façon de lui dire : « Je t'aime, attends-moi. »

Un pari bien risqué ou désespéré, l'avenir déciderait.

*
**

— Je vais prendre l'air un instant, il fait beaucoup trop chaud ici !

— Tu veux que je t'accompagne ? me proposa mon amie.

Je répondis d'un laconique :

— Merci, je préfère marcher seule.

— Comme tu veux, à tout à l'heure Cendrillon.

— Oui à... tout à l'heure.

Comme un automate, j'enfilai mes chaussures et je traversai doucement l'immense terrasse de pavés de pierre. Je descendis la trentaine de marches qui me séparaient de l'allée conduisant au portail de fer forgé.

Je fis attention de ne pas éveiller l'attention des quelques invités qui profitaient de la fraîcheur de la nuit. Je jetai un dernier coup d'œil avant de m'avancer dans la pénombre de la châtaigneraie bordant l'allée centrale. Je marchai doucement par peur de me tordre la cheville.

Je n'eus aucun mal à reconnaître le tronc d'arbre à moitié creux ; c'est à cet endroit que, dans la matinée, j'avais glissé un sac à dos contenant quelques vêtements, mes papiers, mon iPhone et de l'argent liquide en dollars américains.

Malgré la nuit et le mal que j'eus à enlever ma robe de mariée, j'enfilai un jean, un polo de laine fine et une paire de Converse. Je me saisis du sac et me dirigeai vers l'allée. À peine avais-je fait quelques pas que, prise de remords, je me retournai, devinant ma robe avachie au milieu des fougères.

Je me mis à pleurer, mais je ne devais pas craquer, pas maintenant. À cet instant, une seule pensée me hantait : surtout ne pas renoncer, ne pas revenir en arrière. J'essuyai mes larmes avec le revers de ma manche et revins sur mes pas. Je fixai ma robe que je venais de jeter au sol sans précaution tant je craignais de ne pas avoir assez de temps pour rejoindre le lieu de rendez-vous.

Je pris quelques instants pour l'étendre délicatement sur un tapis de mousses séchées au pied d'un immense châtaignier. Je me revis, le matin même, prête à m'habiller avec l'aide d'Emma dans la petite chambre surplombant l'entrée de la maison du Brestet ; ma robe était déposée sur le lit. Je fis de mon mieux pour lui donner le même aspect. Peut-être Guillaume comprendrait-il que dans le tourbillon de ma fuite j'avais pris le temps de lui laisser un signe de l'importance de notre union ? Peut-être ! Je la fixai un instant… comme si j'allais me réveiller d'un mauvais rêve, me rhabiller, reprendre la direction du domaine des Lavandières et me jeter dans les bras de mon mari.

Mais tout cela n'était pas un cauchemar, c'était la triste et cruelle réalité. Je jetai le sac sur mon épaule, longeai l'allée le long de la châtaigneraie pour m'assurer que personne ne remarquerait ma silhouette. Je n'étais plus qu'à une cinquantaine de mètres du portail lorsqu'une voiture se gara et fit deux appels de phares.

Il était exactement à l'heure, je montai dans l'Audi noire. Je jetai un dernier regard vers les lumières de la fête, ma fête, notre fête, celle que j'avais tant désirée.

Je me mis à chuchoter : « Pourras-tu me pardonner ? Je dois être libre pour t'aimer pleinement. Je reviendrai, je ne sais pas quand, je ne sais pas où, mais je reviendrai… »

— Vous confirmez votre destination ? demanda le chauffeur.

— Oui, Paris, aéroport Charles-de-Gaulle !

— Très bien madame, je crois que vous pouvez dormir, le voyage sera long.

Je m'allongeai sur le siège, la tête posée sur l'accoudoir central, je fermai les yeux.

L'Audi démarra et disparut dans la nuit.

2

L'inconnu de l'absence

C'est curieux comme les êtres renoncent à la souffrance de l'âme. Surtout ne pas laisser la place à la douleur, à l'hésitation et au manque.

Comme si à coups de drogues, de cachets ou d'alcool notre ciel devait être éternellement bleu, notre nuit parfaitement étoilée.

Alors que le doute qui s'installe quand un visage s'efface, la mélancolie qui nous envahit après un départ sont autant de preuves d'amour.

D'ailleurs, comment peut-on savoir que l'on aime si l'on n'a pas souffert ? Comment peut-on tendre une main sans avoir vécu l'inconnu de l'absence ?

*
**

— Joy, je te reçois comme épouse et je me donne à toi pour t'aimer et te soutenir fidèlement tout au long de notre vie.

Elle était belle dans sa robe de soie. Elle avait dans le regard cette bienveillance naturelle qui lui allait si bien. Elle a eu, tout au long de la journée, quelques mots de remerciement pour chaque invité, un geste de tendresse, sa main posée sur un bras ou une épaule.

Elle paraissait sincèrement heureuse, ni la chaleur ni la fatigue ne semblaient l'atteindre, rien ne venait ternir ce large sourire qu'elle offrait avec simplicité et délicatesse.

Malgré les multiples sollicitations dont j'étais l'objet de la part des invités, dès que je le pouvais, mon regard se posait sur Joy. Je crois que toute la journée j'ai dû ressembler à un enfant qui n'en finit pas de découvrir ses nouveaux cadeaux sous le sapin plutôt qu'à un homme responsable venant de s'engager avec cette femme qui avait accepté, quelques mois auparavant, de devenir mon épouse. Son visage était rayonnant, ses yeux limpides et pétillants me renvoyaient l'image d'un bonheur pur, rien ne semblait pouvoir nous atteindre.

Lors de l'échange des consentements, elle tenait ma main si fort que j'ai bien cru qu'elle ne la lâcherait pas et ne glisserait jamais à mon doigt l'alliance symbolisant notre union.

*
**

Malgré mon insistance pour qu'elle choisisse une bague ornée de diamants, Joy avait préféré que nous portions les deux mêmes anneaux en or blanc. Le bijoutier était resté sceptique devant ce choix plutôt inattendu, mais il s'était résigné devant son intransigeance et le peu d'intérêt qu'elle réservait au déballage scintillant qu'il alignait méthodiquement devant ses yeux.

Pour ma part, je ne fus guère étonné par la sobriété dont Joy avait fait preuve. Joy était une jeune femme inattendue, déroutante parfois. Outre sa beauté, c'était aussi un subtil mélange de conformisme et de révolte qui m'avait séduit.

Combien de fois n'avais-je pu cacher ma surprise, comme lors de cette soirée où je l'avais invitée dans un grand restaurant parisien. Assis dans le hall en l'attendant, je l'imaginais poussant la porte en robe stricte et élégante, les cheveux lissés, ses yeux verts mis en valeur d'un trait de maquillage discret. Mais il n'en fut rien, elle arriva avec une dizaine de minutes de retard, la chevelure rattachée en chignon, vêtue d'un pantalon ample et d'un chemisier blanc. Une déroutante simplicité qui lui seyait à ravir.

C'était elle, juste elle… et elle était belle, merveilleusement belle !

Il y eut aussi cet autre soir, quand, épuisé de fatigue, je rentrai de l'agence après une journée de montage photo afin de boucler le magazine dans les délais.

Je ne pensais qu'à une chose : m'affaler dans le canapé, une bière à la main, blotti contre elle et regardant une émission « repose-neurones ». Mais elle n'était pas là.

Un Post-it posé sur le bar m'attendait, quelques mots griffonnés qui m'entraînaient dans une énigme pour me conduire à l'autre bout de Paris où je la retrouvai à une table du Moulin-Rouge. Malgré la fatigue, j'avais passé une merveilleuse soirée à hésiter entre son regard et les courbes sensuelles des danseuses.

— Joy, tu es folle ! lui avais-je déclaré sous forme de boutade tout en m'asseyant à la table qu'elle nous avait réservée.

— Pourquoi dis-tu cela ? avait-elle répondu, les yeux pétillants de malice.

— Tu es rarement là où je t'attends.

Elle se tut quelques secondes puis s'exprima avec retenue.

— Je n'ai pas le droit d'être là où tu m'attends, affirma-t-elle.

— Pourquoi ?

— Pour ne pas devenir une habitude !

— Mais Joy...

Elle posa sa main sur mes lèvres, la fin de ma phrase devint incompréhensible.

— Pour ne pas devenir *ton* habitude, insista-t-elle.

Sa main n'avait pas quitté ma bouche. Quand elle fut sûre que je ne répondrais pas, elle l'ôta.

— Je suis heureuse d'être là avec toi, ça te dit d'aller boire un verre à Montmartre ? me proposa-t-elle une fois le spectacle terminé.

J'étais fourbu, ma journée au bureau n'avait été qu'accumulation de stress et de tensions de toutes sortes.

— Désolé Joy, je suis crevé, affirmai-je.

Ses yeux scintillaient d'envie, elle insista :

— Allez, un petit effort !

— Non, pas cette fois-ci ; je suis mort de fatigue.

— O.K., comme tu veux. Mais tu ne sais pas ce que tu rates.

— Comment ça ? Que veux-tu dire ?

Elle éclata de rire.

— Rien, je ne veux rien dire. Rentrons... que je borde monsieur, s'amusa-t-elle.

Je saisis sa main, nous partîmes en courant en direction de la station de métro la plus proche.

C'était ça, Joy, jamais où on l'attendait. Sa façon d'éviter cette habitude qu'elle redoutait tant.

*
**

J'avais rencontré Joy lors d'un vol Air France au départ de Rio de Janeiro et à destination de Paris. J'étais venu passer quelques jours pour réaliser un reportage photo dans le parc national de la Serra dos Órgãos situé au nord de la ville. Après avoir dormi depuis le décollage, je fus réveillé brutalement deux heures avant l'atterrissage par la chaleur d'une tasse de café brûlant qui dégoulinait sur ma chemise.

— Excusez-moi, je suis désolée. Je reviens tout de suite, je vais chercher ce qu'il faut.

J'eus à peine le temps de réagir qu'elle était déjà partie en direction de la cabine réservée aux hôtesses à la recherche d'une serviette humide. Mon premier réflexe fut de vérifier que la sacoche de mon appareil photo, déposée sur le siège à côté, n'avait pas subi le même sort que ma chemise. Je fus rapidement rassuré : mon outil de travail – et surtout le compagnon de mes expéditions – avait été épargné.

— Excusez-moi encore de ma maladresse, monsieur !

Elle me tendit une petite serviette-éponge humectée d'eau tiède.

Son énervement contrastait avec mon calme qui semblait la surprendre.

— Je vous en prie, vous devriez vous essuyer rapidement. Si le café sèche, surtout avec l'atmosphère pressurisée, votre chemise peut conserver une auréole.

Elle n'attendait qu'une chose, que j'attrape enfin cette serviette, ce que je fis, cela parut la soulager. Je commençai à frotter avec lenteur l'immense tache marron qui recouvrait tout mon côté droit.

— Après notre atterrissage à l'aéroport Charles-de-Gaulle, je vous conduirai au bureau des réclamations de la compagnie.

Je levai la tête et remarquai son inquiétude. Je prononçai enfin un mot, ce qui eut pour effet de la détendre ; son visage parut moins crispé.

— Le bureau des réclamations ! Et pour quoi faire, mademoiselle ? lui demandai-je, ahuri.

— Eh bien, pour vous faire rembourser votre chemise ! C'est une faute de ma part, c'est la procédure. Dans ce cas la compagnie…

Je l'interrompis presque en riant :

— Écoutez mademoiselle, je ne vais quand même pas remplir un dossier en quatre exemplaires pour… une chemise. D'ailleurs, je ne garde pas les factures concernant ce genre d'articles.

— C'est obligatoire si vous souhaitez être dédommagé, insista-t-elle.

Je continuai sur le ton de la plaisanterie :

— Votre maladresse n'a pas atteint mon voisin, donc tout va bien !

Elle porta son regard sur le siège situé à ma gauche.

— Votre voisin ? fit-elle, étonnée.

Je saisis ma sacoche et la soulevai.

— Oui mon voisin, regardez, le voici ! lui assurai-je.

— Mais, c'est une sacoche, monsieur…

Elle hésita un instant et poursuivit :

— Elle ne devrait pas être là, il y a des casiers réservés, merci d'y ranger votre sac.

Je ne dis rien et fis glisser la fermeture Éclair avant de me saisir de mon Canon EOS que je déposai au creux de mes mains.

— Mademoiselle, c'est impossible, vous voyez quoi ?

— Comment ça ?

— Dans mes mains, vous voyez quoi ? répétai-je.

Étonnée, elle me fixa un instant avant de répondre d'un ton hésitant :

— Un appareil photo !

— Vous me décevez ! répliquai-je.

J'avais déjà dans l'idée que ce réveil trop brutal méritait bien de récupérer le numéro de portable d'une magnifique hôtesse de l'air.

Je jetai un coup d'œil rapide à son uniforme pour découvrir son prénom.

— Joy ! Un appareil photo, mais vous n'y pensez pas !

Elle se releva, son visage trahissait de la contrariété. Elle rétorqua avec agacement :

— Monsieur, c'est simplement un appareil photo, rien de plus. Et je vous rappelle qu'il est interdit d'appeler le personnel de cabine par son prénom.

— Alors pourquoi est-il écrit sur votre badge ?

— Eh bien…

Elle parut perplexe. Manifestement, elle ne s'était jamais posé la question.

— Vous voyez… mademoiselle, ce n'est pas un simple appareil photo. C'est d'abord mon outil de travail, mais surtout mon confident et mon meilleur ami, celui qui m'accompagne aux quatre coins du monde.

Ce matin-là, à onze mille mètres d'altitude, Joy eut la première réaction d'une longue liste qui me déstabilisa et me fit passer de l'état « récupérer son numéro » à « faudrait pas que tu tombes amoureux ». Au lieu de clore la conversation et de m'imposer de ranger mon Canon dans le casier, elle planta ses yeux dans les miens tout en se penchant vers moi.

— Aux quatre coins du monde ! Vous êtes reporter ou paparazzi ?

Elle se rapprochait de plus en plus, l'arrière de ma tête s'enfonçait dans l'appuie-tête. J'aurais pu sentir son souffle.

— Je réalise des séries de photos pour un magazine parisien : *Photo Magplus*, vous connaissez ?

Elle insista, la mâchoire serrée :

— Paparazzi ou reporter ?

Je ne voyais que ses yeux verts parfaitement maquillés, son visage mat et ses cheveux bruns lissés et tirés en arrière. Elle respirait la beauté, une beauté pure et intrigante. J'avais bien compris que les paparazzis ne faisaient pas partie de ses préférences.

— Reporter ! assurai-je avec force.

— Vous avez de la chance, c'est un métier formidable. J'ai donc fait deux fautes ce matin.

— Deux fautes ?

— Eh bien oui, d'abord le café, et j'aurais également dû repérer votre sacoche avant le décollage.

Joy n'avait toujours pas reculé d'un centimètre, les mains posées sur le haut de mon siège. Je pouvais respirer son parfum… Je tentai de me dégager de son emprise qui me troublait ; je n'ai jamais aimé me sentir prisonnier. Et là, en l'espace d'un instant, je suis passé du joyeux dragueur au rigolo pris à son propre piège.

— Ce n'est pas grave, mademoiselle.

— « Mademoiselle », maintenant ! Vous ne m'appelez plus Joy.

— Mais je croyais que… répondis-je tout penaud.

— Ne croyez rien… Au fait, je ne connais pas votre prénom ?

— Guillaume !

— Ne croyez rien, Guillaume.

Elle me tendit une carte ou était noté son numéro de portable.

— Mais…

— Vous voyez, je viens de faire une troisième faute, fit-elle en se redressant.

Bêtement, je répondis :

— Aucun problème, ne vous inquiétez pas.

Quel imbécile je faisais !

Elle sourit.

— Vous devriez serrer votre ceinture. Il y a des orages sur la région parisienne, cela risque de secouer.

Puis elle disparut.

*
**

Il était 3 h 30 du matin, j'errais sur la terrasse du domaine des Lavandières comme un enfant perdu. Je cherchais Joy depuis près d'une heure ; elle semblait avoir disparu.

Les premiers invités partaient et me demandaient où était la mariée afin de pouvoir la saluer et la remercier pour cette magnifique soirée. J'aurais pu leur répondre : « Désolé, elle est occupée, c'est très gentil à vous, je ne manquerai pas de lui transmettre vos remerciements. » Au lieu de cela, je ne faisais que renforcer mon inquiétude en répondant que je ne savais pas où elle était, que je la cherchais et que j'étais très inquiet.

Les invités les plus empressés me répondaient : « Ce n'est pas grave, transmettez-lui nos amitiés », les autres s'amusaient de cette situation, en particulier mon compère et témoin David, qui pour une fois ne fut guère d'un grand soutien quand il lâcha d'un ton amusé :

— Ben mon vieux, si tu t'inquiètes déjà alors que tu ne l'as pas vue depuis à peine une heure… bon courage !

— Quand même David, ce n'est pas normal…

— Calme-toi un peu, elle n'est pas loin, ne t'en fais pas !

— Tu es sûr ?

— Arrête donc de psychoter ! Bonsoir, mon ami, me lança-t-il tout en me tapant sur l'épaule avant de se diriger vers le parking.

— Tu as peut-être raison.

— Bien sûr que j'ai raison, confirma-t-il en levant son bras en signe de dernier salut. Au fait, 14 heures demain, enfin aujourd'hui, pour finir l'immense buffet ?

— Euh… oui, répondis-je, hésitant.

Je regardai ma montre : 3 h 45, mes parents et mon oncle venaient de partir. Avant de s'engouffrer dans la voiture, ma mère eut à peu près la même réaction que David. Je ne sais pas s'il s'agissait de l'effet d'un excès de champagne ou d'une étonnante désinvolture, mais, au moins, j'étais sûr que ce n'était pas de son côté que j'allais trouver le moindre réconfort.

Emma et Paulo vinrent me rejoindre. Ils étaient, eux aussi, soucieux de ne plus avoir de nouvelles de Joy.

— Guillaume, mais où est ma sœur ? s'enquit Paulo tout en me fixant du regard à la recherche d'une réponse rassurante, que malheureusement je ne pouvais lui apporter.

Je tentai de l'apaiser sans grande conviction, incapable de masquer ma propre angoisse.

— Ne t'inquiète pas, elle ne devrait pas tarder à…

— À quoi ?

— Eh bien à…

Aucun mot ne pouvait sortir de ma bouche pour tranquilliser le jeune frère de Joy. Paulo semblait désemparé. Il s'assit contre la murette de la terrasse, la tête entre les mains.

— Tu as essayé de l'appeler ? me demanda Emma qui ne paraissait pas plus confiante que moi.

— Oui bien sûr, à plusieurs reprises, mes appels ont basculé directement sur son répondeur. De toute façon, elle n'avait pas son portable sur elle.

— J'ai fait de même, je lui ai laissé deux messages, s'énerva Emma en tirant nerveusement sur sa cigarette.

— Retourne avec Paulo à l'intérieur, je vais faire le tour du parc, peut-être s'est-elle égarée, décidai-je.

— Très bien, de mon côté je vais regarder à l'étage du domaine dans les différentes chambres. Tiens-moi au courant, ajouta Emma tout en invitant Paulo à la suivre.

— J'ai déjà vérifié, Emma.

— On ne sait jamais, répondit-elle, hochant la tête en signe de contrariété.

— O.K.

Je marchais dans les allées, la pleine lune éclairait d'une lumière diffuse les sous-bois, donnant à ma quête un aspect presque irréel. Les derniers bruits de la fête atténuaient le crissement de mes pas sur les graviers.

En revenant vers le domaine, je décidai de contacter la gendarmerie de Vaison-la-Romaine.

— Bonjour, je voudrais signaler une disparition… inquiétante… ou un accident, je ne sais pas.

D'un ton monocorde et professionnel, le fonctionnaire me répondit avec calme :

— Pouvez-vous décliner votre identité, le lieu de votre appel et l'identité de la personne disparue ?

J'obéis, rassuré que mon interlocuteur s'intéresse à la disparition de Joy.

— Guillaume Maulin, je vous appelle depuis le domaine des Lavandières, ma femme a disparu… j'hésitai un instant. Joy, elle s'appelle Joy Maulin.

Je décrivis Joy, essayant d'être le plus précis possible. C'était la première fois que j'associais son prénom à mon nom.

— Le domaine des Lavandières ? Il y a eu un mariage hier soir, je crois ? Vous faites partie des invités ? demanda-t-il d'un ton automatique.

— Oui, enfin… je suis le marié.

À peine ce mot prononcé, je me sentis ridicule.

— Vous êtes le marié et votre femme a disparu… donc la mariée ? déclara le fonctionnaire comme pour résumer une situation bien surprenante.

— Oui !

Que pouvais-je répondre d'autre ?

— Donc vous êtes le marié ? insista-t-il, manifestement perplexe.

— Oui, oui ! Je suis son mari.

— Très bien. Vers quelle heure a-t-elle disparu ?

— Je n'ai plus aucune nouvelle depuis environ 2 h 30 ce matin.

— Non monsieur, aucun accident ne nous a été signalé, m'assura l'officier de permanence.

— Vous êtes sûr ?

— Oui. Je viens d'enregistrer votre numéro. Si nous apprenons quelque chose, je ne manquerai pas de vous prévenir.

— Et les hôpitaux, les services des urgences ? Je vais y aller, qu'en pensez-vous ? demandai-je avec un mélange d'inquiétude et d'affolement.

Devant un tel désarroi, l'officier préféra se renseigner lui-même.

— Ne quittez pas monsieur, je vous mets en attente.

Ces longues minutes me parurent une éternité, je piétinai nerveusement. Cette satanée musique d'attente ne faisait qu'accroître mon impatience.

— Je viens de contacter les services d'urgence de la région, aucune admission d'une jeune femme n'a été enregistrée cette nuit.

— Vous êtes sûr ?

— Oui ! Vaison-la-Romaine, Orange, Nyons, Carpentras, absolument rien. Comme je viens de vous le dire, je vous contacte s'il y a du nouveau.

— Très bien.

— Soyez rassuré, nos services seraient informés si un accident avait eu lieu, conclut le fonctionnaire.

Son propos me rassura en effet, je me calmai un peu.

— Merci !

— De rien, bonne fin de soirée, monsieur.

— Bonsoir, merci.

Je raccrochai.

« Bonne fin de soirée »... les formules de politesse sont parfois déroutantes.

Tout en m'approchant des escaliers, je longeai le parking. Une idée me traversa l'esprit : « Et si elle avait eu un accident sur une des petites routes de campagne proches du domaine, la gendarmerie ne serait pas encore prévenue ! »

Je n'hésitai pas un instant et montai dans mon véhicule.

Mais comment pourrais-je parcourir toutes les routes et tous les chemins de randonnée ? Pourtant, même si ma quête était vaine, je roulai près d'une heure trente à la recherche d'une voiture accidentée. Quelle voiture d'ailleurs, et que ferait Joy dans un véhicule qui n'était pas le sien ? Je devenais fou.

Je rentrai épuisé au domaine des Lavandières. Il était 5 h 30, Emma et Paulo m'attendaient sur la terrasse.

— Où étais-tu ? me lança Emma, les yeux rougis de fatigue.

— J'ai roulé à sa recherche, j'ai également contacté la gendarmerie.

— Et alors ?

— Rien, absolument rien !

Paulo grelottait d'inquiétude et me questionnait du regard, je fis signe à Emma de l'emmener à l'intérieur. Elle le fit s'allonger sur une des banquettes installées le long des murs de la grande salle de réception puis elle s'assit à côté de lui. Il ne tarda pas à poser sa tête sur ses genoux. Emma sembla surprise, hésita un instant puis caressa doucement la joue du jeune garçon, il commençait à se calmer.

Les serveurs qui officiaient depuis le début de la soirée finissaient de ranger la salle, tandis qu'une autre équipe préparait déjà le buffet du lendemain. À 6 h 30 la salle était prête, ils pouvaient enfin prendre quelques heures de repos. Emma et Paulo s'étaient endormis.

À cet instant, j'étais seul, profondément seul. J'avais terriblement envie de serrer Joy dans mes bras ; elle me manquait, mon ventre se nouait à chacune de mes pensées… Le soleil pénétrait de ses premiers rayons les épaisses forêts du domaine. Assis sur la dernière marche de l'escalier qui donnait sur la terrasse depuis près de deux heures, je respirais les effluves de lavande humidifiée par la rosée matinale. C'était la première sensation agréable que je ressentais depuis la disparition de Joy, j'inspirai à plusieurs reprises, cherchant à m'enivrer de ces essences rassurantes. Je m'allongeai les bras en croix, espérant apaiser mon esprit qui tournait en boucle depuis plusieurs heures. Toujours cette lancinante et obsédante question : où était-elle ?

J'imaginais tous les scénarios. Elle avait dit à Emma qu'elle souhaitait se promener seule quelques instants. Peut-être lui était-il arrivé un accident ? Peut-être s'était-elle endormie au fond du parc ? Ou alors avait-elle été victime de rôdeurs ? Mais pour quelles raisons ? Elle aurait surpris des voleurs qui l'auraient agressée ?

Je ne tenais pas en place. Une nouvelle fois, je partis en direction du parc à sa recherche. Je marchai pendant près d'une heure. À plusieurs reprises, je m'arrêtai, scrutant les allées et les sous-bois. Je criai son prénom, mais je ne reçus pour réponse que l'écho de ma propre voix. Quand je revins vers la salle de réception, Paulo et Emma dormaient encore.

Trop inquiet, je rappelai la gendarmerie.

Le fonctionnaire paraissait moins sûr de lui ; son ton me sembla plus grave que lors de notre dernier entretien.

— Vous n'avez rien remarqué d'inhabituel dans son comportement ?

— Non, rien de particulier.

— Peut-être y a-t-il eu des tensions entre vous ?

— Tout s'est parfaitement déroulé, lui assurai-je.

— Pas simplement aujourd'hui, monsieur. Des conflits plus anciens ?

— Non, confirmai-je.

— Vous êtes sûr ? insista-t-il.

Pourquoi me posait-il toutes ces questions qui, pour moi, n'avaient pas de sens. Joy avait disparu, la gendarmerie devait venir faire une enquête.

— Non, rien, absolument rien !

— Les autres invités ont-ils remarqué son absence ?

— Oui, bien sûr, certains me disent de ne pas m'inquiéter, mais…

Il me coupa la parole.

— Je crois qu'ils ont raison, essayez de vous tranquilliser. Toujours rien de notre côté, aucun accident. Vous devriez avoir des nouvelles rapidement. N'hésitez pas à nous recontacter si des éléments troublants apparaissaient, mais j'en doute, conclut-il.

— Vous ne vous déplacez pas ? demandai-je, incrédule.

— Non. Je vous le répète : si des éléments troublants venaient à apparaître, revenez vers nous. Au revoir, monsieur.

— Au revoir !

Je restai un moment le téléphone à l'oreille, ne sachant plus quoi penser.

Épuisé de fatigue et de tristesse, je m'affalai à terre, je pensais à Joy, mon esprit divaguait, je me mis à lui parler : « Je n'aurais jamais cru qu'un matin ensoleillé pouvait être si triste. J'ai envie de te voir, d'entendre ta voix et ton rire. J'ai envie de te serrer dans mes bras, de sentir ton parfum et la douceur de ta peau. J'ai envie de toi, de caresser tes cheveux, de fixer ton regard lorsque nos corps s'unissent. Mais je ne serre que du vide. Où es-tu ? Que fais-tu ? J'ai beau crier ton prénom, l'écho de ma voix ne me renvoie que l'insupportable de ton absence. »

— Alors mon vieux, tu fais quoi ici, tu n'as pas su trouver ton lit ?

J'ouvris les yeux brutalement, la vue brouillée, je devinai le visage de David qui, avec sa délicatesse habituelle, me saisit par les bras et me secoua énergiquement. Je sentais les battements de mon cœur cogner dans ma tête. Je me relevai d'un coup.

— Putain, David, arrête ! Mais quelle heure est-il ? Déjà l'heure du repas ? m'inquiétai-je, affolé.

— Calme-toi, il est à peine 11 heures. J'ai repensé à cette nuit et j'ai préféré venir plus tôt.

— À cette nuit ?

— À voir ton état et ton look de clodo, je suppose que… Joy n'est pas là ?

— Non !

David me prit par l'épaule.

— Allez viens, rentrons au domaine, je crois que tu as besoin d'un double voire triple café.

Emma, installée sur une des tables de la salle de réception en bordure de la baie vitrée, ne nous entendit pas, perdue dans ses pensées. Un mug de café devant elle, elle pianotait nerveusement sur son téléphone. Je m'approchai.

— Où est Paulo ?

Je m'inquiétai pour le jeune frère de Joy venu seul du Brésil et perdu au milieu de tous ces visages qu'il ne connaissait pas quarante-huit heures auparavant. Emma était la seule personne qu'il avait déjà rencontrée lors des escales qu'elle effectuait à Rio avec Joy.

— J'ai préféré l'installer dans une des chambres que vous avez louées à l'étage, il se repose. J'irai le voir tout à l'heure.

J'hésitai, mais je demandai quand même à Emma :

— Pas de nouvelles ?

Elle baissa la tête et alluma une cigarette.

— J'appelle toutes les personnes que nous connaissons, ceux qui étaient là ou pas hier soir... Rien. Personne n'a eu de nouvelles. Je suis désolée Guillaume, je ne sais plus quoi penser.

Je n'avais aucune réponse à toutes ces questions qui tournaient inlassablement dans ma tête. Avant de m'affaler sur une chaise, je grommelai :

— Enfin, mais où est-elle ?

David se planta devant nous.

— Bon, la sinistrose c'est fini, ça suffit ! Elle n'a pas pu s'envoler, ta belle princesse...

Son assurance sonnait faux. Il était aussi inquiet que nous.

— Tu as fait le tour du parc ? ajouta-t-il plus sérieusement.

— Oui, rien. Aucune trace ! lui confirmai-je.

— Et son portable, tu as essayé ?

— Bien sûr David, Emma aussi, rien je te dis. Il est toujours sur répondeur.

Il s'énerva.

— Mais enfin, c'est incroyable ! Elle n'a pas pu disparaître comme ça. La gendarmerie, oui, voilà ! La gendarmerie, Guillaume, il faut que tu les appelles !

Je lui fis signe de s'asseoir et lui servis une tasse de café.

— Je les ai contactés, ils m'ont... écouté, mais ne semblaient pas très inquiets. Je dois les rappeler si je n'ai toujours pas de nouvelles.

— Pfff... ils sont nuls ! Ils ne comprennent rien, s'agaça-t-il.

Un moment de silence s'installa alors que nous buvions notre café. Emma hésita avant de s'exprimer.

— Et si... non c'est idiot !

Je lui demandai de poursuivre :

— Emma que veux-tu dire ? S'il te plaît !

— Et s'il ne lui était rien arrivé, enfin... pas d'accident ?

— Comment ça ? s'enquit David.

Je ne disais rien ; j'avais bien trop peur de ce qu'allait annoncer Emma.

— Et si c'était Joy qui avait décidé de partir ?

Je pris ma tête entre mes mains. Elle venait de confirmer une pensée qui commençait à faire son chemin dans mon esprit. Et si la femme que j'aimais était partie d'elle-même quelques heures après notre mariage ? Je haussai les épaules en signe d'abattement, mais aussi d'approbation.

— Mais vous êtes malades... Ça ne va pas, non ! s'écria David en se servant un deuxième café.

Emma tenta de s'expliquer, mais il ne lui en laissa pas le temps.

— C'est ça, oui ! Elle t'aime, elle se marie et elle s'en va. Ben voyons ! Vous regardez trop de films, tous les deux !

— David, s'il te plaît, calme-toi, on ne sait plus quoi penser.

— Vous me fatiguez ! Tiens, tes parents arrivent déjà, je vais aller les accueillir, ils auront peut-être une explication plus sensée.

Emma se leva et se dirigea vers la terrasse baignée de soleil, la chaleur commençait à taper fort, la journée allait être caniculaire. Je la suivis, j'avais besoin de lui parler.

— Ce que tu as dit à l'instant, c'était la fatigue ou...

Elle se retourna, je devinai ses yeux rougis. Elle s'approcha, posa sa main sur ma taille et son front sur mon épaule.

— J'ai bien réfléchi, je crois que c'est une possibilité. Nous sommes les deux personnes qui la connaissent le mieux, c'est une éventualité, tu ne crois pas ? murmura-t-elle, ses lèvres contre ma chemise.

— Pourquoi dis-tu cela ? Qu'est-ce qui t'a fait penser à ça ?

— Une impression. Elle était nerveuse depuis quelque temps... Tu n'as rien remarqué d'inhabituel dans son comportement ?

— Elle paraissait stressée depuis quelques semaines, mais avec le mariage j'ai pensé que c'était normal.

— C'est tout, rien d'autre ? insista Emma.

— Elle avait besoin de s'isoler de plus en plus, d'être seule.

— Je ne sais plus, fit Emma en se blottissant dans mes bras.

— J'ai peur ! confirmai-je simplement.

Je sentis la tiédeur de ses larmes contre ma peau, je n'osai bouger, surpris de son attitude. Je me dégageai de son étreinte.

— Il serait peut-être temps d'aller nous changer. Une bonne douche s'impose...

*
**

Vers 14 heures, une trentaine d'invités étaient présents. Chaque discussion s'alimentait de la disparition de Joy. Certains s'inquiétaient, d'autres s'étonnaient, pour d'autres encore il était déjà presque temps que je comprenne que ce n'était pas une femme pour moi et que, malhonnête et hypocrite, elle avait profité de moi.

Je les écoutais ou, plutôt, j'entendais des mots sortir de leur bouche. Ma mère remporta la palme de la maladresse lorsqu'elle me dit, sûre de son fait, prenant à témoin mon père et mon oncle :

— Mon fils, peut-être a-t-elle réfléchi trop tard. Elle n'a pas eu le courage de t'en parler.

Tu sais, je ne veux pas te faire de mal, je pense que tu souffres déjà beaucoup, mais…

« C'est déjà fait maman, c'est déjà fait ! », pensai-je.

Comment une mère, ma propre mère, pouvait-elle dire de telles âneries ? Comment la femme qui m'avait donné la vie pouvait-elle ne pas avoir la force de ravaler sa rancœur pour soutenir son fils ? Même si, apparemment, elle n'aimait pas beaucoup Joy. Au fond de moi, je ne lui en voulais pas, l'amour était un sentiment bien abstrait pour elle, comme une sorte de mièvrerie nécessaire. Je me demandais parfois comment mon père avait pu rester avec elle depuis près de quarante ans. Sans doute y trouvait-il une forme d'équilibre. La plupart du temps, il ne disait rien, il s'effaçait avec faiblesse. C'est pourquoi je fus surpris de sa remarque.

— Éliane, je ne crois pas que ce soit le moment, dit-il sérieusement. Guillaume est assez malheureux comme ça. Ce n'est peut-être pas si grave que cela. Joy va revenir sans aucun doute.

C'était gentil de sa part, il était émouvant dans sa faiblesse. Il avait décidé d'être du côté de son fils et cela me touchait. Ma mère ne tarda pas à réagir.

— Lucien, si c'est pour dire ce genre de bêtise !

Comme d'habitude, mon père abdiqua et alla se servir un verre de vin. Cette scène était le parfait résumé de leurs quarante ans de vie commune. Mon oncle Gabriel intervint. Il avait toujours tenu tête à ma mère, ce qui avait le mérite d'égayer quelques réunions familiales.

— Laisse donc le petit Guillau tranquille, tu ne penses pas qu'il en a assez pour aujourd'hui ? Je crois sincèrement que Joy est la femme qu'il lui faut et que forcément il y a une explication.

Ma mère haussa les épaules et partit discuter avec ses deux sœurs.

Mon oncle me saisit par le bras.

— Allez, viens donc boire un verre de ce petit rosé ! Tu vas m'en dire des nouvelles.

Gabriel et moi parlions de la pluie et du beau temps, avec pour principal souci de ne plus évoquer l'absence de Joy.

Je me surpris à sourire et à prendre du plaisir à bavarder entre hommes. Personne n'était dupe, mais cette conversation anodine et légère me faisait du bien. Je sentis mon esprit s'apaiser.

Les invités, un à un, venaient me saluer et m'encourager, deuxième supplice après les au revoir de cette nuit. Je m'efforçai d'avoir un mot aimable pour chacun ; beaucoup étaient présents pour me soutenir et je leur devais bien un geste de reconnaissance.

Le père Bertrand s'approcha, cela faisait un moment qu'il parlait avec Emma près du vieux puits, à l'écart des invités.

— Je ne vous ai pas encore remercié pour votre magnifique cérémonie d'hier, mon père.

Il paraissait soucieux, esquissa un sourire convenu et me proposa de le suivre.

— Allons faire quelques pas, veux-tu ?

— Oui... Volontiers.

Nous marchâmes une dizaine de minutes avant qu'il se décide enfin à parler.

— Depuis combien de temps je te connais ?

Question bien surprenante ; comme s'il ignorait la réponse !

— Je ne sais plus, de longues années, en fait depuis toujours... même si je ne suis pas souvent venu vous voir !

— Effectivement Guillaume, mais ce n'est pas grave. Je préfère largement la sincérité des hommes... et des femmes aux mensonges des messes convenues.

Son propos me troubla, j'hésitai avant de lui faire part de ma surprise.

— Bien sûr mon père, mais... si je peux me permettre...

— Permets-toi, je t'en prie.

— Pourquoi dites-vous cela ?

Le père Bertrand s'arrêta, les mains croisées sur son ventre proéminent. Il me fixa du regard.

— Je te dis ça pour que tu comprennes que, même si je sais que Joy et toi vous n'userez pas les bancs de l'église, vous êtes tous les deux des gens « bien », comme on dit dans le pays. Je suis persuadé que vous vous aimez d'un amour sincère.

— Mais mon père…

Il ne me laissa pas finir.

— Guillaume, je devine ce que tu vas me dire : Joy est partie, disparue, kidnappée ou accidentée, tout le monde y va de son avis sans savoir réellement.

— Oui effectivement, nous ne savons pas.

Il saisit fermement mon poignet.

— Quoi qu'il arrive, ne doute jamais de son amour !

Je n'osais rien dire, ses propos me déconcertaient.

— Je vais prendre congé Guillaume, si tu as besoin de quoi que ce soit, tu sais où me trouver.

Il lâcha mon poignet et fit quelques pas. Je demandai à nouveau :

— Pourquoi dites-vous cela ?

Il s'arrêta et, sans se retourner, me répondit :

— Je suis un vieil homme, je n'ai aucune expérience des femmes, mais une certaine expérience des êtres humains en général, de leurs tourments, de leurs faiblesses et de leurs forces.

Il réfléchit un instant, semblant chercher ses mots.

— Oui… ?

J'attendais fébrilement qu'il poursuive.

— Je te le répète, ne doute jamais de l'amour de Joy !

— Mais mon père…

— À très bientôt mon fils ! fut sa seule réponse.

Il pressa le pas pour se diriger vers le parking.

J'avais besoin de rester seul, je m'égarai encore une fois dans le parc. Les phrases du père Bertrand résonnaient avec insistance dans mon esprit. Que voulait-il dire ? Pourquoi avait-il une telle confiance en Joy ? Ses propos me parurent bien trop tranchés pour que je m'y arrête. Les hommes d'Église ont une certaine facilité à tout comprendre, tout expliquer et surtout… tout excuser. Je ne devais pas donner à ses paroles plus d'importance qu'elles n'en avaient.

La fatigue et l'inquiétude exacerbaient mes émotions.

Je doutais de l'amour de celle qui avait choisi de m'accompagner sur le long et difficile chemin de l'existence. Mais si Joy n'avait pas été sincère, à quoi aurait rimé ce mariage auquel elle semblait tellement tenir ?

Mon esprit se mit à divaguer. Adossé à un vieux tilleul, je me souvins…

*
**

Quelques jours après notre première rencontre dans le vol Rio-Paris, je m'étais décidé à contacter Joy. Un simple SMS.

Bonjour, Joy, j'aimerais te revoir. Juré je ne prendrai pas de café ! En espérant ta réponse.

À peine avais-je glissé mon Smartphone dans ma poche que je sentis la vibration d'un message entrant.

Crêperie Framboise Champs-Élysées 20 h ? J'adore leur cidre rosé ! Une chemise foncée fera l'affaire.

Je regardai l'écran, un large sourire éclairait mon visage. Je lui confirmai ma présence.

Super ! À ce soir. Je t'embrasse.

C'est ainsi que notre histoire débuta. Joy m'attirait et me troublait en même temps ; sa beauté me fascinait, et son mystère, s'il m'intriguait, ne m'inquiétait pas pour autant. Les semaines défilèrent. Nous apprîmes à nous connaître et à découvrir que nos goûts, parfois opposés, se complétaient dans une évidente harmonie.

Après trois mois, nous décidâmes de nous installer ensemble dans un appartement proche du Jardin d'acclimatation sur la commune de Neuilly-sur-Seine. La vie y était douce, nous profitions du calme du quartier et, en même temps, de la proximité de toutes les commodités.

Mois après mois, nous glissâmes presque sans nous en rendre compte vers l'idée d'officialiser notre union. C'est à partir de ce moment-là que je devins plus curieux et lui posai des questions.

Je sus ainsi que son frère et ses parents vivaient à Rio. Qu'ils y étaient installés comme restaurateurs depuis seize ans. Elle m'avoua aussi que malgré leur éloignement et leur différence d'âge, elle avait un profond attachement pour Paulo, son jeune frère.

— Pourquoi as-tu choisi un autre continent, tu aurais pu vivre près de ta famille ?

Elle répondait avec un sourire de gamine :

— L'envie de connaître autre chose, et puis j'ai un métier qui me permet de les voir régulièrement.

Au début de notre relation, ses réponses succinctes me suffisaient. Mais, à mesure que le temps passait, je n'arrivais plus à me satisfaire de ces bribes d'explications qu'elle distillait avec parcimonie. Cette réticence à se confier, qu'elle avait bien du mal à cacher, m'agaçait. J'avais parfois l'impression que sa vie avait commencé lorsque nous nous étions rencontrés dans le vol Rio-Paris. Le seul sujet sur lequel elle n'hésitait pas à se confier c'était Paulo, son petit frère. Ses parents, son enfance et son adolescence paraissaient inexistants.

Je me souvins de cette soirée où, après une journée de travail épuisante, ma patience, une fois n'est pas coutume, atteignit rapidement ses limites. Nous commencions à évoquer notre mariage et son organisation et nous devions, chacun de son côté, lister les invités que nous souhaitions convier à notre union.

Je l'interrogeai :

— Joy, tu as pris le temps de rédiger ta liste ?

Elle hésita, se réfugiant dans une fuite qui devenait habituelle et qui commençait sérieusement à ne plus m'amuser. Une dose de mystère d'accord, mais le black-out total sur vingt-six ans de sa vie, non ! Je ne pouvais plus m'en contenter.

— Non, nous avons encore un peu de temps. Et puis tu sais, je n'ai pas beaucoup de famille. Ils sont loin, mais Paulo, lui, sera là.

Je m'énervai un peu.

— Joy, ce n'est pas possible ! Enfin tu ne sors pas de nulle part !

Son regard fuyait le mien. Elle comprit que, ce soir-là, je ne lâcherais pas comme je le faisais habituellement.

Elle tenta de dévier la conversation.

— Il y a Emma, je pense également inviter quatre autres collègues ainsi que leurs conjoints, bien sûr.

— Bien sûr… évidemment… les conjoints ! Tu te fiches de moi ! lâchai-je sans aucune forme de retenue.

— Quoi, que veux-tu savoir ? fit-elle.

Elle tapotait rageusement sur l'écran de son Smartphone.

— Arrête donc avec ce téléphone, pose-le sur la table !

Elle s'exécuta. Je tentai de me calmer en mesurant mes paroles.

— Joy, ta famille enfin ! Ils doivent être présents à ton mariage. Je ne peux pas croire qu'ils ne souhaitent pas être là.

Elle s'assit sur le canapé du salon. Son visage trahissait de la tristesse, une forme de lassitude qui me toucha.

— Tu sais Guillaume, ma famille se limite à Paulo, mes parents et mon oncle, le frère aîné de mon père. Il est décédé le jour où j'ai obtenu mon diplôme d'anglais, nous étions très proches. Lui aussi ne comprenait pas les agissements de mes parents. Il s'en était éloigné peu à peu.

— Oui, mais…

— Ne me coupe pas, laisse-moi finir. Je n'aime pas évoquer ce sujet.

Je la laissai terminer.

— Mes parents, c'est un peu à cause d'eux que je suis partie du Brésil. Enfin, à cause d'eux et aussi… de moi. Nous avions des divergences de vue sur des sujets qui traînaient depuis bien trop longtemps. Je n'avais plus envie de supporter tout ça.

— Ça ne suffit pas pour se fâcher, hasardai-je.

— Mes parents sont… enfin… étaient des gens intraitables : ils n'acceptaient pas que je travaille chez GOL, la compagnie aérienne brésilienne. Seul le restaurant comptait.

— Tu aurais pu continuer de vivre au Brésil ?

Elle confirma mon propos.

— Oui, tu as raison ! Mais j'ai eu cette opportunité chez Air France. C'était une belle promotion avec la certitude d'effectuer régulièrement la ligne Rio-Paris, car je tenais à voir souvent Paulo. Pour moi, c'était une chance que je ne pouvais pas refuser ; elle ne se représenterait sans doute pas. Et puis…

Elle baissa les yeux. Je l'encourageai à poursuivre.

— Et puis ?

Elle hésita un instant et finit par avouer :

— Mes parents n'ont pas accepté ma décision. Nos relations se sont fortement dégradées, chacun restant sur ses positions. Depuis deux ans nous n'avons plus aucun contact.

— Tu aurais peut-être pu leur proposer de venir… cela aurait pu vous rapprocher…

— Oui, j'aurais pu, mais je n'en ai pas envie. Pas pour notre mariage. Plus tard peut-être.

Je ne poussai pas plus loin mon interrogatoire. La brouille avec ses parents semblait être d'une affligeante banalité : des parents et des enfants qui ne se comprennent plus et qui s'éloignent peu à peu.

— Tu as de la chance, Guillaume, me dit-elle.

— Ah bon, et pourquoi donc ?

— Tes parents, même s'ils ne sont pas toujours « très cool », selon ton expression, ils sont là… et c'est le principal.

— Sans doute as-tu raison…

3

Toujours aimer…

Connaissons-nous réellement nos proches ? Sommes-nous vraiment sûrs que celle ou celui qui partage notre vie est bien la personne que nous croyons ?

Et si, enfermés dans nos certitudes et notre aveuglement, nous nous étions trompés ?

Sommes-nous, alors, prêts à partir vers l'inconnu : découvrir, comprendre, pardonner et toujours aimer ?

*
**

Trois jours s'étaient écoulés depuis la disparition de Joy. Emma décida de rester toute la semaine afin de s'occuper de Paulo dont le retour au Brésil était prévu pour le dimanche matin. Il devait s'envoler depuis Lyon-Saint-Exupéry à destination de Rio avec une escale à l'aéroport Charles-de-Gaulle. Emma l'accompagnerait jusqu'à Paris puis reprendrait son travail dès le lendemain.

Dans la maison familiale du Brestet, les heures et les jours s'écoulaient lentement dans l'interrogation et la tristesse. Mes parents étaient repartis pour Paris. Mon oncle reprit ses habitudes et nous laissa profiter de l'étage et de sa terrasse ensoleillée. Je m'étais installé dans le canapé du petit salon, laissant toute liberté à Emma et Paulo d'occuper les deux chambres.

Gabriel nous préparait chaque repas. Nous nous asseyions en bordure du verger proche du barbecue et de la piscine où l'odeur des grillades mélangée aux senteurs de lavande, de thym et de romarin nous laissait croire, l'espace d'un instant, que la vie était douce, que le bonheur était là. Après le dîner, je restais souvent seul à regarder le soleil disparaître derrière les collines alentour.

Emma s'occupait de Paulo comme s'il s'agissait de son propre frère. Curieusement, il semblait le moins affecté d'entre nous. Malgré le manque, il dégageait une force surprenante pour un garçon de son âge.

Moi, j'étais dévasté, la colère prenait de plus en plus la place du chagrin. J'en voulais à Joy ; même si je n'en avais pas la preuve formelle, j'avais la certitude que c'était elle qui avait décidé de son départ, qu'elle l'avait programmé. Je commençais à ressentir un sentiment de trahison ; la femme qui avait choisi d'être celle qui partagerait ma vie avait aussi choisi de me quitter le jour de notre mariage. Cette idée était de plus en plus insupportable ;

je doutais de tout, même de son amour, malgré les paroles apaisantes du père Bertrand.

Ce soir-là, Gabriel partit se coucher tôt. Emma finissait de ranger la cuisine pendant que Paulo se plongeait dans la lecture des guides touristiques de la région, peut-être une façon personnelle de ne pas trop penser à sa sœur.

Emma me rejoignit, nous nous assîmes au bord de la piscine, les pieds dans l'eau. Vers 23 heures, Paulo vint nous embrasser avant d'aller dormir. Les premiers soirs, Emma et moi n'avions presque pas parlé, quelques mots pour meubler un silence angoissant que chacun, à sa façon, essayait de rendre plus supportable.

Je lui fis part de ma décision de recontacter la gendarmerie de Vaison-la-Romaine afin de les convaincre de venir enquêter au domaine des Lavandières.

Elle haussa les épaules.

— Je ne suis pas sûre que cela serve à quelque chose, mais si cela peut t'aider, alors tu as raison.

— J'ai besoin de savoir !

— De savoir quoi ? s'étonna-t-elle.

J'hésitai, je ne trouvais pas les mots.

— S'il est arrivé quelque chose à Joy, un accident ou… Eux ils sauront tout de suite… enfin…

Elle posa sa main sur mon genou et me coupa la parole.

— Tu veux être sûr qu'elle est partie de sa propre volonté, je me trompe ?

J'acquiesçai.

— Tu as raison !

— Tu n'en seras jamais sûr, même si la gendarmerie ne trouve rien.

Je pris la cigarette qu'elle venait d'allumer, aspirant nerveusement deux bouffées.

— Emma, c'est une histoire de fou ! Elle était angoissée à l'idée du mariage, mais rien dans son comportement ne laissait présager sa fuite, je ne sais pas, je ne sais plus…

Elle se leva, me prit par l'épaule et m'entraîna à l'intérieur de la maison.

— Allez hop, au lit ! Je comprends ta tristesse, moi aussi je suis abasourdie. Demain nous en saurons peut-être un peu plus.

Elle avait raison, nous avions besoin de repos ; notre jugement était altéré par la fatigue.

Nous allâmes nous coucher.

*
**

À la suite de mon nouvel appel insistant, la gendarmerie vint sur place au domaine des Lavandières. Je décidai de m'y rendre, mais fus rapidement coupé dans mon élan.

— Monsieur Maulin, votre présence n'est pas souhaitée. Je vous ferai un compte rendu de nos investigations dès que possible, me dit le lieutenant d'un ton calme, mais ferme.

Je passai le début de la journée à tourner en rond. Paulo paraissait tourmenté, sans doute la crainte que la gendarmerie ne découvre une mauvaise nouvelle concernant sa sœur.

En fin de matinée, Emma profita de l'occasion pour faire visiter la région à Paulo et nous faire sortir de la maison, car nous tournions comme deux lions en cage.

Nous nous arrêtâmes d'abord à Nyons, pour aller admirer son marché provençal, puis à Buis-les-Baronnies pour déjeuner vers 14 heures. Paulo avala de bon appétit un immense plat de pâtes alors que nous eûmes du mal, Emma et moi, à finir une simple salade accompagnée de quelques lardons grillés. Un des avantages de l'adolescence, c'est l'appétit qui reste démesuré malgré l'angoisse.

Paulo découvrit avec plaisir le sommet du mont Ventoux où, à près de deux mille mètres d'altitude et grâce à la vue parfaitement dégagée, nous jouissions d'un magnifique point de vue jusqu'à la Méditerranée.

Nous descendîmes par le versant sud du mont Chauve. Nous n'atteignîmes le village de Bedoin, séparé du sommet d'une vingtaine de kilomètres, qu'après une descente d'environ quarante minutes. La pente abrupte et les nombreux virages avaient eu raison de l'estomac d'Emma qui nous imposa deux arrêts d'urgence. Une fois le virage de Saint-Estève passé, son visage reprit quelques couleurs. Les derniers kilomètres qui nous séparaient de la maison se firent dans le calme, personne ne parlait. J'étais préoccupé par les investigations au domaine des Lavandières. Depuis le début de la matinée, la gendarmerie y était présente. Je n'avais toujours aucune nouvelle.

À peine avais-je glissé la clef dans la serrure de la porte d'entrée que mon téléphone vibra dans ma poche. Je fis signe à Emma de rentrer avec Paulo et m'éloignai de quelques pas.

— Rebonjour monsieur Maulin.

— Vous avez trouvé quelque chose ? m'empressai-je de demander à l'officier de gendarmerie.

— Oui… affirma le lieutenant d'un ton retenu, presque gêné, qui contrastait avec sa fermeté du matin.

Je pensai au pire.

— Vous avez trouvé Joy, vous avez trouvé Joy ? répétai-je, angoissé, la voix étranglée par l'émotion.

— Calmez-vous monsieur Maulin, aucune trace de votre femme, par contre… il hésita.

— Par contre quoi ?

— Nous avons découvert sa robe de mariée ainsi que ses chaussures déposées au pied d'un arbre au milieu d'un bois de la propriété.

Je ne sus quoi répondre.

— Ah, et…

— Monsieur Maulin, nous souhaiterions votre présence. Pouvez-vous venir assez rapidement, s'il vous plaît.

Déjà en pleine réflexion, je ne répondis que d'un simple :

— Oui, j'arrive !

Puis, je raccrochai.

Emma, depuis le début de la conversation, épiait la moindre de mes réactions à travers la porte-fenêtre de l'entrée. Tête baissée, perdu dans mes pensées, je saisis mes clefs de voiture au fond de ma poche. Je ne disais rien et m'apprêtais à partir vers le domaine des Lavandières lorsque Emma me saisit par le bras.

— Guillaume, où vas-tu ? Que se passe-t-il ?

J'eus un mouvement de recul, comme si elle me réveillait, et balbutiai :

— Ils ont retrouvé la robe de Joy... dans un bois, je crois. Il... faut que j'y aille.

— Sa robe dans un bois ? Je viens avec toi !

Je fis une grimace de désapprobation avant de lui indiquer d'un geste de la main de s'installer dans la voiture.

— Attends, deux minutes s'il te plaît !

Emma se dirigea vers Paulo.

— Nous allons faire quelques courses avec Guillaume, tu souhaites quelque chose de particulier ?

— Non, rien merci, je reste ici avec Gabriel.

— Très bien, à tout à l'heure.

Paulo était déjà parti vers la piscine.

Emma fit signe à Gabriel de faire attention à lui.

— Des nouvelles ? demanda-t-il, devinant notre angoisse.

— La gendarmerie a appelé : Guillaume doit se rendre aux Lavandières ; ils ont découvert la robe de Joy.

— Ah !... Prenez votre temps, je m'occupe de Paulo.

— Merci !

Lorsque nous arrivâmes devant l'entrée principale du domaine, nous vîmes deux voitures et un fourgon garés en bordure de l'allée centrale. Le lieutenant nous accueillit.

— Merci d'être venu si rapidement.

— Où est la robe ? m'empressai-je de lui demander.

— Suivez-moi !

J'avançai dans le sous-bois, quelques pas derrière moi Emma paraissait très angoissée. J'aperçus une petite clairière où quatre gendarmes, délimitant une zone, attendaient notre venue.

La robe, étalée à terre, était recouverte de quelques feuilles desséchées par le soleil. Elle paraissait avoir été déposée avec précaution comme pour lui donner une forme d'élégance. Je ne bougeai pas, je ne pouvais pas, les yeux rivés sur le tissu de soie. Je me souvenais de Joy qui, quelques jours auparavant, portait avec aisance et charme cette robe qu'elle avait tant de fois passée, fait retoucher, réenfilée, au point de rendre presque fou le couturier lors des multiples essayages.

J'entendis Emma sangloter derrière moi, elle répétait :

— C'est la sienne, c'est la sienne !

— Vous confirmez ? me demanda le lieutenant.

— Oui, c'est bien la robe de… ma femme. Vous n'avez rien trouvé d'autre ?

Le lieutenant fut formel.

— Rien monsieur Maulin, absolument rien ! Aucune trace de lutte ni de voiture, uniquement les marques de pas d'une seule personne.

— Donc, rien de suspect ? insistai-je.

— Non, en ce qui me concerne je ne peux investiguer plus avant ; rien ne le justifie. Par contre, si vous le désirez, puisque vous êtes son mari, vous pouvez porter plainte pour qu'une enquête administrative soit lancée.

— Et qu'est-ce que cela apporterait de plus ?

— Dans ce cas, nous pouvons tracer le téléphone, les éventuels paiements par carte bancaire. En fait nous essayons de suivre l'itinéraire de la personne. Il s'agit, selon le terme consacré, d'une « enquête dans l'intérêt des familles ». Je ne vous cache pas que ces procédures sont très limitées et ne donnent des résultats probants que dans de rares cas. Mais il s'agit de votre décision, vous en avez le droit.

Cette robe déposée à terre me fit penser au pire : et s'il s'agissait de l'œuvre d'un sadique qui aurait enlevé Joy avec une mise en scène autour de sa robe de mariée ? Je ne pouvais quitter la scène du regard.

— Et si…

Je ne savais comment exprimer ce que je ressentais.

Le lieutenant me rassura.

— N'hésitez pas monsieur Maulin, j'essaierai de répondre à la moindre de vos interrogations.

— S'il s'agissait d'une mise en scène ? Vous voyez ce que je veux dire ?

Je n'osai prononcer le mot « sadique » ou « détraqué ».

Le fonctionnaire ne put retenir un sourire avant de saisir mon bras.

— Oui ! Je vois exactement à quoi vous pensez.

— Et alors ?

— Alors vous devriez oublier cette éventualité. Comme je vous l'ai dit, nous n'avons rien relevé de suspect.

J'acquiesçai.

— Très bien, vous devez avoir raison.

Emma s'approcha et posa sa main sur mon épaule.

— Et vous en concluez quoi ? s'enquit-elle.

— Comme vous mademoiselle, sans aucun doute une fugue, une fuite… enfin un départ volontaire. Nous allons vous laisser. Bien sûr si nous apprenons autre chose je vous en ferai part, mais je n'y crois pas.

La gendarmerie avait à peine quitté le domaine que mille questions se bousculaient dans mon esprit. J'étais partagé entre deux sentiments.

Et si la gendarmerie se trompait, s'il s'agissait de l'œuvre d'un détraqué ? J'avais du mal à gommer cette image de mes pensées. Et si c'était Emma qui avait raison ? Joy aurait prévu sa fuite. Une sensation de dégoût, presque de rejet, m'envahissait. Celle à qui j'avais accordé mon amour aurait organisé son départ le soir même de notre mariage ?

Emma esquissa un léger sourire.

— Il ne lui est rien arrivé de grave, c'est le principal ! affirma-t-elle tout en ramassant délicatement la robe de Joy.

Je tentai de me concentrer sur le côté positif.

— Oui, tu as raison.

Elle remarqua mon visage marqué, mon regard vide qui fixait cette clairière, l'endroit où Joy avait décidé de ne plus porter cette robe, un des symboles de notre union.

— Elle doit avoir ses raisons, tu sais.

— Sans doute, rétorquai-je sans conviction.

— Quelque chose d'important, j'en suis certaine.

— Plus important que notre mariage, plus important que ma confiance, plus important que…

Emma n'attendit pas la fin de ma phrase.

— Allez viens, rentrons. Nous devons avertir Paulo qu'il n'est rien arrivé de fâcheux à sa sœur.

Peut-être voulais-je croire à un enlèvement pour mieux me cacher qu'elle était partie de sa propre initiative. Peu à peu, je me rendis compte que mon hypothèse ne tenait pas ; la gendarmerie aurait trouvé des indices.

— Oui, rentrons ! conclus-je avant de démarrer la voiture et de repartir à vive allure en direction du Brestet.

Il fallait que je me rende à l'évidence. Cela faisait une semaine que Joy avait disparu, je devais accepter l'idée que c'était sa décision, que je n'y pouvais rien et que tout mon amour n'avait pas suffi à la retenir.

Malgré les longs discours d'Emma qui essayait de me convaincre que si son amie était partie c'est qu'elle avait de solides raisons de le faire, je n'arrivais pas à m'ôter de l'esprit un terrible sentiment de trahison. Savoir que la profondeur de l'amour que j'éprouvais pour elle n'avait pas suffi à la faire rester à mes côtés me rendait malade.

À mesure que les jours passaient, ce qui devenait le plus insupportable, c'était qu'elle n'ait pas pu me parler, me faire confiance. Elle avait pris une décision seule et, quelle qu'en soit la raison, je ne savais pas comment je pourrais lui pardonner.

Le départ d'Emma et de Paulo se précisait. Je les conduirais, le lendemain dès 5 heures, à l'aéroport de Lyon-Saint-Exupéry en direction de Paris. Après avoir accompagné Paulo jusqu'à son vol pour Rio, Emma reprendrait son travail dès le lundi.

Quant à moi, je décidai de rester quelques jours supplémentaires au Brestet. J'avais besoin d'être seul, peut-être y verrais-je plus clair en prenant du recul après une semaine bien trop lourde d'émotions.

Emma finissait de préparer sa valise alors qu'avec Paulo et Gabriel nous nous promenions dans le verger situé en contrebas de la terrasse. La braise dans le barbecue était prête pour recevoir notre dernière « grillade party », comme se plaisait à le répéter Paulo.

Ces quelques jours nous avaient soudés, Paulo était devenu proche d'Emma. Joy lui manquait terriblement, mais il en parlait peu, préférant se réfugier dans un silence qui, pour un garçon de quinze ans, témoignait d'une inhabituelle force de caractère et imposait le respect. Il venait d'assister à la disparition de sa sœur à des milliers de kilomètres de Rio et c'était lui qui, à plusieurs reprises, nous démontrait que la situation n'était peut-être pas si désespérée que cela. Il appela ses parents deux fois durant la semaine, sans leur faire part de la disparition de Joy.

*
**

— Guillaume, tu peux monter me voir s'il te plaît, me demanda Emma depuis la fenêtre de sa chambre. Elle paraissait préoccupée.

— Bien sûr, tout de suite.

Arrivé sur le pas de la porte, je découvris Emma assise sur son lit. Elle me regardait, je devinais ses mains qui tremblaient.

— Qu'y a-t-il ? m'inquiétai-je. Tu n'as pas l'air bien !

Son regard se tourna vers sa droite où deux enveloppes cachetées étaient déposées sur la fine couverture de coton.

— Elles sont tombées de la poche de la veste que je portais le soir du mariage lorsque j'ai voulu la glisser dans ma valise.

Je ne bougeai pas, mais je devinai l'écriture de Joy sur chacune d'elle.

— Il y en a une pour toi et une pour Paulo.

Je m'assis sur le lit, prenant en main les deux enveloppes. Je n'osais ouvrir celle qui m'était destinée, la triturant dans tous les sens. Emma me proposa :

— Guillaume, nous ne pouvons pas cacher cette lettre à Paulo.

— Tu as raison, confirmai-je.

Je m'approchai de la fenêtre et fis signe à Paulo de nous rejoindre.

Il monta l'escalier à la hâte. Nous l'attendions, figés comme deux santons, le fixant du regard.

— Que se passe-t-il ? demanda-t-il visiblement inquiet.

Alors que je cherchais la meilleure formule, Emma préféra être plus directe.

— Paulo, nous venons de trouver une lettre de Joy qui t'est destinée. Il y en a une également pour Guillaume.

Le jeune garçon paraissait pétrifié, il n'avait pas encore fait le moindre geste. Je me levai et lui tendis l'enveloppe qu'il saisit fermement avant de la plaquer contre sa poitrine.

Je faisais face à Paulo, nous étions dans la même incertitude et la même crainte, la même peur de découvrir pourquoi…

4

Ce qu'il nous reste…

La nostalgie, c'est ce qu'il nous reste lorsque les souvenirs s'estompent.

Comme un baluchon de regrets que l'on accumule au cours d'une vie et qui, peu à peu, nous fait courber le dos.

La nostalgie du temps qui passe, d'un visage qui s'efface. La nostalgie d'un « j'aurais dû » ou d'un « j'aurais pu ».

Une petite mort en somme… Oui, une petite mort ! Celle qui nous rend plus faibles ou plus forts.

*
**

Le chauffeur eut l'intelligence et la délicatesse de ne pas me poser de questions embarrassantes. Même s'il avait deviné que j'avais besoin de parler, il avait compris que mon départ n'était pas « habituel ». Déjà, lorsque j'avais réservé la course à la société de taxis, la secrétaire m'avait demandé de valider ma réservation par e-mail. Ma requête était suffisamment insolite pour nécessiter une confirmation écrite.

Guillaume et Paulo occupaient bien sûr mes pensées, mais plus la voiture filait sur l'autoroute et plus mon esprit se fixait sur l'essentiel, une sale nécessité qui revenait tel un boomerang que l'on a lancé le plus loin possible, croyant qu'il se perdrait à l'horizon.

— Madame, vous souhaitez un peu de musique peut-être ? me proposa le chauffeur tout en scrutant ma réaction dans son rétroviseur intérieur.

Il devina ma réponse, un simple clignement des yeux furtif. Il tritura dans sa réserve de CD pour en extraire l'album *Diamond Life* de Sade.

— C'est une musique douce, parfaite pour vous relaxer. Vous avez sans doute besoin de vous reposer.

Je connaissais très peu cette artiste, l'album était sorti deux ans avant ma naissance et il ne faisait pas partie de mes choix musicaux habituels ; j'étais plus attirée par des rythmes récents et rapides. Et pourtant, étonnée, je sentis mon esprit se calmer sur les notes soul et jazzy de *Smooth Operator* et *Your Love is King*. Je calai ma nuque contre l'épais appuie-tête de cuir. Mon esprit divaguait, se laissant entraîner par les lumières des voitures qui nous croisaient.

— Ils sont pénibles avec leurs phares ; les codes ils ne connaissent pas ? pesta le chauffeur avant de jeter un nouveau coup d'œil dans le rétroviseur.

J'acquiesçai d'un hochement de tête. J'appréciais la tonalité de sa voix ; elle calmait le flot de mes pensées. J'aurais aimé qu'il continue de parler sans que j'aie besoin de lui répondre, mais je fis un effort. Je ne souhaitais pas qu'il se lasse et qu'il me laisse seule avec mes doutes dans le silence pesant de la nuit.

— Effectivement, c'est pénible ! confirmai-je.

Ma réponse, comme une invitation, provoqua un flot de paroles ininterrompu. Sa voix baissait d'intensité uniquement quand il reprenait sa respiration. Tous les sujets y passèrent ou presque : la conduite de nuit, la vie de plus en plus chère, son divorce qui n'en finissait plus, les charges qui augmentaient… Tout à coup, il s'interrompit.

— Désolé, je ne parle que de moi. Vous savez, avec la conduite de nuit c'est parfois difficile, alors quand on peut discuter un peu, ça fait du bien. Vous ne dites rien, je ne vous embête pas, vous êtes sûre ?

— Non, c'est agréable de discuter. Je n'ai pas envie de dormir, répondis-je tout en vérifiant dans mon sac que mon portable était bien éteint.

Je savais que Guillaume et Emma ne tarderaient pas à tenter de me joindre dès qu'ils se rendraient compte que l'escapade de Cendrillon dans le jardin était bien trop longue. Entendre leurs voix ou simplement la vibration du Smartphone aurait été insupportable. Je préférais ne pas savoir, ne pas les entendre, peut-être une dernière fois.

Je partais, je les abandonnais. À tout instant, je pouvais perdre Guillaume, son amour et sa confiance. Il m'avait fait tant de bien et m'avait permis de croire qu'un homme, à lui seul, était capable de me prouver que la vie était facile et douce.

Jusqu'à ce que je le rencontre, les hommes n'avaient été que déception, faux espoirs, dégoûts et violences. Depuis que j'avais croisé son regard, il avait eu la patience de m'apprivoiser et de me faire sentir que l'on pouvait s'abandonner, que l'être humain n'était pas uniquement un calculateur et une source de tensions quasi permanente.

Ce départ était une sorte de trahison, je l'assumais ; je n'avais pas d'autre choix.

*
**

« Emma, ma douce Emma, ma meilleure amie, me pardonneras-tu ? » Je me surpris à chuchoter comme si elle était à côté de moi. Nous avions partagé tant de choses depuis ce premier vol vers New York il y avait maintenant près de trois ans ! Nous étions le parfait contraire l'une de l'autre, comme les deux pôles d'un aimant qui s'attirent. L'un est positif, ça c'était elle, l'autre négatif… ça, c'était moi. Elle avait cette forme de sérénité et de confiance en elle qui me faisait tant défaut. Je connaissais tout de sa vie, son enfance et son adolescence sur la côte basque entre mer et montagne. Ses études à Toulouse pour obtenir un BTS tourisme puis son école de « personnels navigants commerciaux » à Paris et, depuis un an, sa promotion en tant que chef de cabine.

Nous avons craint un instant que notre amitié pâtisse de ses nouvelles responsabilités ; elle devenait ma supérieure hiérarchique. Tout se déroula sans problème, les consignes qu'elle me donnait étaient rares ; nous nous comprenions d'un simple geste ou d'un simple regard.

Je fus le témoin de son amour naissant avec Edward, jeune pilote franco-britannique. Le genre d'homme à faire tourner les têtes les plus solides et les plus hermétiques aux charmes masculins.

Emma était une éternelle amoureuse, une « croqueuse de vie » comme je me plaisais à le lui répéter. J'en avais d'ailleurs fait son surnom lorsqu'elle me racontait ses conquêtes avec moult détails et à chaque fois c'était certain : elle venait de rencontrer l'homme idéal… enfin jusqu'au suivant qui, bien évidemment, était encore mieux que le précédent.

Avec Edward ce fut la même chose, mais ce qui me mit dans une rogne maladive, ce fut de découvrir que cet Edward était un personnage superficiel et un menteur invétéré. Les jeunes hôtesses de l'air fraîchement sorties de l'école en quête de reconnaissance ou... d'autre chose étaient pour lui régulièrement des proies faciles. Pour un pilote sachant jouer de son charme et de sa position, il devenait aisé de combler les heures de solitude des longues soirées d'escale. Sa chambre d'hôtel s'illuminait alors de la fraîcheur d'une peau un peu plus jeune que celle d'Emma.

Elle me parlait de mariage avec des étoiles dans les yeux pendant qu'Edward s'adonnait à son jeu de séducteur à l'autre bout de l'Europe ou de l'autre côté de l'Atlantique.

Depuis que je connaissais Emma, c'était la première fois qu'elle semblait se mentir. Elle était accro à cet homme, elle espérait que ce coureur de jupons se transformerait en amant fidèle puis en mari. J'avais bien essayé quelquefois de la mettre en garde, mais sans succès ; elle tournait en boucle sur son intelligence et sa beauté : tout un programme !

Et malheureusement ou plutôt... heureusement, ce qui devait arriver arriva. Edward lui expliqua d'une voix mielleuse que leurs métiers n'étaient sans doute pas compatibles avec une vie amoureuse épanouie et qu'il lui fallait plus de temps pour savoir s'il tenait vraiment à elle... Le discours habituel lorsqu'on ne souhaite pas s'engager.

C'est assez curieux comme dans ces cas-là les femmes peuvent se montrer idiotes. La réaction qui s'imposait était soit une gifle, soit le mépris alors qu'Emma n'eut pour seule réponse qu'un bien inapproprié : « Oui, tu as peut-être raison. »

Cachée dans la cabine réservée aux hôtesses, je fulminais. J'aurais voulu crier à mon amie : « Dis-lui ses quatre vérités, il te prend pour une imbécile, réagis ! », mais je n'en fis rien : c'était leur histoire et c'était sa décision.

À force de discuter avec elle, j'ai enfin réussi, au bout de deux mois, à la convaincre de rompre définitivement. Emma fut sincèrement malheureuse, mais elle se rangea à mon avis. Ce qui ne l'empêcha pas de renouer avec ses habitudes d'éternelle amoureuse. C'était agréable de la voir reprendre rapidement goût à tout ce qu'elle avait oublié sous l'emprise d'Edward.

J'enviais Emma, car elle avait à nouveau foi en l'homme alors que moi je n'y parvenais pas, d'ailleurs du plus lointain de mes souvenirs je n'y étais jamais arrivée. Je n'y avais jamais cru… jusqu'à Guillaume.

*
**

Le chauffeur me tira de ma torpeur :

— Vous semblez bien rêveuse, madame ou… il hésita… mademoiselle ?

Je me surpris à ironiser sur sa remarque.

— Madame ! Je crois que le « mademoiselle » n'a plus cours officiellement.

Je venais de relancer la boîte à paroles.

— Oh, ne m'en parlez pas ! C'est idiot, cette nouveauté. Une de plus… décidément, l'Administration… Qu'est-ce qu'ils ne vont pas encore nous inventer ? Moi, je m'en moque, je continue avec « madame » ou « mademoiselle » selon le cas. Les clientes ne m'ont jamais fait de remarques désobligeantes, comme quoi nous ne sommes pas des moutons. Une jolie jeune fille, je ne vais quand même pas l'appeler « madame » non ? Qu'en pensez-vous ?

— J'en pense que… vous avez raison, répondis-je, hésitante, haussant les épaules en guise d'approbation.

C'était la première fois que je prenais conscience qu'une conversation banale pouvait être si apaisante. Je me décontractais. Je parvins même à répondre sur un ton presque détaché aux questions personnelles que le chauffeur finit par me poser.

— Vous étiez invitée au mariage ?

— En quelque sorte.

— Un sacré domaine, les Lavandières ! Certains de mes amis s'y sont mariés avant que les bâtiments ne soient rénovés, c'était déjà magnifique.

— Oui, c'est un endroit magique, confirmai-je.

Curieux, il poursuivit sa quête. Je continuai à lui répondre le plus naturellement possible, essayant même de deviner sa prochaine question et le moment qu'il choisirait pour être plus direct.

— Ce n'est pas habituel de partir d'un mariage seule, au beau milieu de la nuit et surtout si loin. Nous y voilà !

— Effectivement. Mais vous savez, quelquefois on n'a pas le choix.

Il se tut un instant, se frotta le menton avant de poursuivre :

— Je vous ennuie peut-être, n'hésitez pas à me le dire. Je discute, je discute et vous devez être épuisée. Toute une journée de cérémonies, de photos, de repas, de danse, je ne sais pas comment font les jeunes pour tenir jusqu'à 6 heures du matin.

— Ils sont jeunes, voilà tout, répondis-je presque amusée.

— Excusez-moi, je ne voulais pas… vous êtes jeune vous aussi… enfin…

Son mea culpa était touchant, mais je décidai de mettre fin à son bégaiement d'excuses.

— Trente ans. Effectivement je suis encore jeune.

Je le sentis rassuré, sa voix devint plus douce.

— L'âge de ma fille, elle vit à Paris. Je vais passer la voir demain… enfin aujourd'hui après vous avoir déposée, nous avons prévu de déjeuner ensemble.

— Vous la voyez souvent ?

— Pas assez à mon goût. Chaque fois que je viens faire une course sur la région parisienne, je ne manque pas d'aller lui faire au moins un petit coucou.

Sa remarque me fit penser à mon père, celui que je n'avais pas eu. L'homme qui m'avait élevée dans l'arrière-boutique de ses bars à hôtesses et dans une indifférence qu'il avait toujours parfaitement assumée. Je ne l'avais pas revu, ni lui ni ma mère, depuis mon départ pour Paris, mais dans vingt-quatre heures ils seraient face à moi. La première étape d'un parcours qui me ramènerait trois ans en arrière.

— Elle a de la chance, votre fille, profitez de ces moments ; ils doivent être uniques.

La lumière du tableau de bord éclairait son visage, j'y voyais un large sourire.

— Vous aussi, vous devez…

Je l'interrompis brutalement.

— Non !

— Oh pardon, excusez-moi. Une fois de plus je parle, je parle et je ne fais pas attention.

— Ne vous inquiétez pas, votre fille a de la chance d'avoir un père tel que vous, répétai-je tout en fixant le côté droit de son visage à peine éclairé ; il venait de baisser l'intensité de la lumière de son tableau de bord.

— Vous êtes gentille, fit-il.

Étonnamment, il ne poursuivit pas par un long monologue. Je patientai quelques instants, mais rien ne vint, il paraissait ému. Je me décidai à relancer la conversation ; ce silence me pesait et m'angoissait.

— Je suppose que c'est son travail qui l'a amenée dans la région parisienne ?

Tout redevint normal, le débit de ses paroles reprit sa vitesse de croisière. Il m'exposa avec force détails tout le parcours de sa fille, depuis ses études jusqu'à son poste de professeur dans la région parisienne.

— Vous travaillez aussi à Paris, je suppose ? me demanda-t-il soudain.

— Oui.

— À l'aéroport, je présume ?

— En quelque sorte, je suis hôtesse de l'air chez Air France.

— Waouh ! C'est un super travail ! s'exclama-t-il.

— Ce n'est pas déplaisant, je voyage beaucoup. Par contre pour une vie de famille… ce n'est pas forcément le métier le plus approprié.

Je commençai doucement à replonger dans la tristesse et la nostalgie.

— Bien sûr, vous êtes mariée ? Vous avez des enfants peut-être ?

— Je n'ai pas d'enfant… mais… je suis mariée.

La récréation était finie, tous mes tourments refaisaient surface. Le chauffeur continuait de me parler, mais je ne l'entendais plus ; ses paroles s'effaçaient dans un nuage de solitude. « Guillaume, Paulo mes amours que faites-vous ? J'ai besoin de vous ! », pensai-je, imaginant leur présence pour me rassurer, me donner cette force dont j'avais tant besoin.

J'avais conclu un pacte avec le diable pour sauver un ange. Mon ange, mon Paulo était désormais en pleine santé, mais Lucifer n'oublie rien. Il rôde et vous rappelle que tout se rembourse, jusqu'au dernier dollar.

Je n'avais pas respecté totalement ma part du contrat, croyant que plusieurs milliers de kilomètres suffiraient à me faire oublier.

J'avais perdu mon pari, mais peut-on gagner contre la Mafia brésilienne ? Évidemment non ! Je l'avais espéré, croyant que la dette que je leur devais s'évanouirait dans les nombreuses rançons et financements crapuleux que les mafieux de Rio organisent.

Obtenir une importante somme d'argent dans l'urgence n'avait pas été difficile, la rembourser était devenu vite insupportable. Pressée par le temps, j'avais dû souffrir dans le plus profond de mon être pour honorer les échéances.

Malgré l'horreur et le dégoût je ne regrettais pas un seul instant ce que j'avais fait pour sauver Paulo, même si le prix à payer était de perdre l'amour de Guillaume.

5

Simplement quelques mots

« *"Les paroles s'envolent, les écrits restent", dit le proverbe, je n'y crois pas !*

Les paroles sont assassines, trompeuses ou excessives alors que les écrits sont réfléchis, sincères et précis.

Les paroles ne s'envolent pas ; elles s'incrustent. Les écrits ne restent pas, ils caressent.

Alors simplement, en quelques mots échappés, en quelques lignes posées sur le papier, je t'offre la profondeur de mon amour. »

*
**

Nous ne le savions pas encore Paulo et moi, mais chacune de nos lettres commençait par ce même texte.

Je restai seul dans la chambre tandis qu'Emma prenait le jeune homme par les épaules et l'accompagnait vers la terrasse. Comme moi, Paulo n'avait toujours pas prononcé le moindre mot. Emma resta d'abord près de lui avant de le laisser découvrir la lettre qu'avait rédigée sa sœur. Elle rentra dans la maison, mais, une fois la baie vitrée franchie, elle s'arrêta pour le surveiller.

Par la fenêtre de la chambre, moi aussi je regardai Paulo. Il s'assit au bord de la piscine et prit le temps de glisser ses jambes dans l'eau. Il paraissait plus rassuré que stressé à l'idée d'ouvrir la lettre de Joy ; il avait des nouvelles de sa sœur et cela semblait le satisfaire.

Depuis près d'une semaine, j'observais Paulo et son comportement me surprenait. N'importe quel jeune homme de quinze ans venant de voir disparaître sa sœur et se retrouvant loin des siens aurait dû être paniqué et impatient de revoir ses parents, mais pas lui. Bien sûr, il avait le mal du pays, mais il attendait avec sérénité de savoir ce qu'il devait faire et c'était Joy qui devait le rassurer, personne d'autre !

Contrairement à moi, il était persuadé que, d'une façon ou d'une autre, Joy lui donnerait des nouvelles tellement leur complicité était évidente. Je commençais à comprendre pourquoi elle avait tant insisté pour que Paulo soit le gardien de nos alliances. Un lien inconditionnel, aussi invisible que puissant, les unissait.

Paulo lut avec calme les mots de Joy. Il plia la feuille de papier et la déposa sur la petite table ronde située en bordure de la piscine.

Emma, toujours derrière la vitre, attendait une réaction ou un signe de la part du jeune homme pour s'avancer. Dans un premier temps, Paulo ne bougea pas. Les mains posées sur ses genoux, il paraissait ailleurs. Emma hésitait, ne sachant quelle décision prendre.

Tout à coup, il se mouilla les deux bras et la nuque, puis, sans retirer son éternel tee-shirt de surf moulant Quiksilver, glissa dans l'eau et disparut au fond du bassin dans un mouvement de brasse coulée. Emma s'avança de deux pas. Toujours à la fenêtre, j'observais la scène avec curiosité. Elle leva la tête et m'interrogea sur la conduite à tenir. Je lui fis signe de se diriger vers Paulo.

Je n'avais toujours pas eu le courage d'ouvrir ma lettre.

Je ne sus que plus tard, par Emma, ce que Paulo et elle se dirent à ce moment-là… Pour l'heure, je me contentai de les observer de loin.

Paulo plongea son doux regard dans celui d'Emma. Avec la forte réverbération des rayons de soleil, elle devinait à peine son visage.

— Il y a un paragraphe pour toi.

— Pour moi ? s'étonna-t-elle.

— Oui !

Emma s'approcha de la table de fer forgé où était déposée la lettre. Elle n'osait pas la saisir.

— Lis-la, Emma ! lui demanda Paulo. Elle nous concerne tous les deux.

Emma s'assit et alluma nerveusement une cigarette. Elle mit ses lunettes de soleil et déplia la feuille de papier avant de commencer sa lecture.

Je n'avais toujours pas ouvert l'enveloppe. Je faisais les cent pas dans cette chambre. L'atmosphère était étouffante, des gouttes de sueur ruisselaient sous ma chevelure. J'essuyai mon front avec la manche de ma chemise.

Je décidai enfin de sortir de la chambre et de descendre dans le verger. Je m'installai à l'ombre des abricotiers, le dos calé contre un tronc.

Je déchirai l'enveloppe et découvris deux feuilles noircies recto verso. L'écriture de Joy était appliquée, presque scolaire. Chaque accent, chaque point parfaitement dessiné donnaient l'impression que cette lettre avait été écrite avec lenteur et application.

Je ressentis une profonde sincérité dans ses mots. Joy s'excusait à plusieurs reprises de son départ. Elle m'expliquait qu'elle savait, depuis près de deux mois, qu'elle partirait le soir de notre mariage ; elle ne pouvait imaginer de ne pas devenir ma femme. Elle souhaitait me donner une irréfutable preuve de son amour. Elle espérait, malgré tout le mal qu'elle me faisait, que je pourrais, peut-être un jour, lui pardonner.

Je n'avais pas encore fini la première page que mes yeux s'embuèrent, j'essayai de contenir mes larmes ; Joy me manquait.

Lire ses mots était, en même temps, la plus belle des douceurs et le plus cruel des supplices.

Quant aux raisons de son départ, elle ne me disait presque rien. Je sentais une retenue forcée dans ses propos. Chaque phrase se terminait abruptement comme si elle avait voulu m'expliquer, mais qu'elle se l'interdisait.

Elle partait pour régler un « souci » qu'elle seule pouvait résoudre. Une histoire resurgie de son passé, sa part d'ombre, celle que je ne connaissais pas et que, sans succès, j'avais tant de fois essayé de percer.

Je relus à deux reprises ses dernières phrases.

« *Guillaume, ne doute jamais de mon amour ; ce que j'ai fait est impardonnable, mais la vie ne nous laisse quelquefois pas le choix. Elle nous impose sa loi, son abominable logique.*

J'ai cru naïvement que mon passé n'était qu'un lointain cauchemar et que je pourrais l'oublier. Il n'en était rien. Je dois retrouver mes fantômes et clore définitivement cette période de ma vie : pour moi, pour toi, pour nous et pour… Paulo, il a trop souffert, il le mérite.

Guillaume, tu as le droit de ne pas me pardonner de ne pas t'avoir avoué ce que je n'oserai jamais te dire. Tu as le droit de m'oublier, de ne plus m'aimer, de me détester et de te sentir trahi, mais sois sûr que, quelle que soit ta décision, tu seras pour toujours celui qui m'aura rendue à la vie, à cette lumière que je pourrai enfin vivre pleinement avec toi, dans quelques semaines ou dans quelques mois si tu le souhaites.

Je t'aime mon Guillaume, pense à moi et donne-moi toute ta force.

Sois-en sûr, je reviendrai. M'attendras-tu ? »

Je glissai sa lettre dans la poche de ma chemise, je scrutai au loin les brumes de chaleur qui se dessinaient sur le massif des Baronnies. J'imaginais son visage, je tendais ma main comme pour caresser sa peau. Je fermai les yeux et me mis à lui parler comme si elle était à mes côtés.

« Joy ! Où es-tu ? Que me caches-tu ? Pourquoi ne m'as-tu pas fait confiance ? »

Toutes ces questions résonnaient dans ma tête comme une lancinante douleur qui tapait fort, trop fort, trop souvent.

Je me relevai enfin et me dirigeai vers la terrasse. Emma était assise à côté de Paulo. Elle semblait le réconforter, déposant une serviette sur ses épaules. Il approuvait à chacune de ses affirmations. Je préférai les laisser seuls et me dirigeai vers le salon où je m'affalai dans le canapé.

Pendant ce temps – cela aussi je l'appris plus tard –, Paulo et Emma continuaient de discuter. Paulo paraissait soucieux. Joy venait de lui donner des explications succinctes sur son départ et cela sembla d'abord le rassurer, mais le long paragraphe réservé à Emma l'inquiétait.

Elle lui faisait part de sa crainte pour son frère s'il rentrait au Brésil. Apparemment, il serait en danger. De quoi ? Joy ne donnait aucune explication, elle demandait simplement à son amie de s'occuper de Paulo jusqu'à son retour ou jusqu'à ce qu'elle lui fasse signe.

Joy n'imposait rien à Emma, ce n'était pas son style. Mais Emma connaissait suffisamment son amie pour comprendre que sa demande était fondée et la situation assez grave pour qu'elle accède à sa requête.

— Paulo, je crois que tu as compris ? Nous allons passer du temps ensemble.

— Mais je devais rentrer à Rio ! Et mes parents, il faut les prévenir ! s'affola-t-il.

Emma le serra contre elle, il posa sa tête sur son épaule.

— Ce n'est pas la peine, Joy s'en charge.

— Comment ça ? Elle ne leur parle plus depuis des années ! s'étonna-t-il.

Emma lui montra du doigt la dernière phrase du paragraphe qui la concernait.

— Regarde, elle a noté qu'elle devait les voir rapidement.

Le jeune homme acquiesça, mais il semblait toujours préoccupé.

— Elle va au Brésil. Pourquoi va-t-elle à Rio sans moi ?

Emma inventa les mots les uns après les autres, essayant de donner un semblant de logique à ses propos.

— Des affaires de famille à éclaircir sans doute, rien de grave. Peut-être souhaite-t-elle que tu rentres uniquement lorsque tout sera réglé.

— Ah ! Et pourquoi ne veut-elle pas que j'appelle mes parents ?

Deuxième mensonge inventé sur le même ton :

— Elle va les voir, ils auront de tes nouvelles !

Paulo insista :

— Je vais rester avec toi combien de temps ?

Troisième mensonge : Emma connaissait son amie, une telle demande, Joy ne l'aurait pas faite pour quelques jours.

— Une semaine tout au plus !

— Tu crois ? répliqua Paulo d'une voix inquiète.

Emma préféra mettre un terme à la conversation ; elle ne désirait pas prolonger ce discours mensonger.

— Allez viens avec moi, nous allons voir Guillaume.

Elle l'entraîna sans attendre sa réponse.

Dès qu'ils entrèrent, je me relevai rapidement, me dirigeai vers la cuisine, et revins avec trois verres d'eau fraîche. Malgré le soleil qui commençait à baisser à l'horizon, l'atmosphère était suffocante. Nous bûmes nos verres rapidement.

Paulo nous quitta bientôt et partit rejoindre Gabriel qui, toujours assis à côté du barbecue sur la terrasse, ne savait pas s'il devait relancer le feu sous les sarments encore chauds ou éteindre définitivement les dernières braises.

Emma profita de ce que nous étions seuls pour me montrer la partie de la lettre adressée à Paulo qui la concernait, ce qui augmenta encore mon désarroi. Mais elle ne me laissa pas me perdre en conjectures inutiles. Elle posa son verre vide sur la table basse du salon, s'avança sur la terrasse et interpella Gabriel.

— Alors ces côtelettes, bientôt prêtes ? lui lança-t-elle ironiquement.

Il lui répondit avec plaisir comme si la soirée reprenait son cours normal.

— Bien évidemment mademoiselle ! Vos désirs sont des ordres. Dix minutes et elles seront cuites à point.

— Très bien chef, fit-elle.

Emma avait décidé de prendre les choses en main ; elle sentait que la soirée allait basculer dans une nostalgie bien trop pénible. Paulo paraissait rassuré, mais déçu de ne pas rentrer chez lui dès le lendemain comme cela était prévu. Il ne bougeait plus, calé dans l'un des deux épais fauteuils du salon.

Quant à moi, la situation me paraissait bien étrange. J'essayais de faire le point et d'organiser mes idées, mais la lettre de Joy me plongeait dans un questionnement intense : je venais de me marier avec une femme qui, disparue le soir même, m'expliquait dans une lettre que c'était la seule décision possible. Qu'elle ne pouvait pas faire autrement et que si je l'aimais suffisamment il fallait que je l'accepte et que je l'attende.

Si vraiment Joy était en détresse, pourquoi ne m'avait-elle pas raconté plus tôt ce qui avait causé sa fuite insoupçonnable ? Et comment pouvait-elle espérer que je continuerais à l'aimer, alors qu'après ce qu'elle m'avait fait, j'étais sur le point de la haïr ? La seule chose dont j'étais sûr, à cet instant, c'est qu'il me fallait découvrir, coûte que coûte, la vérité.

Emma nous réveilla de notre torpeur.

— Les garçons, la salade est sur la table. Dépêchez-vous, les grillades ne vont pas tarder.

Elle poursuivit sur le même ton directif :

— Paulo, avant de nous rejoindre, va donc récupérer le pichet d'eau fraîche au fond du réfrigérateur. Et toi Guillaume choisis donc une bonne bouteille de rosé. Nous avons quelque chose à fêter, n'est-ce pas Gabriel ?

— Bien sûr, confirma-t-il.

Je m'exécutai sans comprendre ce qu'il y avait à fêter ; je faisais confiance à Emma. Je regardai Paulo qui semblait aussi circonspect que moi. Je descendis à la cave et choisis un côtes-du-ventoux rosé.

Le repas se déroula dans un climat étonnamment détendu compte tenu de l'ambiance stressante de la fin d'après-midi. Chacun donna librement son avis sur le contenu des deux lettres. Si nous étions tous d'accord sur la sincérité de Joy, j'étais le seul à penser qu'elle avait agi égoïstement sans se soucier des conséquences de ses actes et du mal qu'elle pouvait provoquer par une décision si radicale.

Le dîner traîna en longueur. Il était près de 1 heure du matin lorsque Emma se décida enfin à nous révéler à quoi nous devions trinquer.

— Je trinque à mon amie Joy ! imposa-t-elle avec force tout en se levant si vigoureusement que sa chaise faillit basculer en arrière et se retrouver dans la piscine.

Paulo fut le premier à lever son verre avec le fond de rosé qu'il contenait, suivi par Gabriel qui n'attendit pas pour s'hydrater le gosier et se resservir.

Hésitant à faire comme eux, j'interrogeai Emma.

— Puis-je savoir pour quelle raison nous devons lever notre verre ?

— Évidemment ! répondit-elle tout en donnant un nouvel élan au sien, dont le contenu manqua de finir dans le reste de côtelettes. Sa nervosité était palpable.

— Et alors ? Tu as l'air bien sûre de toi ! insistai-je ironiquement.

— Elle a souhaité justifier son départ, et c'est déjà beaucoup ! Elle ne nous a pas quittés lâchement sans penser à nous, s'écria Emma en plantant ses yeux dans les miens, comme pour guider ma réponse.

— Ah !...

Je ne savais quoi dire. Je m'attendais à tout sauf à ça.

— Je crois que c'est suffisant pour trinquer.

Tout en triturant le pied de mon verre entre mes doigts, je me tournai vers Paulo et remarquai son sourire. Il était heureux d'avoir eu des nouvelles de sa sœur.

Ne voulant pas gâcher le bien-être de Paulo, je n'insistai pas, je me levai avec lenteur et but mon verre d'un trait.

Personne n'avait sommeil : Paulo et Gabriel s'affalèrent dans le canapé du salon et zappèrent entre les différentes chaînes de sport, alternant entre le football américain et le catch à quatre féminin.

Avec Emma, nous étions allongés sur les transats bordant le côté de la piscine le plus proche du verger, nous parlions peu. Les rires de Paulo découvrant la féminité débridée des catcheuses parvenaient jusqu'à nous et cela nous faisait du bien.

Un léger mistral se leva et nous enveloppa dans la fraîcheur nocturne. Le regard fixant les étoiles, Emma se mit à frotter ses bras nus ; un frisson parcourut son dos. Je ne dis rien et me dirigeai vers la murette pour récupérer une serviette de bain.

Croyant qu'épuisé de fatigue, j'étais parti me coucher, Emma sursauta lorsque je posai le tissu-éponge sur elle en m'assurant que ses bras étaient bien recouverts.

— Tu m'as fait peur, dit-elle en tirant la serviette jusque sous son menton.

— Désolé, je ne voulais pas te déranger. J'ai vu que tu grelottais. La température a dû baisser d'une dizaine de degrés avec ce satané mistral qui se lève.

— Ce n'est pas grave, un peu de fraîcheur nous fera le plus grand bien. Tout était trop suffocant ces derniers jours : la chaleur, l'atmosphère, l'attente... enfin tout !

Je répondis avec ironie et défaitisme :

— Alors si le mistral doit devenir notre sauveur, qu'il souffle à tout rompre !

Emma tourna la tête vers moi, ses mèches de cheveux blonds voltigeaient devant ses yeux. Elle me regarda fixement. La lumière de la lune se reflétait sur l'eau de la piscine, donnant à la scène une ambiance faussement détendue.

Nous ne disions rien, chacun fixant l'autre dans l'attente d'une parole bien trop longue à venir. Son regard intense, difficile à décrypter, continuait à me dévisager.

Je me surpris à me focaliser sur sa beauté, mes yeux quittèrent les siens et se posèrent sur ses longues jambes légèrement croisées dans une position qui ne laissa pas indifférent mon esprit masculin.

Je préférai baisser le regard. Emma n'avait pas bougé ; elle semblait prendre plaisir à me mettre mal à l'aise.

J'étais épuisé, elle aussi, nous venions de vivre des moments difficiles, sans doute voulait-elle être rassurée. J'essayais de m'en persuader. De plus en plus troublé, je décidai de rompre ce silence ambigu qui durait depuis trop longtemps.

— Que vas-tu faire avec Paulo ?

Seules ses lèvres bougèrent. Le regard toujours fixe, Emma répondit avec assurance :

— Ce que Joy m'a demandé.

— Comment vas-tu t'y prendre ? Avec ton travail, je suppose que cela ne va pas être évident.

Emma détourna enfin les yeux et s'assit sur le transat. Le menton posé sur ses genoux, elle soupira :

— Je vais d'abord prendre une semaine de congés supplémentaire, le temps de m'organiser. Il faut que je voie avec mes parents s'ils peuvent s'occuper de Paulo lorsque je ne serai pas à Paris.

Une question me taraudait l'esprit depuis la lecture de la lettre de Joy. Je savais d'avance ce qu'Emma me répondrait, mais j'avais besoin de sa confirmation, comme pour m'infliger une souffrance supplémentaire.

— Tu penses vraiment ce que tu as dit à Paulo tout à l'heure ?

— À quel sujet ?

— Eh bien… que l'absence de Joy serait de courte durée.

Je devinai dans son ton une hésitation qu'elle ne chercha pas à dissimuler. Elle grimaça et me rétorqua :

— Tu y crois, toi ?

Ma réponse fusa, ne laissant aucune place au doute :

— Pas une seconde !

— Moi non plus, confirma-t-elle.

— Putain ! Mais où est-elle ? C'est dingue quand même ! pensai-je à haute voix.

Emma s'approcha et s'assit à mes côtés. Sa main saisit mon poignet.

— Franchement, tu crois que ça sert à quelque chose que tu t'énerves ?

J'avais les nerfs à vif et la situation m'échappait. Je pestais, je tentai maladroitement d'en savoir plus.

— Enfin Emma, tu dois bien savoir quelque chose ? Tu travailles avec Joy, vous avez fait ensemble de multiples allers-retours à Rio. Elle a dû te parler de ses problèmes ou alors tu as remarqué un comportement inhabituel, insistai-je.

— Rien ! Absolument rien. Un peu de nervosité à l'approche du mariage, rien de plus.

Je m'agaçai et commençai à balancer mes bras dans tous les sens.

— Et ses parents ? Tu n'as jamais trouvé étrange qu'elle ne leur rende pas visite ?

Emma semblait exaspérée et me le fit savoir.

— Écoute Guillaume ! Joy ne voyait plus ses parents, et alors ? De vieilles histoires, m'a-t-elle dit. Pourquoi ne l'aurais-je pas crue ?

— Mais elle t'avait présenté Paulo ! insistai-je.

— Et alors ! Si toutes les familles à histoires devaient être suspectes, le monde deviendrait une interrogation permanente.

À court d'arguments, j'acquiesçai.

— Oui... tu as sans doute raison.

— Pas « sans doute », j'ai raison ! conclut Emma, péremptoire.

Mais, remarquant ma détresse, elle baissa le ton.

— Excuse-moi, nous sommes tous très fatigués, nous devrions dormir un peu.

Je me retournai vers le salon, Gabriel et Paulo étaient déjà plongés dans les bras de Morphée, les catcheuses n'avaient plus de spectateurs.

— Regarde, ils dorment à poings fermés, lui fis-je remarquer.

Elle sourit, me prit par le bras et m'entraîna vers la bâtisse.

— Tu sais, si tu veux être tranquille, tu fais comme moi ! me dit-elle.

— C'est-à-dire ?

— Pas d'amoureux régulier et j'ai gommé le mot « mariage » du dictionnaire.

— Pardon ?

Emma s'arrêta au milieu de la terrasse, me pinça la joue comme à un enfant auquel elle aurait pardonné sa bêtise.

— Je plaisante, enfin pour toi. En ce qui me concerne, c'est ma philosophie de vie. Je ne peux m'empêcher de tomber amoureuse, mais cela ne dure jamais bien longtemps.

— C'est sans doute mieux.

Nous venions de rentrer dans le salon, Emma éteignit les lumières et posa une couverture sur Paulo. Gabriel s'était réveillé. Il nous salua dans un grognement inaudible et partit se coucher.

Nous montâmes les premières marches, les yeux me piquaient, le sommeil me gagnait. Avant de regagner sa chambre, Emma se retourna vers moi et reprit, en écho à mes paroles :

— Non ce n'est pas mieux !

Elle poursuivit :

— Toi, même à l'autre bout du monde, quelqu'un pense à toi. Tu souffres, mais Joy pense à toi !

Je lui souris, lui fis un signe de la main. Les portes de nos deux chambres se refermèrent sur une journée bien trop forte en émotions.

Malgré l'heure tardive et le besoin de dormir, je relus la lettre de Joy. J'eus du mal à trouver le sommeil et ce n'est qu'aux premières lueurs du jour que mes paupières tombèrent enfin.

6

L'impossible oubli

Nous sommes ce que le passé a fait de nous : le fruit de notre éducation et de notre vécu.

Nous avons beau lutter, tout au long de notre existence, nous replongeons toujours au plus profond de nos errances d'enfant.

Telles des âmes perdues, nous recherchons l'impossible oubli, celui qui ferait de nous des êtres vierges, lisses et aptes au bonheur.

*
**

Il était 9 heures du matin, l'Audi venait de se garer sur l'arrêt minute de l'aérogare 2 E de l'aéroport Charles-de-Gaulle. Le vol direct à destination de Rio de Janeiro décollait une heure trente plus tard.

Le chauffeur m'avait réveillée lors de son dernier arrêt sur l'autoroute A5 ; je m'étais assoupie depuis peu. Malgré les six heures et demie de route je n'avais pas fermé l'œil durant les cinq cents premiers kilomètres.

Les haut-parleurs venaient d'annoncer le vol AFR 3541 à destination de Rio de Janeiro. Assise dans la salle d'attente, je regardais les passagers se lever, un à un, et se diriger vers le couloir d'embarquement. Mon sac à dos sur l'épaule, tête baissée, j'atteignis la porte avant de l'Airbus.

Je reconnus la voix douce et sensuelle de Lucie, une de mes collègues de travail. Nous faisions souvent partie de la même équipe pour les vols intercontinentaux.

Sa surprise fut totale.

— Joy ! Mais que fais-tu là ?

— Salut, Lucie, ça va ?

— Oui, mais toi ? Ce week-end, ce n'était pas...

Je prononçai le mot qu'elle n'osait pas dire :

— Mon mariage !

Je m'écartai pour laisser les passagers s'installer.

— Mais alors, pourquoi es-tu là ? me demanda-t-elle tout en indiquant leurs places à un couple de personnes âgées.

Je ne pus répondre, j'avais la gorge serrée. Je sentais l'angoisse comprimer ma poitrine. Lucie remarqua mon désarroi et, tout en finissant d'installer les derniers passagers, elle me fit signe de me rendre dans la cabine réservée aux hôtesses.

Deux jeunes femmes, que je ne connaissais pas, s'attelèrent aux démonstrations réglementaires des masques à oxygène et des gilets de sauvetage.

Lucie avait quelques minutes de répit et vint me rejoindre. Elle découvrit mon visage fatigué et mes larmes.

— Mais que se passe-t-il ? s'enquit-elle.

Je hoquetai, les sanglots couvraient les quelques mots d'explication que j'essayais de lui donner.

Elle s'assit sur le strapontin, en face de moi, et me saisit les mains. D'une voix calme, elle tenta de m'apaiser.

— Prends le temps qu'il te faut Joy. Tu peux rester là. Je reviens, ne bouge pas. Les petites jeunes ont déjà besoin de moi !

Le témoin « urgence passager » venait de s'allumer. Je regardai autour de moi, je connaissais par cœur cet environnement. Je détaillai chaque lumière, chaque tiroir. Je m'obligeai à répéter la « check-list » dans ma tête comme pour m'extirper de ce cauchemar qui ne faisait que débuter. J'avais besoin de retrouver un environnement familier et rassurant. Je ressassai inlassablement tous les gestes automatiques que j'accomplissais avec Emma, Lucie et tous les autres. Je sentis, peu à peu, ma respiration se calmer et mes larmes sécher, laissant apparaître, sur mes joues, les traces de l'épais maquillage que l'esthéticienne avait mis tellement de temps à confectionner quelques heures avant la cérémonie.

— Ils sont toujours aussi pénibles… pesta Lucie revenant vers la cabine.

Elle essaya de me faire rire.

— Il fait beau, pas un souffle de vent, un pilote qui nous a fait décoller sur du velours. Eh bien, il a fallu qu'une jeune femme retapisse ses habits et son siège, car le sac était « trop difficile à ouvrir » selon elle… Bref, la routine !

— Le boulot, murmurai-je.

Lucie constata que j'avais retrouvé mon calme, elle me tendit une lingette afin que j'essuie les traces noires de maquillage. Elle lança la conversation.

— Lorsque j'ai vérifié la liste des passagers, j'ai souri en voyant comme nom : « Joy Lucin ». Je me suis dit : « Tiens un homonyme »… mais non, c'est bien toi !

— J'ai pris le billet au dernier moment, j'ai attendu qu'Emma soit en congé ; je ne voulais pas qu'elle découvre ma réservation, avouai-je tout en finissant de me rafraîchir le visage.

— Au fait, puisque tu parles d'Emma. Elle devait être ton témoin…

Je l'interrompis, préférant donner mon explication plutôt que de subir un amical interrogatoire sur ma présence dans un avion à destination de Rio, alors que j'aurais dû être dans les bras de l'homme que j'aimais et profiter de nos premiers jours de jeunes mariés.

— Je suis mariée Lucie, toute la cérémonie a bien eu lieu. Je dois rentrer à Rio pour un problème… personnel. C'est très urgent.

Rassurée, elle osa me parler de Guillaume.

— Le jour du mariage, tu apprends qu'il faut que tu partes… waouh ! Ton mari a dû moyennement apprécier. En même temps, l'urgence ne se note pas dans un agenda. Tes parents, je suppose ? Je suis désolée.

Elle me tendit une bouteille d'eau fraîche. Je pris mon temps pour avaler doucement plusieurs gorgées. Mon visage se fit plus grave.

— Écoute Lucie, je vais être franche…

— Je… t'écoute, dit-elle en écarquillant les yeux de curiosité.

— Je suis partie au cours de la soirée, vers 2 heures du matin. Je n'en ai parlé à personne. À l'heure qu'il est, ils doivent tous me chercher. À moins qu'ils aient trouvé les lettres que j'ai laissées dans la poche d'Emma à l'intention de Guillaume et de Paulo.

Les bras de Lucie tombèrent lourdement sur ses cuisses.

— Tu es partie comme ça, sans rien dire ?

— Oui !

— Mais pourquoi ?

— C'est compliqué Lucie, je le devais, voilà tout !

— Tes parents c'est ça, un problème de santé ?

— Non… pas exactement !

Elle n'osa plus me questionner.

— Ah… je comprends ! fit-elle.

Bien sûr que non elle ne comprenait pas ! Mais que pouvait-elle dire d'autre ? Rien, à part les banalités d'usage qui ne font que compliquer des situations déjà trop confuses. Elle s'abstint, c'était mieux ainsi.

Le vol fut calme, les passagers aussi. Lucie en profita pour rester près de moi.

— Tu dois séjourner longtemps à Rio ? me demanda-t-elle tout en préparant les premières commandes des passagers que lui transmettaient les deux jeunes hôtesses.

Je hochai la tête de droite à gauche et haussai les épaules.

— Je n'en ai aucune idée !

— Quelques jours sans doute ? insista-t-elle.

J'hésitai, ne connaissant pas moi-même la durée de mon séjour.

— J'espère que tout sera réglé après… quelques semaines.

— Ah oui quand même ! Et où vas-tu loger ? Je suppose que…

Lucie connaissait les relations d'abord tendues puis inexistantes que j'entretenais avec mes parents. Le silence parle parfois plus qu'un long discours, elle attendait ma réponse.

— Tu supposes bien Lucie, je ne vais pas loger chez eux. J'ai réservé une chambre dans une pension de famille de la favela de Santa Marta.

Lucie manqua de s'étrangler.

— Dans une favela ! Tu es folle ou quoi ?

Sa remarque directe et franche eut le mérite de me faire sourire, je lui répondis avec un brin d'ironie.

— C'est sûr, ce n'est pas le Belmond Copacabana Palace. Mais ça présente l'avantage d'être d'abord dans mes moyens et puis… c'est plus discret.

— Mais c'est super dangereux ! insista-t-elle.

— Ne t'inquiète pas, la pacification des favelas a fait son œuvre. L'organisation de la Coupe du monde de football puis les Jeux olympiques dans quelques semaines ont eu le mérite de pousser le gouvernement à sécuriser la majorité des quartiers. Santa Marta a été la première à bénéficier de ce « traitement de faveur ».

— Mouais… si tu le dis, maugréa-t-elle tout en réfléchissant.

— Si tu veux, poursuivit-elle, je peux te prêter mon studio de Tijuca près du stade Maracana. Tu me supporteras lors des escales, autrement tu pourras en profiter seule.

Je me levai et posai une main sur son épaule.

— Tu es gentille, je t'assure tout ira bien.

— D'accord, je n'insiste pas. J'avertirai quand même la concierge au cas où tu changerais d'avis. Les clefs seront chez elle.

Elle griffonna l'adresse sur un Post-it qu'elle glissa dans la poche de mon jean.

— Merci !

— Putain, tu me fais peur Joy ! Que vas-tu faire ?

— Réveiller le passé, enfin… d'autres l'on fait pour moi. Je vais surtout essayer de l'endormir définitivement.

— Tu es bien secrète !

— Je ne peux pas en dire plus.

— O.K., mais jure-moi que tu me feras signe si tu as besoin !

— Bien sûr, d'ailleurs... je voulais te demander...

— Oui, vas-y, je t'écoute.

— Si Emma cherche à te joindre, dis-lui que je vais bien. Ne lui raconte pas tout ce que je viens de te dire.

— En même temps, tu ne m'as pas dit grand-chose. Et pour Emma, c'est déjà fait !

— Quoi donc ?

— Elle a cherché à me joindre, j'ai trois messages sur mon portable, tous reçus cette nuit. Je ne les ai pas encore écoutés.

— Dis-lui simplement que je vais bien et qu'elle embrasse Paulo et... Guillaume.

— O.K., mais ce ne sera que dans une semaine après mon « American tour ». Je crois que tu préfères, non ?

— Oui, c'est mieux, affirmai-je.

Après deux heures de vol, je décidai enfin de m'installer à la place qui m'était réservée. Lucie vint me rendre des visites régulières. Je dormis une grande partie du voyage jusqu'à l'atterrissage à l'aéroport international du Galeão sur l'île du Gouverneur.

Rio de Janeiro et mes errances passées m'attendaient. Saurais-je être à la hauteur ? Aurais-je la force de gagner le combat ?

Il était près de 15 heures, heure locale, lorsque le pilote posa l'Airbus avec délicatesse sur le sol brésilien. Je pris le temps d'apprécier une dernière fois le confort rassurant d'un lieu que je connaissais par cœur : les odeurs de tissu et de plastique, l'écho étouffé du bruit des conversations, le ronronnement des réacteurs. Je saluai rapidement les jeunes hôtesses avant de me diriger vers Lucie. Postée telle une statue à la sortie de l'avion, elle remerciait les passagers et leur souhaitait, à chacun, un bon séjour.

Tout au bout de la file d'attente, je me mis à sourire en regardant la scène ; c'était la première fois que je débarquais à Rio de Janeiro en tant que passagère.

*
**

Guillaume avait souvent demandé que nous partions, tous les deux, en voyage à Rio. Il s'y était déjà rendu dans le cadre de son travail mais n'avait pas eu le temps de découvrir, comme il l'aurait souhaité, les multiples beautés de la ville. « Tu seras mon meilleur guide », disait-il. J'esquivais chacune de ses propositions, évoquant mille raisons.

Quelques semaines avant le mariage, alors que je savais déjà qu'aujourd'hui je serais sur ce tarmac sans lui, je lui avais promis que notre voyage de noces se déroulerait ici.

En l'espace de trois semaines, il avait dû consulter des dizaines de guides touristiques. Il me suivait parfois dans l'appartement, l'ordinateur entre les mains, passionné par sa nouvelle découverte sur Google concernant un site à visiter ou un hôtel « merveilleux » à prix préférentiel.

Je me dérobais à chacune de ses propositions, affirmant que j'avais l'expérience de ce pays et que je lui réservais un circuit plein de surprises avec, à chacune de nos escales, les meilleurs hôtels. C'était facile pour moi de lui faire admettre que, pour les billets d'avion, je savais comment obtenir les tarifs les plus intéressants à la dernière minute.

Je ne lui mentais pas, c'était pire ! Je le trompais, car je savais que je ne ferais rien de tout cela. Le seul billet que je réserverais pour Rio, ce serait le mien. Et l'hôtel luxueux serait une pension de famille dans une favela où je séjournerais seule.

Guillaume, le seul homme, avec Paulo, qui me faisait confiance, je l'abusais avec une implacable organisation. Je me dégoûtais, à cet instant je représentais tout ce que je détestais : la trahison et le mensonge.

*
**

L'arrivée sur le sol brésilien et la bouffée de questions qui l'accompagnait provoqua en moi un doute intense. J'avais l'impression de m'endormir, de plonger dans une brume dont je ne pouvais m'extirper.

Alors qu'il ne restait à Lucie que quelques passagers à saluer, je pensai à Guillaume, persuadée, tout à coup, que j'avais eu tort de ne rien lui dire. Sans doute aurait-il compris que la vie de Paulo passait avant la liberté et l'amour ; qu'elle en était la condition première.

Mon devoir était de finir de conquérir l'avenir de Paulo pour gagner ma liberté, la liberté d'aimer Guillaume du plus profond de mon être.

— Il aurait compris, oui il aurait compris..., murmurai-je lorsque je me trouvai enfin en face de Lucie.

Elle me prit dans ses bras et me serra si fort que je sentis monter en moi, non pas des larmes, mais une indescriptible force intérieure. J'étais là, je l'avais choisi alors que j'aurais pu fuir, je n'avais qu'une issue : gagner cette foutue liberté.

À cet instant, aucun doute ne se présentait à mon esprit, la vie serait la plus forte, c'était évident !

Une bouffée d'euphorie m'envahissait, même ceux qui m'avaient rappelée à mes dettes passées me paraissaient faibles et sans consistance alors qu'il s'agissait des bandes mafieuses les plus dangereuses du pays.

Lucie desserra enfin son étreinte, mais pour me saisir fermement par les épaules.

— Fais attention à toi ! Quoi que tu fasses, si tu as besoin de moi, n'hésite pas.

— Je sais, merci !

Une dernière accolade, puis je disparus dans le long couloir menant au hall de l'aérogare.

Je sortis de l'aéroport avec mon sac à dos sur l'épaule.

Même si j'avais pensé le faire à de nombreuses reprises, je n'avais pas rallumé mon téléphone et écouté la multitude d'appels que ma messagerie devait sûrement contenir. Des appels de Guillaume, d'Emma et de certains de mes amis qu'ils n'auront pas manqué d'interpeller et de questionner à mon sujet.

C'est étrange, mais la voix que j'aurais le plus aimé entendre en passant la porte de sortie de l'aéroport ce n'est pas celle de Guillaume, mais celle de Paulo. Être dans sa ville, celle qui l'a vu naître, grandir et souffrir à mesure que les années passaient, provoquait en moi une forme de manque. J'avais besoin de le sentir près de moi, de le serrer dans mes bras.

J'aurais aimé me balader avec lui le long de l'Avenida Atlantica, jouer au beach-volley, comme cela nous arrivait quelquefois, sur la plage de Copacabana et regarder le soleil se coucher depuis le sommet du Corcovado au pied de la statue du Christ rédempteur.

*
**

À quelques semaines des Jeux olympiques, Rio n'était plus qu'une fourmilière de travailleurs s'affairant pour terminer les multiples sites encore en construction. Les grues de chantier semblaient former un canevas de tentacules qui encerclaient et emprisonnaient la ville.

Les transports en commun fonctionnaient au ralenti. Je mis près d'une heure et demie à rejoindre le centre-ville puis les abords de la favela de Santa Marta.

J'avais établi mon emploi du temps avec précision jusqu'à ma visite chez mes parents. Tout d'abord l'installation dans la pension de famille, puis l'achat d'une nouvelle garde-robe – celle que contenait mon sac à dos était bien maigre –, et le lendemain la vérification du trajet jusqu'à l'appartement de mes parents, où je me rendrais en fin de matinée.

À partir de ce moment-là, mon séjour brésilien dépendrait de ce qu'ils me diraient et de ce que cela impliquerait.

Je m'étais préparée à me retrouver en face de ceux qui n'avaient eu aucun scrupule à sacrifier une fille pour sauver un fils.

Ce père absent depuis ma naissance et cette mère qui jamais n'avait osé élever la voix face à celui qui l'avait extraite de sa vie minable pour la faire replonger dans une autre bien plus glauque.

C'étaient mes parents sur les fichiers de l'état civil, mais pour moi, ils étaient des parents indignes. Je pouvais à la rigueur admettre que tous les parents n'aiment pas toujours leurs enfants. Mais ce que je ne pourrais jamais leur pardonner et qui fut le déclic pour rompre toute relation avec eux fut ce que me dit mon père le soir où, ayant une fois de plus bu quelques verres de tequila de trop, il m'avoua l'inimaginable.

Toutes les conséquences qui en découlèrent furent un véritable supplice.

7

L'amour ne se partage pas !

On peut aimer plusieurs personnes de tout son cœur et de toute son âme ; l'amour ne se partage pas.

Seules la force et l'intensité en font la beauté.

L'amour est un sentiment où il faut tout donner, lâcher prise et laisser ses vagues nous engloutir. Plonger au plus profond de ses abysses, remonter à la surface et jaillir à l'air libre comme un nouveau-né, se déchirer les poumons et se sentir vivant.

*
**

J'avais décidé de séjourner au Brestet une semaine supplémentaire. J'étais maintenant persuadé qu'il n'était rien arrivé de grave à Joy et qu'elle était partie de sa propre initiative dans un flou qui me laissait toujours aussi dubitatif. J'avais besoin de faire le point. Tout cela était allé bien trop vite et je devais prendre le temps d'analyser les événements de la semaine passée : depuis le mariage jusqu'à cette fameuse lettre où elle m'annonçait, entre autres, qu'elle allait s'envoler pour Rio. J'aurais pu prendre le premier avion à destination du Brésil et partir à sa recherche. Gabriel et Emma avaient d'ailleurs abordé ce problème, s'étonnant de mon refus de réagir sur l'instant. Il fallait absolument que je prenne du recul.

Je m'étais fixé pour objectif de répondre à une question, une seule, celle qui conditionnerait les décisions que je prendrais : Joy était-elle la femme de ma vie ou... l'erreur de ma vie ?

Cette interrogation me parut d'abord trop tranchée, trop violente, enfantine même. Mais finalement, elle résumait parfaitement mon état d'esprit face à cette décision qu'elle avait osé prendre, bien avant notre mariage, et qu'elle n'avait pas hésité à mettre en œuvre sans avoir le courage de m'en parler.

Son mystère m'avait toujours attiré, il faisait partie de ce charme naturel qu'elle dégageait. Peut-être m'étais-je trompé, car on ne peut construire une union solide et durable sur un mystère ; une aventure oui, mais pas une relation sérieuse. C'était certain : elle ne m'avait pas tout avoué sur son passé.

Je me sentais trahi, presque humilié, et pourtant à chaque fois que je pensais à elle, c'est-à-dire... à peu près toute la journée, je ne voyais que son visage, ses yeux verts me fixant et ses quelques mèches de cheveux bruns tombant sur son front. J'imaginais son corps lisse au goût sucré, je pensais à cette peau que j'aimais tant caresser, à cette façon qu'elle avait de me regarder lorsqu'au plus profond de nos ébats, elle stoppait ses mouvements pour me garder en elle plus longtemps.

Joy ne me faisait pas l'amour, elle m'offrait son amour. Elle serait mon bonheur ou mon plus bel enterrement, je ne le savais pas encore.

Ce qui ne faisait aucun doute pour moi, en revanche, concernant Joy, c'était son besoin irrépressible de donner. Elle aurait offert un lingot d'or pour recevoir quelques miettes de tendresse. C'était de simples suppositions mais il m'a toujours semblé que si elle donnait autant, c'est qu'elle avait un besoin impérieux de recevoir. Qu'est-ce qui pouvait lui avoir manqué à ce point ?

*
**

Nous étions mercredi, la semaine était déjà bien entamée et je n'avais répondu à aucune de mes interrogations. Mes longues marches dans le massif des Baronnies ou sur les flancs du mont Ventoux en compagnie de mon fidèle ami, mon Canon, n'avaient pas suffi à m'éclaircir les idées.

Je revenais de chacune de mes sorties avec des centaines de clichés qui, une fois rentré à

Paris, me serviraient pour un futur numéro du magazine. La Provence a toujours été vendeuse et je comptais bien en profiter.

Le jeudi matin, je décidai de partir à l'aube pour arriver sur le parking du mont Serein, sur le flanc nord du géant de Provence, dès le lever du soleil.

Mon boss m'avait demandé de réaliser des clichés d'animaux, des mouflons en particulier. Ce n'était pas trop mon truc, les photos animalières. Un paysage me parlait beaucoup plus que n'importe quel animal ou… être humain.

Je me prêtai à l'exercice avec sérieux et application lorsque mon portable sonna. Le temps que je finisse mon cliché et que je farfouille à l'intérieur de ma poche, l'appel avait basculé sur la messagerie. Je constatai qu'il s'agissait d'un numéro masqué et que mon interlocuteur n'avait laissé sur ma messagerie qu'un long soupir d'hésitation avant de raccrocher.

Sans aucun doute ma mère ! Elle me harcelait régulièrement depuis son départ précipité après le mariage. Elle avait eu la lumineuse idée, sur les conseils de mon père, de m'appeler en « numéro masqué » pour qu'enfin je réponde à ses nombreux appels. Je n'étais pas dupe et avec le temps j'avais appris à reconnaître leur marque de fabrique.

Ils devaient, eux aussi, souffrir de cette situation, mais plutôt que de m'entendre rabâcher à longueur d'appels des phrases du style : « Mon chéri, tu dois être malheureux », « J'en ai parlé à madame Dupres, elle n'en revient pas » et pour clôturer le tout : « En fait ce n'était pas une fille pour toi, nous l'avions bien senti avec ton père ! », je préférais éviter et réduire la durée de nos conversations.

Je réglai mon téléphone en mode silencieux.

Je continuai, jusqu'en fin de matinée, ma série de clichés. Puis je me dirigeai vers ma voiture pour rentrer au Brestet afin de déjeuner avec Gabriel qui avait prévu de nous faire ses fameuses côtelettes grillées accompagnées de tomates et de poivrons du potager.

Je rangeai mon appareil photo dans sa housse lorsque je constatai que j'avais reçu cinq appels en absence. Toujours en « numéro masqué », mais cette fois-ci j'avais un message… il ne s'agissait pas de mes parents, mais du père Bertrand, je reconnus sa voix dès ses premiers mots.

« Bonjour Guillaume, j'ai appris que tu étais toujours au Brestet jusqu'en fin de semaine. Je souhaiterais te voir. J'ai longuement réfléchi, je pense que c'est mieux. Tu t'en doutes, c'est bien sûr au sujet de Joy. Elle est venue me parler avant votre mariage. Tu sais où me trouver, j'y serai en fin d'après-midi. Je t'attends si tu le souhaites. Je t'embrasse mon petit. »

*
**

Malgré mon insistance pour qu'ils restent quelques jours supplémentaires, Emma avait préféré rentrer à Paris avec Paulo dès le lundi matin. Je les avais conduits au TGV de 10 h 15 en gare d'Avignon. Les au revoir furent difficiles ; même si la semaine passée avait été éprouvante, nous avions construit un équilibre à trois qui nous permettait de tenir le coup.

Emma devait s'organiser avec ses parents et ses amies pour jongler entre ses absences régulières et la meilleure intégration possible de Paulo dans une ville qu'il ne connaissait pas. Elle souhaitait mettre à profit sa dernière semaine de vacances pour faire découvrir à Paulo son nouvel environnement ainsi que les personnes avec lesquelles il devrait partager son quotidien.

Joy lui avait demandé de veiller sur son jeune frère et elle comptait bien remplir cette mission du mieux qu'elle le pouvait. Mais cette garde d'un enfant mineur n'avait rien d'officiel et cela ne manquerait pas de poser des problèmes administratifs si l'absence de Joy s'éternisait.

*
**

Comme elle le lui avait promis, Lucie appela Emma dès son retour des États-Unis.

— Salut ma belle, tu vas bien ?

— Oui, oui… je suis dans les boutiques. Excuse-moi je t'entends mal avec ce brouhaha.

Lucie essaya de plaisanter, mais sa tentative fut de courte durée.

— Encore en congé et toujours dans les boutiques. Tu ne t'embêtes pas, dis-moi !

— Ce n'est pas pour moi, je dois compléter la garde-robe de… Paulo… le frère de Joy.

— Ah… !

Emma ne tarda pas à questionner sa collègue.

— Tu as eu mes messages ?

— Oui, mais j'étais en partance pour l'American tour, tu sais ce que c'est ! Nous venons à peine d'atterrir, je suis encore dans l'aérogare.

— Tu as eu des nouvelles ?

— Je suppose que tu parles de Joy ?

Emma s'agaça.

— De qui veux-tu que je parle ?

— Oui, je l'ai vue…

Lucie hésitait à poursuivre.

— Comment ça tu l'as vue, elle est avec toi ?

— Non…

— Bon, tu accouches oui ou non !

— En fait, elle était sur le vol pour Rio du… dimanche matin, tu sais celui de… la semaine dernière juste après son…

Emma se liquéfia à l'annonce de sa collègue. Elle lâcha les sacs qu'elle tenait dans sa main et s'assit dans un des fauteuils réservés aux clients de la boutique. Paulo était encore dans une cabine d'essayage.

— Le dimanche… juste après son mariage ?

— Oui ! confirma Lucie.

— Le vol de 10 h 30 ?

— Oui, répéta Lucie.

— Eh bien, elle n'a pas perdu de temps ! Ce n'est pas possible, elle a... disparu vers 2 heures du matin !

— Elle a dû prendre une voiture ; en TGV, c'est certain, elle n'aurait pas pu être à l'heure.

— Sans doute, mais sa voiture était toujours au Brestet. Elle avait tout prévu... c'est fou !

— En tout cas, je te certifie que c'était bien elle.

Une fois la surprise passée, Emma reprit ses esprits.

— Que t'a-t-elle dit ?

— Elle m'a demandé de t'appeler pour te signifier que tout allait bien et qu'elle... pensait à vous.

Une grimace de désapprobation apparut sur le visage d'Emma.

— Tout va bien, elle n'est pas gonflée ! Elle t'a simplement dit ça : « Tout va bien » ?

Lucie cacha comme elle put l'envie d'en dire plus, mais elle se devait de respecter la parole qu'elle avait donnée à Joy.

— Des « problèmes personnels à régler à Rio », m'a-t-elle dit.

— Ben voyons !

— Vous avez eu ses lettres ?

— Oui, un peu par hasard, Guillaume et Paulo ont pu avoir quelques explications... si on peut appeler ça des explications d'ailleurs. À part qu'elle est à Rio et qu'elle a des soucis, que dalle... !

— Elle s'inquiétait de savoir si les lettres ne s'étaient pas égarées.

Emma paraissait de plus en plus agacée.

— Je m'occuperai de son frère jusqu'à son retour ; je ne peux pas le laisser seul. Par contre, il va falloir qu'elle me donne des éclaircissements, et pas simplement le flou artistique qu'elle nous sert depuis la nuit de son mariage.

— Enfin Emma, ce doit être super grave pour partir comme ça ! Tu connais Joy, elle a la tête sur les épaules.

— Justement, je ne sais plus si je la connais vraiment.

— Pourquoi dis-tu cela ? s'étonna Lucie.

— Combien de fois t'ai-je raconté des anecdotes ou des souvenirs d'enfance ?

Lucie se mit à rire.

— Bien trop de fois, tu en es même soûlante, certains jours !

— Et toi, ça ne t'arrive jamais de délirer sur tes copains d'adolescence ou sur tes vacances dans le sud de la France quand tu as osé mettre ton premier bikini ?

Lucie paraissait surprise.

— Ben oui, affirma-t-elle.

— Et Joy ?

— Quoi, Joy ?

— Rien, nothing, nada ! Nous ne connaissons absolument rien de sa vie.

Lucie tenta de calmer Emma.

— Tu exagères… De la timidité sans doute ?

— Évidemment, trop facile !

— Moi je la crois sincère ! assura Lucie qui n'appréciait guère ce tir de barrage d'Emma envers Joy.

— C'est un peu comme si sa vie avait débuté lorsqu'elle a rencontré Guillaume.

Lucie hésitait à poursuivre, déstabilisée par la remarque de son amie.

— Je te le répète, je lui fais confiance. Même si, moi aussi, j'ai du mal à comprendre son attitude.

Paulo venait enfin de sortir de la cabine avec un pantalon et deux chemises, il s'approcha d'Emma.

— Je dois te laisser Lucie, on se tient au courant, je t'embrasse.

— O.K., à plus et… calme-toi ! Bises.

*
**

Le jeune homme tendit, tout fier, son choix vestimentaire en direction d'Emma qui hésita avant de réagir. Les couleurs qu'il venait de choisir eurent le mérite de la détendre, elle se mit à sourire.

— Ah oui, quand même !

— Ça ne te plaît pas ? demanda Paulo.

— Si bien sûr, c'est juste que… nous sommes à Paris ici, pas sur les plages de Rio !

— C'est trop flashy, tu n'aimes pas ?

Emma se leva, prit Paulo par les épaules et se dirigea vers la caisse.

— Pas de souci, et puis ça fait du bien toutes ces couleurs.

— J'ai entendu que tu parlais de ma sœur quand j'étais dans la cabine ; quelqu'un a eu des nouvelles ? s'enquit-il.

Emma posa sa main sur le cou de Paulo.

— Oui c'est une collègue de travail qui l'a vue… prendre l'avion pour Rio.

— C'est super ! répondit-il avec un large sourire.

Emma le regarda avec stupéfaction.

— Pourquoi dis-tu cela ?

— Ce qu'elle nous a écrit, c'est donc vrai, elle est bien au Brésil. J'en étais sûr.

— Oui, oui, mais…

— J'ai eu l'impression que Guillaume en doutait, accusa Paulo.

— Ce n'est pas évident pour lui, tu sais, tempéra Emma.

Paulo la fixa de son regard juvénile et dit d'une voix douce :

— Je sais que ce n'est pas facile pour lui, pour moi non plus ce n'est pas évident. Joy ne m'a jamais menti, jamais tu entends ! Je ne comprends pas pourquoi Guillaume et peut-être toi aussi vous doutez d'elle.

Sa sincérité ne faisait aucun doute. Surprise par les propos et l'assurance de Paulo, Emma répondit simplement :

— Je ne doute pas, je m'interroge ! Allez viens, nous rentrons.

Il la retint par le bras, il avait envie de se confier.

— Sans elle, je ne serais plus là ! affirma-t-il.

Emma, plantée au beau milieu de l'allée principale du centre commercial, ne savait quoi répondre. Il poursuivit :

— En fait, Joy m'a sauvé la vie !

Il déposa au sol les sacs qu'il tenait entre ses mains et dégrafa les premiers boutons de sa chemise, ce qui laissa apparaître son torse. Les traces d'une épaisse cicatrice s'étalant de la base du cou jusqu'à la pointe du sternum partageaient sa poitrine en deux.

Emma ne put retenir un cri de surprise.

— Mon Dieu ! fit-elle en posant sa main sur sa bouche.

Elle venait de comprendre pourquoi Paulo conservait cet éternel tee-shirt de surf lorsqu'il se baignait dans la piscine du Brestet. Ce n'était pas par souci de mettre en valeur le galbe de ses muscles – ce qu'elle avait toujours pensé –, mais simplement pour cacher cette immense cicatrice.

— Il n'y est pour rien ! affirma-t-il, amusé, en reboutonnant sa chemise.

— Pardon ?

— Tu viens de dire « mon Dieu », il n'a rien fait. La seule personne qui m'a aidé, c'est Joy !

— Mais comment… enfin… balbutiait Emma, n'osant pas poser les questions qui lui brûlaient les lèvres.

Paulo résuma avec calme la raison de cette marque qu'il garderait à jamais sur son corps.

Paulo semblait épuisé, ses joues, d'habitude si rondes, se creusaient à mesure de l'avancée de son récit. Il baissa la tête et ne dit plus rien.

Emma, bouleversée, décida de ne plus lui poser de questions. Ils sortirent de la boutique bras dessus bras dessous et se dirigèrent vers le parking du centre commercial.

*
**

Installés sur la terrasse, Gabriel et moi venions de finir le repas. Une fois de plus, je m'étais régalé. Je regardais Gabriel qui s'affairait à nettoyer le barbecue en plein soleil alors que les cendres et les sarments pouvaient attendre jusqu'à ce que la température soit plus supportable.

— Viens donc boire un dernier verre de rosé à l'ombre au lieu de suer à grosses gouttes. Tout cela peut patienter, nous rangerons tranquillement ce soir, lui proposai-je.

— J'en ai pour cinq minutes, j'arrive !

Le rangement durait déjà depuis un bon quart d'heure… je le laissais faire. Il était comme ça, Gabriel : une tête de mule avec le cœur sur la main.

Je ne lui proposai même pas de venir l'aider ; il aurait accepté tout en vérifiant chacun de mes faits et gestes.

Les sarments ordonnés au millimètre, les cendres enterrées et la grille du barbecue huilée, Gabriel vint enfin s'installer à mes côtés.

Nous ne disions rien, sirotant à petites gorgées le rosé frais que je ne manquais pas de replonger dans le seau à glace chaque fois que Gabriel remplissait nos verres. Il avait l'habitude de boire, moi un peu moins et, le soleil aidant, je sentis mon esprit flotter et l'horizon devenir étrangement embrumé.

C'était agréable, mon esprit s'extrayait de ce carcan dont il était prisonnier depuis plus de dix jours. L'alcool ne me permettait pas d'y voir plus clair, mais l'espace de quelques heures la vie paraissait artificiellement plus facile, plus légère.

— Tu vois Guillau !

La voix de Gabriel me sortit de ma torpeur.

— Euh... oui.

— Ce dont je suis le plus fier ici, contrairement à ce que dit ton père, eh bien ce sont mes abricotiers.

Je souris, largement cette fois-ci ; l'alcool avait donc même des vertus sur l'intensité de mon sourire.

— Évidemment qu'ils sont beaux tes abricots ! Regarde j'en reprends un.

Je saisis avec vigueur un fruit et mordis généreusement dans sa chair juteuse.

— Toi, au moins, tu n'as pas peur de t'empoisonner avec les « taches » sur la peau.

— Si j'avais dû m'intoxiquer... je serais déjà mort depuis près de trente ans, assurai-je.

— Pourquoi tous ces citadins ne comprennent-ils pas que les fruits lisses, calibrés et nettoyés ont été traités avec des tas de cochonneries, grogna Gabriel.

Je l'écoutais, il me faisait du bien, avec sa simplicité et sa facilité à appréhender la vie. Il ne m'avait pas souvent parlé de la fuite de Joy, mais au fond de lui j'étais persuadé qu'il était malheureux. Dès leur première rencontre, il avait adopté cette jeune femme venue de « la capitale » ; son naturel l'avait conquis. Cet après-midi, peut-être parce que nous étions seuls, il me parla avec beaucoup de sincérité et de pudeur.

— Tu sais, je l'appréciais « ta » Joy, me dit-il avec ses fortes intonations chantantes qui sentaient bon le Sud.

— Merci, c'est gentil.

— Ce n'est pas gentil, c'est vrai Guillau ! C'est une fille bien. Ce n'est pas comme la foldingue de chez les Barrouc ! Putain, celle-là, c'est sûr elle ne va pas s'enfuir, fit-il tout en éclatant de rire.

— La « foldingue » ? m'étonnai-je.

— Oui les Barrouc, ceux qui habitent sur la place, en bas au village, à côté de la fontaine. Eh bien, ils ont marié leur fils il y a trois semaines. Enfin marié c'est un bien grand mot, ils l'ont enfin casé plutôt... et faut voir avec qui !

— Je crois que je l'ai aperçue l'autre jour lorsque je passais devant leur maison. J'ai remarqué un visage que je ne connaissais pas.

Gabriel riait de plus en plus fort. Il se resservit un verre de rosé.

— Et tu n'as pas perdu la vue ?

Je tentai de modérer son excès.

— Ils s'aiment. Après, le reste, tu sais…

— Mouais.

— Je te rassure, je n'ai pas perdu la vue. Elle n'est pas si…

Gabriel éclata une nouvelle fois de rire.

— C'est exactement ce que je voulais dire, bravo, Guillau.

Peu à peu, je sentais les vapeurs d'alcool s'évaporer. Mes idées redevenaient plus claires. Gabriel me posa une question qui me replongea avec force dans la réalité.

— Et toi, tu nous la ramènes quand, la petite ?

— Je ne sais pas…

— Comment ça tu ne sais pas ?

— C'est elle qui a décidé de partir, je me pose mille questions…

— Tu n'as pas reçu un message sur ton téléphone ?

Je repensai instantanément au message du père Bertrand. J'avais prévu d'aller le voir en fin d'après-midi ; il m'avait dit qu'il était disponible à ce moment-là.

— Ah O.K., les amis d'enfance... Pas très cool les cachotteries. Que t'a-t-il dit ?

Gabriel afficha un air inhabituellement grave, posa ses coudes sur la table et prit une longue inspiration avant de me fixer de son regard noir.

— Il ne m'a rien dit de confidentiel, c'est à toi qu'il veut se confier. Hier soir, à sa demande, nous avons longuement discuté.

— Discuté de quoi ?

— Il hésitait à te parler, je l'ai convaincu ! Je vais me reposer, je te laisse aller le voir. Il t'attend.

Gabriel se leva. D'un geste de la main, il m'indiqua le clocher de l'église avant de desservir les assiettes et de se diriger vers la cuisine.

À l'ombre des deux tilleuls centenaires protégeant l'entrée de l'église, assis sur un banc de pierre, le père Bertrand m'attendait.

Il avait dû se lever dès qu'il avait entendu le crissement des pneus sur le chemin de graviers. Je garai ma voiture sur le parking situé en contrebas du presbytère et remontai lentement la longue allée pavée. Je pouvais percevoir son regard chaleureux, il venait de poser ses petites lunettes rondes et son livre à côté de lui.

*
**

Depuis ma plus tendre enfance, j'ai le souvenir de cet homme plongé dans ses lectures.

J'avais quinze ans lorsque, accompagné de son compère de toujours, mon oncle Gabriel, j'eus le privilège de visiter sa bibliothèque. Ce moment resterait à jamais gravé dans ma mémoire. À cet âge-là, l'idée qu'un prêtre puisse lire autre chose que des textes religieux me paraissait parfaitement improbable. Et ce jour-là, l'improbable se produisit !

Pendant qu'il discutait avec mon oncle sur la sécheresse qui sévissait depuis plusieurs mois dans la région, je m'étais attardé devant les étagères de son bureau où des centaines de livres remplissaient les nombreuses tablettes de bois sombre et verni. Les écrits religieux étaient, bien évidemment, largement majoritaires, mais un meuble au bois plus clair attira mon regard. J'y découvris, dans son format poche, le livre d'Ernest Hemingway *Le Vieil Homme et la mer* ; or je venais de l'étudier au cours de mon année de troisième. Savoir que le prêtre qui m'avait baptisé lisait les mêmes livres que moi rendait cet homme plus humain, plus touchant.

Cela aurait pu m'amuser d'apprendre qu'un homme d'Église se nourrissait de lectures où la religion était loin d'être le sujet principal, mais au contraire cela déclencha en moi un profond respect.

Le père Bertrand me regardait du coin de l'œil tout en continuant à discuter avec mon oncle. Lorsque je saisis, au hasard, un des nombreux ouvrages de la petite bibliothèque, il s'approcha.

— Tu veux que je te le prête ? Tu as certainement le temps pendant tes vacances. Tu verras, c'est facile à lire, m'affirma-t-il en s'emparant le livre que je tenais entre mes mains.

Je n'osai pas le contrarier.

— Oui, si vous voulez. Je viens de terminer le roman que j'ai emporté dans mes bagages.

Affirmation parfaitement fausse, je n'avais prévu aucune lecture pour mes vacances d'été, préférant bourlinguer avec les jeunes du village pour qui, comme pour moi, les vacances consistaient à ne rien faire qui ressemble de près ou de loin à du travail scolaire.

Le père Bertrand me tendit le livre.

— Tiens, te voilà donc occupé pour plusieurs soirées, affirma-t-il.

… Superbes soirées en perspective.

— Merci mon père, répondis-je d'un ton oscillant entre la contrariété et l'acceptation de la fatalité.

Il crut bon de me faire un résumé rapide.

— C'est un recueil de nouvelles. À travers ces douze textes sont décrits les espoirs et les émotions de chacun des personnages. Ces nouvelles nous révèlent la faiblesse de l'être humain et en même temps ses espérances et ses pensées les plus profondes.

— Je vois ! tentai-je d'ironiser. Tout un programme pour un adolescent.

— Lis-le lentement, c'est touchant, amusant parfois.

Mon oncle, qui n'avait jamais rien lu de sa vie à part les gros titres du quotidien régional lorsqu'il allait prendre son café au bar du village, ne trouva rien de mieux que d'intervenir pour appuyer les propos de son ami.

— Tu as les conseils de mon ami Bertrand, ne le déçois pas Guillau !

J'étais piégé. Quelques heures de perdues à lire un ouvrage choisi au hasard sur une étagère du père Bertrand, à lire quoi d'ailleurs ? Je regardai l'ouvrage et découvris sa couverture. Auteur : Anna Gavalda.

Titre : *Je voudrais que quelqu'un m'attende quelque part*.

Je ne pus cacher une mine déconfite à la découverte d'un titre aussi inhabituel. Les heures allaient être longues, mais je me devais de m'atteler à cette lecture ; le père Bertrand ne manquerait pas de me demander mon avis lorsque je reviendrais lui rendre son livre.

La lecture fut moins pénible que je le pensais. L'écriture sous forme de nouvelles parfois très courtes facilita grandement les choses.

J'appréciai le style fluide et simple de l'auteur, souriant quelquefois aux scènes bien improbables de l'ouvrage. Sur le fond, évidemment, à quinze ans je n'en retins rien et surtout je n'y compris rien.

Le père Bertrand m'offrit cet ouvrage, et j'en fus touché.

— Tu le reliras plus tard, me dit-il.

— Oui, répondis-je, persuadé de le garder précieusement, mais de là à le relire, pour quoi faire ?

Quinze ans ont passé, les pages du livre sont usées. Je relis régulièrement certaines nouvelles au hasard de mes humeurs. À chaque lecture, j'ai l'étrange impression de comprendre un peu plus, un peu mieux... Et dire que c'est un prêtre qui m'a fait découvrir ce joyau !

*
**

— Bonjour Guillau, je suis content de te voir, me lança-t-il en s'approchant de moi les bras tendus.

— Bonjour mon père.

Il me donna une accolade chaleureuse.

— Comment vas-tu mon petit ? s'enquit-il en m'invitant à m'asseoir avec lui sur son banc de pierre favori.

— Ça va... enfin...

J'hésitai à en dire plus.

Il axa directement la conversation sur le sujet qui nous préoccupait tous les deux et que je n'osais aborder.

— Elle te manque ?

Les choses avaient le mérite d'être claires, c'était mieux ainsi. Je regardai devant moi, fixant les pieds de lavande secoués par le léger mistral de fin d'après-midi. Je savais que le père m'observait.

Sa présence me rassurait, un frisson de bien-être me parcourut le dos. Je n'avais aucune idée de ce que le père Bertrand souhaitait m'annoncer et pourtant je me détendais. Une forme de sérénité se dégageait de cet homme.

— Oui mon père, elle me manque terriblement, avouai-je sans crainte.

— Et tu doutes de Joy ?

— Oui.

Sa voix claire et posée, sa présence rassurante m'amenaient tout naturellement sur le chemin de la confidence. Sans effort, je me libérai d'un poids.

— De quoi doutes-tu exactement, de son retour, de son amour ?

Les vannes s'ouvraient de plus en plus largement, je sentais ma tête s'alléger.

— De tout mon père ! Comment peut-on s'unir à une personne et la quitter quelques heures après ? Ça n'a pas de sens… ou alors…

Je cherchais mes mots. Une nouvelle fois, il me rassura et m'incita à poursuivre.

— Prends ton temps, je t'écoute Guillau.

— Une question me taraude l'esprit.

— Continue.

— J'en arrive à me demander si elle ne m'a pas quitté parce qu'elle n'a pas osé m'avouer qu'elle ne m'aimait pas assez !

C'était dit, maladroitement, mais c'était dit ! Le père Bertrand resta silencieux, attendant sans doute que j'en dise plus.

— Elle s'est rendu compte qu'elle s'était trompée. D'ailleurs ses explications dans la lettre sont floues, imprécises et sans réelle conviction.

Le père posa une main sur mon épaule et m'invita à me lever.

— Viens avec moi, me proposa-t-il.

La lourde porte de chêne du presbytère grinça. L'atmosphère était fraîche ; les épais murs de pierre protégeaient le bâtiment de la chaleur extérieure. Il m'emmena dans son bureau, au fond du couloir, là où toutes nos réunions de préparation au mariage avaient eu lieu, avec ses deux fauteuils ornés d'un épais tissu rouge bordeaux. Joy s'installait toujours sur celui de droite, le plus près de la sortie… comme si elle voulait fuir.

— Assieds-toi mon petit, assieds-toi, répéta le père avec bienveillance.

Je m'installai sur… le fauteuil de gauche. Le père Bertrand le remarqua, mais il ne dit rien.

— Tu te souviens ? fit-il en me présentant un livre.

J'avais sous les yeux le même ouvrage que celui qu'il m'avait offert quinze ans plus tôt.

— Oui, je l'ai relu à plusieurs reprises, avouai-je en souriant.

— Très bien, très bien !

Assis en face de moi, il ouvrit le recueil de nouvelles à la page 111 et me le présenta tout en tenant les deux côtés pour s'assurer qu'il ne se referme pas. Je découvris quelques lignes biffées au Stabilo jaune : « *Il sait parfaitement qu'il n'a aimé qu'elle et qu'il n'a jamais été aimé que par elle. Qu'elle a été son seul amour et que rien ne pourra changer tout ça.* »

Sans m'en rendre compte, je saisis l'ouvrage, je relus à plusieurs reprises ces deux phrases et des larmes se mirent à couler lentement sur mes joues. Le père Bertrand retira doucement le livre de mes mains, qui tombèrent lourdement sur mes genoux. Il le posa sur son bureau, puis j'entendis son pas lent se diriger vers l'église.

Je n'avais toujours pas bougé, je ne voulais pas essuyer ces larmes chaudes qui réchauffaient ma peau devenue soudainement froide. C'était un peu comme si Joy posait ses mains sur mon visage, chaque larme qui roulait me rappelait la douceur de sa peau, la tendresse de son sourire.

Je fermai les yeux. Elle était là près de moi, j'aurais presque pu la toucher, la sentir, entendre sa voix. J'avais l'impression de devenir fou, une folie dans laquelle je plongeais avec délice. Je glissais dans un autre monde, dans son monde, celui pour lequel elle m'avait abandonné une nuit de juin. Puis tout se brouilla, mes larmes se mirent à sécher, l'image de Joy s'effaça peu à peu. Je la voyais s'éloigner, je tendais la main, mais elle disparaissait dans un brouillard dense et gris. Un violent tourbillon l'aspira puis elle disparut.

J'ouvris les yeux, rien n'avait changé, j'étais seul. Je me levai et rejoignis le père Bertrand.

Il était en train de faire le tour de l'église, ajustant les chaises qui ne respectaient pas un parfait alignement. Je m'approchai et me mis à l'aider. Il comprit que je n'avais pas envie de parler, pas tout de suite. Il ralentit pour me laisser le temps d'arriver jusqu'à la dernière rangée, où je m'assis sur une des chaises. Il vint à mes côtés, attendant que je lève les yeux vers lui avant de parler.

— Tu as des doutes, c'est normal ! affirma-t-il d'une voix calme, mais ferme.

Comme un petit garçon perdu dans la cour de récréation le premier jour d'école, je répondis simplement :

— Oui.

Il poursuivit :

— Tu te souviens, je t'ai déjà dit de ne jamais douter de son amour.

— Oui, le lendemain du mariage.

— Pourquoi me croirais-tu ?

Il semblait lui-même se poser la question.

— Je ne sais pas.

— Guillau, mon petit, j'ai longuement hésité, mais j'ai décidé de te parler.

Je balbutiai quelques mots.

— Je… vous… écoute.

— Joy est venue me voir à plusieurs reprises durant les semaines qui ont précédé votre mariage.

J'hésitai.

— Pour la préparation sans doute ?

— Non ! affirma-t-il d'un ton inhabituellement sévère.

J'attendais, il poursuivit :

— En fait, elle est venue me parler de son passé. Joy avait besoin de se confier ; elle se posait des tas de questions.

— Comment ça, de son passé ?

— Oui, elle m'a parlé, beaucoup parlé.

Je m'agaçai ! Je ne connaissais rien ou presque de la vie de ma femme, je voulais savoir.

— Et alors ?

— D'abord, la maladie de Paulo, il a frôlé la mort, affirma-t-il.

— Quoi… ?

— Puis…

Il hésita. Son visage devint pâle.

— Ce qu'elle a dû faire pour le sauver.

— Comment ça pour le sauver ?

Je ne comprenais rien au discours du père Bertrand.

— Oui, ce qu'elle a dû faire pour le sauver ! Elle voulait sans doute une forme de pardon en venant me voir.

— Quel pardon, mon père ? Qu'a-t-elle fait ?

— …

— Mon père, je vous en prie !

— Tu sais Guillau, son passé l'a rattrapée quelques mois avant votre mariage. Je ne savais pas qu'elle partirait si vite. Je pensais naïvement qu'elle te parlerait, mais sans doute a-t-elle eu peur que tu ne comprennes pas.

Les yeux écarquillés, à l'affût de la moindre parole, je l'incitai à continuer.

— Que je ne comprenne pas quoi ?

— Quand j'ai su qu'elle avait disparu, j'ai aussitôt réalisé que tout s'était accéléré les semaines précédant votre mariage.

Je le suppliai de poursuivre, de me dire enfin ce que Joy n'avait pas eu le courage de me dire.

— Très bien Guillau, je vais te raconter ce qu'elle m'a confié. Ce qu'elle a dû faire pour sauver son frère, ce qu'elle n'a jamais osé t'avouer de peur de perdre ton amour.

— Mais...

— Chut ne dis rien, ne me coupe pas. C'est difficile pour moi. C'est un peu comme si je trahissais le secret de la confession, alors, de grâce, écoute-moi.

— Très bien.

— D'abord une chose. Je te le répète une nouvelle fois : ne doute jamais de son amour ! La dernière fois qu'elle est venue me voir, alors que je la raccompagnais sur le pas de la porte, elle s'est retournée et m'a dit : « Mon père, je les aime autant tous les deux, je ne peux pas choisir. » Je lui ai simplement répondu qu'un amour ne se partageait pas et qu'elle n'avait pas à choisir entre Paulo et toi. Qu'elle devait donner à chacun de vous tout l'amour qu'elle ressentait sans chercher à le partager.

Son visage grave trahissait de la souffrance. Je ne répondis pas, je laissai le père Bertrand continuer. D'abord avec beaucoup d'hésitation puis plus calmement, comme si lui aussi avait besoin de partager cette vérité si lourde à porter.

Je l'écoutai, étouffant toutes les émotions qui cognaient en moi.

*
**

Le récit du père Bertrand fut un véritable calvaire. J'étais traversé par toutes les émotions. J'aurais pu tout imaginer de la part de Joy, mais pas ça, non pas ça ! Comment avait-elle pu décider, accepter et supporter une telle souffrance, un tel don de soi, même pour sauver son frère ?

Je ressentis d'abord de la colère ; je lui en voulais, lui reprochant de n'avoir pas eu le courage de tout me dire. Mais comment pouvais-je parler de manque de courage après avoir entendu ce récit ? Je n'en avais pas le droit ; elle était allée bien au-delà du courage, de ce que chacun de nous peut supporter.

Le père Bertrand, d'habitude si calme et posé, accélérait peu à peu son débit de paroles. Inconsciemment, il souhaitait terminer son récit le plus rapidement possible.

L'homme d'Église n'était plus qu'un être perdu au beau milieu de la souffrance humaine, celle contre laquelle, malgré toutes les prières, il ne pouvait rien.

À chacune de ses phrases, mon estomac se soulevait, j'étais envahi par le dégoût de ce que Joy avait pu vivre. J'oubliais la notion du temps ; j'aurais voulu être auprès d'elle pour l'aider à supporter l'insupportable. À cette époque, je ne connaissais pas encore Joy et pourtant je m'en voulais de ne pas avoir pu l'aider à surmonter cette épreuve. C'était certain, ensemble nous aurions su trouver une autre solution, mais pas ça, non pas ça !

Je fermai les yeux. Je baissais de plus en plus la tête, accablé. Je n'étais plus capable de la moindre pensée construite et réfléchie. Mon corps ne réagissait qu'aux coups de boutoir émotionnels des paroles du père Bertrand.

J'avais peur, je grelottais, je serrais mes bras autour de ma taille. Les derniers mots du père Bertrand s'évanouirent dans un brouillard.

Comment avais-je pu douter de la sincérité de ma femme ? J'avais honte de ne pas avoir compris qu'elle avait tant besoin d'aide.

Dans cette église, pour la première fois, je me mis à prier, à implorer un dieu, quel qu'il soit, pour qu'il lui pardonne, la comprenne et la soutienne dans ce dernier combat qu'elle devait mener.

8

Il y aura…

Il y aura des jours sales et des espoirs déçus, des nuits trop longues et des amours perdues.

Il y aura la peur et le dégoût, ton sourire qui s'efface dans la brume de mes larmes.

Et puis il y aura un matin ensoleillé où ton rire résonnera et ton visage s'éclairera.

Et puis il y aura l'angoisse qui s'estompera et la vie qui renaîtra.

Et puis… tu revivras !

*
**

La favela de Santa Marta est située entre le quartier de Botafogo en direction de l'océan et les premières pentes du Corcovado vers l'intérieur du pays, à la limite du parc national de Tijuca.

Je pris le funiculaire qui, depuis la pacification de la favela en 2008, transportait autant de touristes que d'habitants de ces quartiers oubliés.

J'avais déjà visité cet endroit avec Emma et Paulo lors d'une de nos escales l'année passée. Cela faisait un moment que mon jeune frère me taquinait en me mettant au défi de pénétrer dans ces ruelles à la réputation particulièrement dangereuse. Connaissant la ville bien mieux que moi, il n'avait aucune crainte et savait que nous ne risquions rien.

Il s'était lié d'amitié avec plusieurs jeunes garçons de son âge qui habitaient la favela. Ensemble ils descendaient fréquemment jusqu'aux riches quartiers bordant la plage de Copacabana pour s'occuper, tuer le temps et, quelquefois, effectuer de menus larcins afin d'améliorer le difficile quotidien de leur famille. C'était leur terrain de chasse privilégié, vu le flot de touristes qui s'y promenaient chaque jour. Ils n'étaient pas méchants, ils essayaient simplement de rapporter quelques marchandises à revendre pour un prix dérisoire à des petits caïds qui se partageaient l'autorité dans la favela.

Mes parents ne surveillaient pas les fréquentations de Paulo. Moi, je le mettais souvent en garde contre le danger de traîner avec ces bandes de jeunes. Même s'il me rassurait, je n'étais pas dupe et je me doutais qu'il avait dû, lui aussi, profiter de temps en temps de l'étalage des richesses des quartiers huppés de Rio.

Cela me tranquillisait de savoir qu'il était le seul à continuer ses études, à retrouver un foyer le soir avec le confort d'un appartement moderne et de ne pas avoir l'obligation de rapporter de l'argent. Au moins ça, mes parents l'avaient toujours assumé. C'était à peu près la seule chose, mais ils le faisaient, avec plaisir ou par obligation, je n'en savais rien.

Les habitants de la favela étaient d'une pauvreté extrême, mais leurs habitations, souvent construites de bric et de broc, respiraient la joie de vivre, avec d'innombrables couleurs qui égayaient les murs des maisons. Leurs sourires, toujours au rendez-vous, contrastaient avec la morosité des visages fermés des richissimes Cariocas qui se pavanaient sur l'Avenida Atlantica. Rio est une ville de contrastes et de paradoxes saisissants.

La pension de famille que j'avais choisie était une des rares habitations construites en dur et possédait un confort minimum, mais suffisant. Cela me convenait, même si mon appartement douillet de Neuilly allait me manquer. Qu'importe, je n'étais pas là pour ça, je voulais être invisible et que personne ne puisse me retrouver avant que j'aie pu finir ce que j'étais venue faire.

Je cheminai dans des rues étroites, croisant des enfants qui s'amusaient avec un jouet bien dérisoire : une boîte d'allumettes faisant office de barque et glissant sur le filet d'eau qui s'écoulait au milieu de la rue. Moi, l'étrangère, ils ne me jugeaient pas ; leurs regards m'accueillaient avec bienveillance.

Cette ambiance légère me faisait du bien, je me surpris à ralentir le pas afin de profiter au maximum de cette atmosphère. Je leur renvoyais leurs sourires, m'amusant à mettre des coups de pied dans l'eau pour ralentir la progression de leur éphémère bateau de carton.

J'arrivai devant la pension de famille où j'allais passer trois jours, deux semaines, trois mois ou plus, je n'en avais aucune idée. Sur le mur, juste au-dessus de la porte d'entrée, il était écrit à la peinture jaune fluo : *Bem-vindo*.

Malgré mon départ du Brésil quelques années plus tôt, je parlais et comprenais parfaitement le portugais. En même temps, à la lecture de ces deux mots il n'y avait pas besoin de maîtriser quoi que ce soit pour comprendre le message d'accueil : Bienvenue.

Une femme à la peau mate et à l'embonpoint certain m'accueillit avec moult effusions. Elle me serra dans ses bras avec une telle force que je me sentis grandir de plusieurs centimètres. Elle parlait fort et paraissait heureuse de me voir. D'un coup, elle interrompit son discours puis repartit de plus belle en réalisant que je comprenais ce qu'elle disait, soulagée de n'avoir pas besoin de baragouiner les quelques mots d'anglais qu'elle utilisait avec la grande majorité des touristes de passage.

Sa maison était simple, mais à la mesure de ce que je recherchais. Je résiderais dans une chambre séparée du reste de l'habitation par une petite cour de terre battue. Un bureau de bois, un lit et une armoire constituaient l'ameublement. La salle de bains était commune avec l'autre chambre qu'elle louait. Un écrivain en mal d'écriture dénommé Louis l'occupait, m'apprit-elle, depuis plus de trois mois.

Je la regardai avec étonnement lorsqu'elle m'annonça qu'il s'agissait d'un Français venu ici pour six mois, le temps de finir son roman.

— Il a du mal à écrire le dernier chapitre, me dit-elle avec un signe de tête qui ne laissait planer aucun doute sur le sérieux qu'elle accordait à ce genre d'activité.

— Un Français, super ! Un écrivain… pourquoi pas, je n'en connais pas, pensai-je à haute voix.

— Dis ma belle, comment t'appelles-tu déjà ?

— Joy !

— Ah oui Joy, c'est court au moins, je retiendrai facilement.

Je souris.

— Et… vous ?

— Abella ! Enlève le « vous ». Tu vas me vexer, je sais que j'ai de l'embonpoint, mais je suis… toute seule donc « tu » suffira.

Elle se mit à rire.

— O.K. ce sera « tu », Abella, confirmai-je.

— Tu ne trouves pas ça bizarre ?

— Quoi donc ? m'étonnai-je.

— Il a écrit quatre cents pages et il n'arrive pas à écrire les vingt dernières.

Je compris qu'elle parlait de nouveau de son pensionnaire écrivain.

— Je ne sais pas, le syndrome de la page blanche ? Je crois que c'est l'expression consacrée quand un écrivain est en panne, lui répondis-je, amusée de sa remarque.

— Peut-être… enfin le principal c'est qu'il est très gentil et qu'il paye son loyer en temps voulu. Il joue souvent avec les enfants. Allez installe-toi, et si tu as besoin de quoi que ce soit, n'hésite pas.

Elle me laissa seule. Je jetai mon sac à terre et m'affalai sur le lit, les bras derrière la tête et les yeux fixant le ventilateur dont les pales, brassant un air moite, tournaient au ralenti.

Il était déjà tard et je n'avais pas la force de redescendre par le funiculaire pour, comme je l'avais prévu initialement, regarnir ma garde-robe. Je n'avais même pas envie de me balader sur la plage de Copacabana. Demain peut-être ; j'étais trop fatiguée.

Je fouillai dans mon sac et en sortis une robe rouge légère qui ferait l'affaire pour le lendemain avec ma paire de Stan Smith. Mon portable était toujours éteint, bien enfoui au fond du sac. J'hésitai un instant avant de le saisir, machinalement j'appuyai sur la touche « ON », mais mon pouce resta bloqué lorsque je dus saisir mon code.

Je rabâchais toujours la même chose, comme une mamie qui aurait besoin de se rassurer.

« Tu ne dois pas, tu ne dois pas », me répétai-je.

J'avais peur de ne pas pouvoir résister à la voix de mes deux hommes : Paulo et Guillaume.

Pour les appels que j'aurais besoin de passer sur place, j'avais prévu d'acheter un téléphone à carte. Je ne voulais pas que mes futurs interlocuteurs puissent remonter jusqu'à mes données personnelles. Peut-être était-ce de la paranoïa, mais avec la Mafia je préférais ne prendre aucun risque. C'était une organisation très puissante, capable d'infiltrer n'importe quelle administration.

Tout en finissant de ranger mes quelques affaires dans l'armoire, je pensai à Lucie. Elle m'avait promis de donner de mes nouvelles à Emma, de lui dire que j'allais bien. Je savais qu'à son tour, Emma ne tarderait pas à prévenir Paulo et Guillaume. Il fallait que je m'en contente. J'aurais pu les appeler ou leur envoyer un simple SMS pour les rassurer, mais qu'aurais-je pu dire ou écrire à Guillaume ? Rien de plus que dans la lettre qu'il avait peut-être déjà lue.

Et toi, mon Paulo, tu me connais trop bien. Je dois te manquer, mais je suis sûre qu'au fond de toi, tu sais que je reviendrai. Tu ne m'en voudras pas ; nos liens sont trop forts.

Une voix forte, avec un léger accent gascon, me sortit de ma torpeur.

— Bonjour, il y a quelqu'un ?

— Oui, oui… un instant.

— Je vous dérange peut-être, dit la voix à travers la porte.

Cela ne pouvait être que Louis, le fameux écrivain dont Abella appréciait tant le charme, malgré la parfaite incompréhension de son activité.

— Pas du tout, j'arrive.

Je fermai l'armoire et jetai un coup d'œil rapide dans le miroir. La journée avait été longue, le décalage horaire avait eu raison de mes dernières forces. J'étais parfaitement… horrible, les traits tirés et les yeux gonflés de fatigue. Mon polo ressemblait à un torchon de cuisine qui venait d'essuyer la vaisselle. Mon jean affichait deux superbes auréoles de café en souvenir d'un trou d'air lors du voyage en avion. Quelle importance ? Je me présentais à mon voisin d'infortune dans une pension de famille au fin fond d'une favela de Rio. Pas de panique donc ! Le défilé de mode serait pour plus tard.

Je passai rapidement la main dans mes cheveux et m'avançai vers la porte.

— Bonjour.

— Vous êtes sûre, je ne vous dérange pas ? Je venais simplement vous saluer. Je suis votre voisin, j'occupe la chambre juste à côté, fit-il tout en m'indiquant la porte située à l'autre bout de la cour.

— Vous devez être Louis, je suppose ?

— Je vois qu'Abella a déjà fait les présentations. Remarquez, cela fait trois jours qu'elle me rebat les oreilles au sujet de votre arrivée.

Je ne cachai pas ma surprise.

— Ah bon ?

— Deux Français perdus dans la pension Bem-vindo à Santa Marta, c'est plutôt surprenant, non ? Elle doit trouver ça original.

— Oui... peut-être, répondis-je en triturant le sol avec le bout de mes Converse.

— Je suis désolé, j'ai dû vous blesser. Pourquoi ai-je dit « deux Français perdus » ? Un Français perdu et une jeune femme... française. Voilà qui est mieux, non c'est nul ! Vous me faites bafouiller, aidez-moi, dit-il en collant ses paumes l'une contre l'autre comme s'il voulait prier.

Il me faisait sourire, avec sa gentillesse et sa maladresse. Pourtant, sans le savoir, il avait vu juste ; et j'étais sans doute plus perdue que lui. Il était à la recherche de l'inspiration pour finir les vingt dernières pages de son livre. Moi, à la recherche de mon roman noir inachevé : mon passé auquel j'avais cru mettre un point final et qui revenait tel un boomerang. Combien de pages avais-je encore à écrire : une, vingt, cent, ou d'interminables chapitres qui traîneraient à n'en plus finir ?

En fait, si l'écrivain était un peu perdu, moi j'étais complètement paumée.

Je répondis quelques banalités de la façon la plus neutre possible, toujours cette sale obsession de me protéger.

— Ne vous inquiétez pas, cela me fait plaisir de vous rencontrer. Un compatriote à l'autre bout du monde, c'est... rassurant.

— Rassurant ? s'étonna-t-il.

Quelle débile je faisais, j'essayai de me rattraper.

— Non, je voulais dire c'est plus sympa, nous parlons la même langue.

— Oui, bien sûr.

Il me regardait sans parler. Je sentais un voile d'interrogations se poser sur moi. Il souriait tout en frottant sa lèvre inférieure entre son pouce et son index. Je devais rapidement trouver quelque chose à dire.

— Vous êtes donc écrivain ?

— Abella, évidemment ! Oui, en effet, je suis romancier. Et vous ? Si je peux me permettre…

Trouve vite une réponse Joy, trouve une réponse ma fille, pensai-je.

— Touriste ! affirmai-je d'une voix forte qui surprit mon interlocuteur.

— Ah… oui bien sûr, je suis bête. Cela fait déjà trois mois que je suis ici et… votre chambre est souvent occupée par des touristes de passage pour des courts séjours.

— Voilà ! C'est ça. Du tourisme pour… quelques jours, insistai-je bêtement.

J'étais surprise de ne pas parvenir à interrompre cette conversation. De par mon métier, j'avais pourtant appris à être ferme face aux demandes parfois farfelues des clients. Et dans ma vie privée, c'était devenu une habitude de couper court avec aisance à toutes les interrogations concernant cette part de moi que je gardais bien cachée : Guillaume en savait quelque chose.

Louis était insistant, mais je n'arrivais pas à l'arrêter. Le plus étrange c'est que je ne le trouvais pas désagréable. Sans doute avais-je raison au début de notre conversation : il me rassurait.

— Je vais vous laisser maintenant que les présentations sont faites ; vous devez être fatiguée de votre voyage.

— Merci, oui effectivement, ce fut une dure journée.

— À plus tard !

Il se dirigea vers sa chambre.

À peine avait-il fait quelques pas que je l'interpellai :

— Au fait, je connais votre prénom, vous ne connaissez pas le mien ?

Il se retourna et sourit, amusé.

— En principe, non.

— Joy, je m'appelle Joy.

— Je sais !

— Ah... évidemment, Abella ! fis-je en levant les yeux au ciel.

— Oui... et ça vous va... très bien !

Nous nous regardâmes un instant, ne sachant que dire. Je le vis traverser la cour, et j'entendis la porte de sa chambre claquer.

*
**

Il était à peine 5 heures lorsque je me réveillai : l'effet du décalage horaire... Je n'avais rien mangé la veille au soir malgré l'insistance d'Abella qui souhaitait ma présence à l'immense tablée familiale.

Chaque jour, Abella préparait le repas pour sa famille : ses trois fils, sa fille, son père handicapé et son oncle. Ses pensionnaires, s'ils le souhaitaient, se joignaient à eux. J'avais opté pour le petit déjeuner et le repas du soir.

Le jour n'était pas encore levé, j'observai la cour par la fenêtre de la chambre. Je fis glisser le rideau de tissu et ouvris un des deux vantaux. Au loin, les premiers bruits de la ville se réveillant commençaient à se faire entendre : l'aboiement d'un chien, le cri d'un enfant traînant déjà dans la rue, le vrombissement d'un vélomoteur au niveau de décibels bien trop élevé.

Je pestais souvent lorsque, dans notre appartement parisien, alors que j'étais encore enfouie sous les couvertures, les bruits de la ville me parvenaient trop tôt. Ici, au contraire, cela me fit du bien d'entendre cette vie qui renaissait, de me dire que malgré la distance et le manque je n'étais pas seule. C'était une piètre consolation. Car non seulement j'étais bel et bien seule, mais j'allais devoir plonger dans l'inconnu.

J'étais pourtant étrangement calme, comme si cette favela, cette pension de famille, Abella et sa gentillesse me protégeaient de ces dangers que, dans quelques heures, je devrais affronter en face.

Je devinais la lumière dans la chambre de Louis. Je me mis à sourire en pensant à la remarque d'Abella concernant son activité de romancier. Peut-être avait-il passé la nuit sur une page blanche ou bien avait-il enfin terminé ce dernier chapitre ?

Elle avait raison Abella, quelle étrange activité ! Comment peut-on être si solitaire pendant des mois ? Comment peut-on passer des nuits sur une simple page, peut-être sur une simple phrase ?

Je me dis que ça devait faire du bien d'être dans la fiction et le rêve, d'avoir le pouvoir de donner naissance aux personnages et de les faire vivre à sa guise. Quelle douceur de construire une vie en dehors du réel, de la rendre plus supportable.

Moi, ma vie était bien loin d'être un roman ; bien trop ancrée dans le réel. Je me mis à rire nerveusement : ça donnerait quoi, si on la posait sur le papier ? Mon Dieu quelle tristesse ! « Et encore, le mot n'est pas assez fort, pensai-je. Ta vie c'est une belle saloperie, une grotesque erreur sortie d'un film de deuxième zone dans un vieux cinéma de quartier, c'est certain. Mais dans toute cette noirceur, n'oublie jamais ces deux petits diamants qui scintillent, l'un à qui tu as sauvé la vie et l'autre qui t'a ramenée à la vie, à celle que tu veux vivre.

Putain ! Arrête de ruminer ma vieille, autrement tu vas te mettre à chialer comme une Madeleine. Ce n'est ni le moment ni l'endroit. Pense à Guillaume et à Paulo. Persuade-toi que tout ça, c'est pour eux, rien que pour eux... et pour toi. »

— Alors les Français, bien dormi ? Dans dix minutes petit déjeuner !

Abella venait de débouler dans la cour, s'essuyant les mains sur son vieux tablier avant de repartir vers sa cuisine.

Affolée, je me mis à parler toute seule.

— Dix minutes ! Mais quelle heure est-il ?

Je constatai que cela faisait près d'une heure que je rêvassais en contemplant mon nouvel environnement.

Je me saisis des affaires que j'avais préparées la veille. Je sortis de ma chambre et me dirigeai avec empressement vers la salle de bains tout en bloquant le verrou intérieur. Mon romancier de voisin attendrait, j'en étais persuadée : je venais de lui griller la politesse.

Le confort était certes suffisant, mais surtout minimal. Pour les bains moussants, il faudrait que j'attende ! La bonne nouvelle, c'était que de l'eau chaude sortait des vieux robinets d'aluminium, enfin disons plutôt qu'ils la crachaient par saccades.

Je me lavai trois fois la tête ; mes cheveux portaient encore des traces de laque du mariage. Je passai un long moment sous la douche, je voulais gommer tous ces souvenirs dont il ne fallait surtout pas que je m'encombre. Je devais être une femme « neuve » pour affronter, non pas la journée la plus difficile de mon séjour, mais à n'en pas douter, la plus stressante.

Dans quelques heures je serais face à mes parents et rien que d'y penser l'angoisse m'envahissait. Ce n'était que la première étape. Pour la suite des opérations, certains renseignements m'étaient indispensables et seul mon père pouvait me les fournir. Me retrouver face à lui me terrorisait, mais je n'avais pas le choix.

J'enfilai ma robe rouge et laçai mes Stan Smith. Mes cheveux, encore mouillés, tombaient sur mes épaules. Je n'avais pas de maquillage ni de parfum, cela faisait partie de la longue liste de ce que je devais acheter avant tout. Je revins vers ma chambre, déjà en retard pour le petit déjeuner. Je jetai un dernier regard dans la glace. Je n'étais pas habituée à me voir sans maquillage et, contrairement à ce que je craignais, ce visage naturel m'attira. J'avais la sensation de redécouvrir le vert de mes yeux qui contrastait avec le brun de ma chevelure. Je passai une dernière fois la main dans mes cheveux qui commençaient à sécher. J'ouvris la porte.

— Bonjour !

Je fis un bond en arrière. Louis était venu me chercher pour mon premier petit déjeuner à la pension. Il s'apprêtait à frapper lorsque je sortis.

— Désolé, je ne voulais pas…

Je repris ma respiration et il me fallut quelques instants avant de pouvoir prononcer un mot.

— Ça va, répondis-je la main posée sur ma poitrine.

— Sûr ?

— Oui, tout va bien, je ne m'attendais pas à vous voir.

— Pour votre premier repas, j'ai pensé que cela vous ferait plaisir de ne pas y aller seule.

Sa voix était douce, calme, posée.

— C'est gentil.

— C'est normal.

Il me fit sourire.

— Non c'est gentil.

— Si vous voulez, concéda-t-il.

— Je pensais que vous étiez... à la salle de bains.

— Ah non, j'y étais à 4 heures ce matin ! Je ne vous ai pas réveillée, j'espère ?

— Je n'ai rien entendu, trop fatiguée sans doute ! À 4 heures ? Vous êtes un matinal dites-moi !

Il leva les bras au ciel.

— Oh non, un insomniaque ! J'avais besoin de faire une pause.

— Une pause ? interrogeai-je.

— J'ai écrit cette nuit, enfin... j'ai essayé.

Son visage se fripa.

— C'est bien, vous avancez ?

Il haussa les épaules.

— Si quelques idées pour mon dernier chapitre ça s'appelle avancer, alors oui !

Ce que j'avais imaginé n'était donc pas si loin de la réalité.

Nous traversâmes la cour pour nous rendre dans l'habitation d'Abella où sa famille finissait de petit-déjeuner. Nous étions en retard.

*
**

Première occupation de la journée : regarnir ma garde-robe d'urgence. J'arrivai au Shopping Rio Sul de Botafogo vers 10 heures. Les boutiques ouvraient une à une dans une apparente tranquillité ; la horde des touristes étrangers n'allait pas tarder.

J'étais déjà venue avec Emma l'année passée, au cours d'une escale, dans cet immense centre commercial où les boutiques traditionnelles côtoyaient les marques de luxe. Paulo nous y avait surtout fait découvrir les derniers étages, ceux des cinémas et des bars-cafétérias. Nous étions évidemment plus intéressées par les premiers niveaux où les vitrines, avec leurs mannequins de plastique et de polystyrène au galbe parfait, nous attiraient comme des aimants.

Je garde de cette visite le souvenir d'une journée agréable mais surtout... éreintante, à déambuler entre six étages pour satisfaire les envies d'un adolescent et de deux jeunes femmes, équation quasi impossible.

Aujourd'hui, le plaisir n'était pas au rendez-vous. Une simple question pratique à résoudre. Je fis quand même attention à ne pas acheter trop vite, me fixant comme objectif de choisir les formes et les tons que je porte habituellement.

À midi, mes achats étaient terminés. L'argent liquide que j'avais prévu avait fondu comme neige au soleil. Mais malgré mon départ du Brésil, j'y avais toujours conservé un compte bancaire. Ça me rassurait surtout pour Paulo… un jour… on ne sait jamais. Une semaine avant mon départ, j'y avais fait transférer une somme suffisante pour ne pas être importunée pendant la durée de mon séjour, si toutefois il ne se prolongeait pas indéfiniment.

Je décidai de laisser mes nombreux sacs à la consigne du centre. Je passerais les récupérer avant la fermeture des portes ce soir à 22 heures. L'après-midi allait être difficile, je n'avais pas envie de m'encombrer inutilement.

Dans à peine une demi-heure, je serais face à mes parents. Je sortis du centre commercial et me dirigeai vers Copacabana. Ils habitaient toujours le même appartement dans une rue adjacente à l'Avenida Atlantica. C'était un petit immeuble bourgeois entouré de constructions récentes et de plus en plus hautes au fil des années.

Je marchai lentement, profitant du chaud soleil qui me caressait la peau ; cela m'apaisait un peu.

Après plusieurs années de silence, je n'avais pas prévenu mes parents de ma visite ; cela me permettait d'avoir un avantage. Je savais exactement quelles questions j'allais leur poser.

Dans l'affolement et par effet de surprise, ils lâcheraient ce que j'avais besoin de savoir. Du moins, je l'espérais.

*
**

L'appartement, situé au deuxième étage, était le type d'habitation classique pour les Cariocas de la classe moyenne. Mes parents avaient décidé d'y emménager lorsque Paulo avait fêté son troisième anniversaire ; le logement situé dans l'arrière-boutique du restaurant ne suffisait plus.

Depuis notre arrivée au Brésil, les bénéfices n'avaient pas cessé de croître et ce fut, à mon sens, la seule décision réfléchie qu'ils prirent de leur vie. Pour Paulo et moi, c'était l'espoir d'une existence meilleure ; elle fut simplement différente.

J'avais quelquefois la sensation que mes parents regrettaient de s'être installés là, ils paraissaient s'y ennuyer. Plus les mois passaient et plus ils rentraient tard, préférant finir la soirée ou la nuit sur la plage à discuter et boire avec les derniers clients. Cela ne me surprenait pas, je n'avais connu que cette façon de vivre et je m'y étais habituée. Je n'attendais rien d'eux, ou plus exactement je n'attendais plus rien.

Les personnes qu'ils côtoyaient n'étaient pas toujours très recommandables, ça aussi j'avais appris à ne plus y faire attention ; j'en avais tellement vu et tellement entendu.

Paulo m'avait expliqué qu'ils avaient agrandi le restaurant en y accolant une boîte de nuit. Ils avaient dû batailler ferme pour obtenir le permis de construire, là aussi leurs « relations » avaient sans doute été très influentes auprès des administrations délivrant les autorisations. Je ne vivais plus avec eux, mais je ne me faisais aucune illusion, ils avaient certainement repris leur activité favorite. Rio, Copacabana, la boîte de nuit, les riches touristes, les magnifiques Brésiliennes descendues des favelas, leur passé, leur expérience : tout était réuni pour qu'ils replongent.

*
**

Je montai l'escalier, mes jambes tremblaient. Je marquai un temps d'arrêt sur le palier avant de poser mon doigt sur la sonnette. Je perçus un pas lent et lourd. Je crois que j'aurais pu le reconnaître parmi des centaines : celui de mon père.

J'inspirai un grand coup, fermai les yeux et serrai les poings, j'entendis le bruit métallique de la serrure.

Il ouvrit la porte, nous étions face à face.

Il n'avait pas changé. Son visage n'avait pas pris une ride. La même barbe mal rasée, la même chevelure gominée en arrière, la même allure de play-boy vieillissant.

Il me fixa droit dans les yeux. Je crus déceler un sourire sur ses lèvres, celui qu'il savait si bien faire quand il désirait obtenir une faveur ou amadouer son interlocuteur. Je le connaissais trop bien et ne devais pas rentrer dans son jeu. Je me concentrai sur mon seul objectif : obtenir les coordonnées du fameux Estéban, « l'Espagnol » comme l'appelait le milieu de la Mafia brésilienne.

— Bonjour, dit-il de sa voix monocorde comme si nous nous étions quittés la veille.

Je me raidis, j'avais toujours les poings serrés.

— Bonjour.

— J'espère que tu vas bien, c'est dommage ta mère n'est pas là. Elle est au restaurant à cette heure-ci.

Je ne devais pas me laisser entraîner dans la fausse joie des retrouvailles.

— Pas grave, c'est toi que je voulais voir ! assurai-je.

J'avais du mal à soutenir son regard bleu acier, mais je ne devais pas flancher, pas maintenant.

— Je croyais que tu devais te marier, Paulo est avec toi ? demanda-t-il.

J'énonçai les faits, les uns après les autres, avec le minimum de mots.

— Je suis mariée. Paulo va bien, il ne rentrera pas comme prévu. Je suis venue seule et tu dois savoir pourquoi.

Son sourire avait disparu, il hésita avant de s'exprimer.

— Très bien, ta mère s'inquiétait, car il ne nous a pas souvent appelés depuis son départ.

— Il n'appellera pas ! Il va bien. Il reviendra quand je l'aurai décidé, pas avant.

Une fois de plus, il essaya de dévier la conversation.

— Mais entre donc, cela me fait plaisir de te voir. Tu ne vas pas rester sur le pas de la porte.

— Si ! assurai-je fermement.

Il semblait agacé par mon comportement.

— Écoute c'est idiot, entre ! insista-t-il.

Il tenta de me saisir par le bras.

Le contact de sa main sur ma peau tétanisa tous mes muscles. Une nausée m'envahit. Il venait de raviver en moi le dégoût le plus profond.

— Ne me touche pas, ne me touche surtout pas !

— Que veux-tu ?

J'allai droit au but :

— Les coordonnées d'Estéban !

Il se mit à rire.

— Rien que ça, ma fille !

Je répondis avec force.

— Je ne suis plus ta fille, un père ne trahit pas sa fille !

— Putain, tu fais chier avec cette histoire ! s'énerva-t-il. Je ne t'ai pas trahie, tu avais le choix.

— Le choix de quoi, de voir Paulo mourir ?

— Tu es partie sans payer la totalité de ta dette, la Mafia n'oublie jamais.

— Comment peux-tu parler comme ça ? C'est dégoûtant. Donne-moi les coordonnées d'Estéban ; j'ai besoin de le voir !

Là, il se lança dans le registre « confidence », bien inhabituel chez lui. Je n'étais pas sûre de sa sincérité, mais je devais m'en contenter.

— Avant qu'il t'appelle, Estéban est passé me voir un soir à la boîte de nuit.

— Que t'a-t-il dit ?

— Que tu lui devais encore les intérêts de la somme qu'il t'avait prêtée. Qu'il avait eu du mal à te retrouver de l'autre côté de l'Atlantique. Par amitié envers moi, il a été patient. Il t'a demandé à deux reprises de le rembourser et tu n'as pas donné signe de vie, voilà ce qu'il m'a dit !

— Ah oui, et t'a-t-il raconté que dans son dernier message il menaçait de s'en prendre à Paulo si je ne remboursais pas la totalité de la somme dans un délai de quatre semaines ?

— C'est une façon de parler, affirma-t-il, balayant cette menace d'un revers de main.

J'étais toujours aussi crispée, mais ma détermination ne faiblissait pas. Toute cette haine si puissante que je ressentais, je devais la canaliser, m'en servir comme d'une force.

— « Une façon de parler », tu te rends compte de ce que tu dis ? C'est écœurant !

Il leva les yeux au ciel et souffla de dépit.

— Joy, calme-toi ! Ça va, on va trouver une solution.

— La même qu'il y a trois ans sans doute ?

— Ça aurait pu marcher, affirma-t-il.

— Tu te fous de moi !

— Non.

— Tu veux que je te rafraîchisse la mémoire ?

Mon regard ne quittait pas le sien. Je lui tenais tête pour la première fois, il ne le supportait pas. Nous étions comme deux coqs dans l'arène d'un combat à mort. Le premier qui faiblirait serait condamné.

— Je te répète que ça aurait pu fonctionner. Et tu n'aurais pas eu besoin de payer la deuxième partie du montant de l'intervention.

Je réfléchis un instant. Intérieurement je prenais comme une sorte d'élan. Cette conversation stérile n'avait que trop duré. Je devais me concentrer sur mon objectif : les coordonnées d'Estéban.

Je posai ma voix, rappelant à mon père chaque étape de cette soirée où il m'avait avoué qu'il avait joué au casino toutes les économies que j'avais accumulées, mois après mois, pour financer l'opération de Paulo. Qu'il n'avait pas hésité à faire de même avec l'argent que son propre frère m'avait laissé après son décès.

— J'aurais dû te bloquer l'accès à mon compte. Mais de toute façon, avec toutes tes magouilles, tu aurais vite fait de trouver un employé corrompu pour te laisser ponctionner tout l'argent que tu souhaitais. Tu te rends compte que tu as joué la vie de ton fils et... l'honneur de ta fille sur un tapis de salle de jeu ?

— Attends…

Je ne l'écoutais plus, le flot de mes paroles s'emballait.

— Je t'ai fait confiance. Cet argent, tu l'as dépensé ou plutôt perdu dans un pari stupide.

— Et si…

— « Et si »… rien du tout. Arrête de cacher ton vice du jeu derrière l'ignominie de ton comportement. J'ai économisé dix-huit mois pour compléter la somme nécessaire. Le prix d'une vie, celle de ton fils !

D'une voix étouffée, il bafouilla en baissant la tête :

— Eh bien, il va très bien Paulo… et…

— Tais-toi ! Je ne veux plus t'entendre. Écris-moi les coordonnées de ce putain d'Estéban et dépêche-toi !

Je ne me reconnaissais plus. Je n'étais plus la petite Joy, celle qui avait accepté de vivre comme un être inutile que l'on trimballe de pays en pays, de fonds de salles glauques en bars enfumés aux odeurs de sueur et de décadence. Non je n'étais plus celle-là, j'étais devenue une lionne prête à tout pour effacer ce passé si lourd, si nauséeux. Je voulais offrir un avenir serein à Paulo et enfin m'offrir, oui j'ose le dire : m'offrir le bonheur. C'était avec Guillaume que j'avais choisi de le vivre et s'il restait une petite chance, une seule qu'il ne m'oublie pas et qu'il me pardonne, alors oui !

je serais une lionne pour m'accrocher à cet espoir.

Il se dirigea vers le meuble situé dans l'entrée de l'appartement, griffonna une adresse et un numéro de téléphone. Je ne voyais plus ses yeux, tête baissée il me tendit le bout de papier. Je restai immobile. J'attendais qu'il relève la tête ; je voulais voir le remords sur son visage. Je désirais que ce « père », après trente ans d'existence, m'offre enfin quelque chose. Je n'obtins rien... enfin si : j'avais les fameuses coordonnées. On se raccroche à l'indispensable quand l'essentiel est absent.

En descendant l'escalier, je me retournai une dernière fois vers lui ; on ne sait jamais... Rien !

Il tourna les talons sans un regard dans ma direction et ferma la porte.

Une fois dans la rue, je me mis à courir vers la plage, vers l'océan ; de l'air, j'avais besoin d'oxygène, d'ouvrir mes poumons et de les sentir s'abreuver de vie. J'arrivai enfin sur le sable, j'ôtai rapidement mes chaussures. La plante de mes pieds brûlait, je courais de plus en plus vite à en perdre haleine, mon souffle court se mêlait à mes sanglots. Je lâchai les vannes, trop d'émotions retenues, trop de frustrations enfouies, trop... de tout... de rien.

Je redevenais la petite Joy, celle qui ne me quittera jamais. C'est dingue cette impression de tenir son enfance par la main, de guider cette petite fille que j'étais, de la conduire vers demain, de la conduire vers son destin.

C'est dingue, oui c'est dingue !

Cours Joy, cours, ne t'arrête pas ! J'étais seule ; Guillaume était loin. Je l'aimais, s'il savait comme je l'aimais. Il me manquait…

Peut-être me manquerait-il toujours, peut-être que la vie est une saloperie, une longue et sauvage saloperie.

Peut-être…

Aujourd'hui, je venais de vaincre mon père. Dérisoire consolation, mais je me raccrochais à ce que je pouvais. Je tenais toujours dans ma main le papier qu'il m'avait donné : les fameuses coordonnées de l'impitoyable Estéban, l'homme à qui j'avais dû vendre mon corps contre la vie de mon frère.

*
**

Je me souvenais très bien de cette soirée du mois de septembre, quelques années plus tôt, où j'avais rencontré Estéban pour la première fois.

J'étais désespérée, car, le matin même, la clinique de Los Angeles n'avait pas accepté de me donner un nouveau délai de paiement pour l'opération de Paulo, prévue une semaine plus tard.

Le premier versement, une somme de quinze mille dollars, la moitié du coût total des interventions, devait être effectué avant le lendemain soir. Si le compte n'était pas crédité, l'opération de la dernière chance serait « déprogrammée », selon les termes de la secrétaire médicale.

Le professeur avait pouvoir de vie ou de mort sur Paulo, d'ailleurs à quoi tenait sa vie ? À trente mille dollars. Rien ou une fortune selon les cas. La médecine peut faire de merveilleuses choses à condition que l'on ait un solide compte en banque, ce qui n'était plus mon cas après les paris plus que risqués et irresponsables de mon père.

Je n'avais aucune solution, mais je ne pouvais pas me résigner à voir Paulo se diriger inéluctablement vers une issue fatale. Je ne pouvais imaginer qu'il continue à souffrir peut-être six mois de plus, peut-être un an et pour quel résultat ? Juste une lente et inévitable dégradation de son état.

Condamné à mort à l'âge de onze ans ! Je ne pouvais pas, non, pas mon frère. Pas le petit homme qui, lorsque la douleur devenait trop forte et que sa respiration se ralentissait, me serrait si fort dans ses bras que les larmes montaient trop vite, bien trop vite.

Pas lui qui, depuis sa naissance, avait redonné, non pas un sens à ma vie, car elle n'en avait pas, enfin… pas encore, mais une raison à mon existence insipide et triste.

Mon père, dans un élan de bonté ou d'horreur – j'apprendrais plus tard que la deuxième proposition était celle à retenir –, vint me voir à la fin de mon service au restaurant. Il avait peut-être trouvé une solution. Je ne disais rien, je l'écoutais.

Un homme prénommé Estéban devait passer en toute fin de soirée pour me rencontrer. Il était prêt à me prêter la somme nécessaire à l'opération de Paulo en échange de « services ».

Je ne compris pas tout de suite, comment aurais-je pu comprendre d'ailleurs ; c'était mon père qui me proposait cette solution.

Estéban arriva vers minuit, s'assit en bordure de plage sur la dernière rangée de chaises. Il était accompagné de deux acolytes au sourire comparable à une porte de prison, un endroit qu'ils devaient bien connaître d'ailleurs.

Mon père me fit signe d'approcher. Le mafieux me dévisagea avant de me détailler de haut en bas avec une lenteur extrême. Toujours debout, j'attendais, je ne savais que faire.

— Assieds-toi ma belle, me dit-il.

Mon père, resté en retrait, se taisait.

— Il paraît que ton frère ne va pas bien, fit-il avec un air de compassion bien trop prononcé pour être sincère.

— Oui, répondis-je simplement.

— Ton père m'a parlé de tout ça, de ses conneries, du délai très court pour payer l'hôpital, c'est bien ça ?

Je ne savais quoi répondre.

— L'opération va être... déprogrammée, bafouillai-je.

Il acquiesça d'un mouvement de tête tout en continuant à poser ses yeux sur tous les endroits de mon corps.

— Écoute, si tu es d'accord j'ai peut-être une solution. Je connais ton père depuis longtemps et, comment dire, j'ai envie de lui rendre service.

Je ne me doutais de rien, mon cerveau refusait l'évidence, je ne pensais qu'à une chose : et si c'était vrai ? Et si cet homme avait le pouvoir de me prêter cet argent ? Paulo pourrait se faire opérer. Il serait sauvé !

Je continuai à bafouiller :

— Quelle solution... je n'ai pas d'argent... rien... enfin plus rien.

— Tu travailles depuis longtemps au restaurant ?

— Depuis toujours, dès que j'ai un peu de temps.

— Tu es courageuse, c'est un métier difficile.

— Oui, confirmai-je tout en baissant les yeux.

Il se frotta la barbe et avança sur son siège, posant sa main sur mon genou. J'eus un mouvement de recul.

— Je gère plusieurs restaurants-discothèques dans la ville. Un peu les mêmes que celui de tes parents à une différence près, mais elle est importante.

— Oui ?

J'attendais la suite impatiemment.

— La clientèle est sélectionnée, ce ne sont que des hommes d'affaires très riches. Peu de Brésiliens d'ailleurs ; ils sont trop fainéants !

Il ricana bruyamment et précisa :

— Beaucoup d'Américains qui viennent se détendre quelques jours.

Il enleva enfin sa main, se cala bien au fond de sa chaise.

— Voilà ce que je te propose. Je fais virer demain sur le compte de la clinique les trente mille dollars nécessaires à l'opération de ton frère. Et au lieu de venir travailler ici, je t'embauche, tu viens chez moi. Tu me rembourseras avec ton salaire et les pourboires.

Un brin de lucidité me traversa l'esprit.

— Trente mille dollars ! Mais je ne pourrai jamais, et puis pourquoi faites-vous cela ?

— Pourquoi je fais cela ? Par amitié pour ton père. Ça compte, pour moi, l'amitié ! affirma-t-il d'un air faussement grave.

— Mais cette somme, c'est impossible...

— Comme je viens de te le dire, mes clients sont de riches industriels et même des hommes politiques. Les pourboires sont conséquents et je t'offre un très bon salaire... pas celui de ton père !

Il éclata de rire à nouveau.

J'hésitai, ne sachant que penser de cette proposition. Il ne me laissa pas réfléchir.

— Demain, à la première heure l'argent peut être viré, c'est à toi de voir...

Je plongeai, ne voyant que la santé de Paulo qui dépendait de ma décision.

Et puis, ce n'était que changer d'endroit pour travailler, servir des clients riches… on arrive à se convaincre avec bien peu de choses quelquefois. Je ne voulais pas comprendre, emmitouflée dans ma candeur et l'espoir de voir enfin mon frère ne plus souffrir.

Je prononçai le mot le plus simple et le plus horrible à la fois :

— Oui !

Estéban tint parole, enfin c'est ce que je croyais. En fait, l'argent fut bien viré dès le lendemain, mais seulement la moitié de la somme contrairement à ce qu'il m'avait assuré. Il réglerait le solde au moment de la seconde intervention – indispensable pour achever de mettre Paulo hors de danger. Ce fut, du moins, ce qu'il me promit.

La première opération de Paulo se déroula sans problème, le plus dur était passé. La seconde intervention devait avoir lieu trois mois plus tard, elle était incontournable, mais beaucoup moins risquée que la première. J'étais heureuse de voir revivre mon petit frère. Bientôt, tout cela ne serait qu'un mauvais souvenir…

Nous pûmes quitter l'hôpital de Los Angeles après quinze jours de convalescence. Les consignes des médecins étaient strictes, mon jeune frère devait se reposer, aucun effort intense jusqu'à la deuxième intervention. Je restai auprès de lui autant que je le pus les deux premières semaines.

Puis vint le premier soir de travail dans un des restaurants d'Estéban. Le service était plus facile que chez mes parents ; les employés y étaient nombreux. Selon les soirs et mes disponibilités, j'étais soit au restaurant soit à la discothèque.

Les premières semaines furent conformes au discours d'Estéban. Des soirées et des nuits, certes longues, mais un salaire élevé et des pourboires à coups de billets de cinquante dollars n'étaient pas rares.

*
**

Un matin, je reçus un appel du service de cardiologie de l'hôpital de Los Angeles. La secrétaire, d'une voix monocorde presque automatique, me demandait de régler, au plus vite, la seconde partie du montant de l'intervention.

Je m'étonnai, lui demandant de vérifier. Elle me confirma qu'il restait bien quinze mille dollars à payer pour confirmer la date de la deuxième intervention qui devait avoir lieu dans six semaines.

Ma première réaction fut de penser à une erreur. Le soir même, je demandai à parler à Estéban.

— Tout se passe bien, ma petite ? Il paraît que tu souhaites me parler ? me demanda-t-il alors que je déposais les commandes des invités qu'il avait conviés à sa table.

— Oui, l'hôpital m'a appelé. La totalité de l'argent n'a pas été versée.

Il sourit, me saisit le bras.

— Ce n'est pas le moment, viens dans mon bureau après ton service. Nous parlerons de tout cela !

J'insistai.

— Mais…

Il serra un peu plus fort mon poignet, son ton devint directif.

— Ce n'est pas le moment, après ton service je viens de te dire ! m'ordonna-t-il.

Aussitôt il se retourna vers son voisin, ne prêtant plus aucune attention à ma présence.

Il était près de 2 heures du matin lorsque je montai les marches conduisant au bureau d'Estéban au-dessus de la salle du restaurant.

Il m'invita à entrer d'un signe de la main.

Un de ses deux molosses ferma la porte derrière moi.

— Alors tu es contente de ton boulot chez moi ?

— Oui.

— C'est quoi, ton vrai travail déjà ? Ton père m'en avait parlé, je crois, je ne me souviens plus.

Je m'étonnai de sa question. Je lui répondis ; je souhaitais lui parler de ce qui me préoccupait le plus rapidement possible.

— Hôtesse de l'air chez GOL, une petite compagnie brésilienne. Comme je vous le disais tout à l'heure…

Il me coupa :

— Pas évident de concilier les deux ?

— Non, pas évident, mais je n'ai pas le choix, affirmai-je.

— Tu as raison, fit-il.

— J'ai raison… sur quoi ?

— L'hôpital n'a reçu que la moitié de la somme.

— Vous m'aviez dit que vous verseriez la totalité.

Son regard se fit sombre.

— Tu sais, les affaires sont difficiles en ce moment.

— Ils ont besoin de l'argent, c'est obligatoire ! insistai-je.

Il me dévisagea comme il l'avait fait le premier jour. Il parcourut mon corps avec un regard qui me mit mal à l'aise.

— Cela fait combien de temps que tu travailles ici désormais ?

— Six semaines.

— Combien as-tu remboursé de ta dette en six semaines ?

Je répondis presque fièrement :

— Mille dollars !

Estéban se tourna vers celui que tout le monde appelait « l'Américain », son homme de confiance, qui ne le quittait jamais, toujours quelques pas derrière lui.

D'un signe de tête, il lui confirma mes propos.

Estéban se frotta longuement le menton entre ses doigts. Puis me lança d'un ton énigmatique :

— Joy !

— Oui.

— C'est un très... joli prénom, Joy ! répéta-t-il.

Je ne dis rien, ne sachant quoi répondre. Une fois de plus cet homme me déstabilisait.

— Comme je te le disais, les affaires sont rudes et mille dollars ce n'est pas suffisant, mais je peux virer le reste de la somme, affirma-t-il.

— Oh, merci !

Je n'avais retenu que la deuxième partie de sa phrase.

— Mille dollars ce n'est pas suffisant ! répéta-t-il.

— Je ne peux pas faire plus d'heures, avec les horaires à la compagnie et le temps que je dois passer avec Paulo.

— C'est pour ça que je vais te proposer de gagner plus d'argent et plus rapidement.

Peu à peu, le piège se refermait, je comprenais que je n'avais plus le choix.

— Certains de mes clients souhaitent être accompagnés lorsqu'ils ont des repas ou des sorties ; ils se sentent seuls.

Je ne disais plus rien, percevant la voix d'Estéban comme dans un brouillard.

— Tu n'auras plus à travailler au restaurant ni à la boîte de nuit. Tu feras beaucoup moins d'heures et tu gagneras plus d'argent. Ils sont prêts à payer des sommes importantes.

Le brouillard s'épaississait.

— Tu es d'accord ?

Avais-je le choix ? Non, évidemment !

Je fis un signe de tête et haussai les épaules.

Il répéta :

— Tu es d'accord ?

— Oui.

Le piège s'était totalement refermé.

Estéban m'accompagna jusqu'à la porte.

— De simples repas, tu verras, ce sera des moments très agréables.

Et dire qu'à cet instant j'avais encore envie de croire qu'il disait vrai ! Pour mieux supporter, peut-être.

Les repas eurent bien lieu, puis les demandes plus spécifiques, plus insistantes. Mes premiers refus semblaient leur plaire, cela faisait partie d'un jeu dont je ne connaissais pas les règles. Puis les cadeaux, puis mes nouveaux refus.

Les hommes d'affaires étrangers avec leurs poches pleines de billets étaient les plus repoussants. Ils prenaient un malin plaisir à se laisser photographier à la sortie de leur voiture ou au beau milieu d'un restaurant au bras de leur « conquête » par des paparazzis en mal de scoops. Toujours à l'affût, je cachais mon visage dès que j'apercevais le scintillement de l'objectif de ces rapaces.

Jusqu'à quand pourrais-je résister ?

Jusqu'à ce qu'ils décident que mes refus ne les amusaient plus.

Alors le jeu se termina, je sombrai.

Je devins un automate au service du désir de riches Américains prêts à payer, toujours payer comme si tout s'achetait.

Je m'entourai d'une bulle, je n'étais plus moi. L'espace d'une ou deux heures, ils possédaient un objet qui se détachait de moi.

Mais ils ne possédaient qu'une enveloppe, oui simplement une enveloppe !

Mon corps ne m'appartenait plus, celui de Paulo revivait...

... Il était définitivement sauvé !

9

Le doute

Ça commence par une nuit trop courte ou un lever de soleil moins éclatant que d'habitude. Et puis, cette petite voix lancinante dans notre tête qui vient sans prévenir et détruit, une à une, nos certitudes.

Comme une hésitation qui insiste… un doute qui s'installe.

Nos choix d'hier ne sont plus que des interrogations, une part de vie qui se brouille.

Se dire que rien n'est acquis, être conscient de sa part de faiblesse.

Et si le doute n'avait qu'un seul but : renforcer nos choix ?

*
**

Tout à coup, à travers les haut-parleurs de la voiture, la voix d'Emma me parvint comme dans un brouillard.

— Bonjour, Guillaume, tu vas bien ? me demanda-t-elle.

Je répondis un hésitant et automatique :

— Oui.

— Tu es sûr, tu as une drôle de voix ?

— Oui, oui…

— J'ai eu des nouvelles de Joy, elle va bien ! affirma Emma.

Je ne répondis pas, je venais de quitter le père Bertrand et son récit m'obsédait. Je connaissais désormais le passé de Joy. Je savais enfin ce que me cachait la femme que j'aimais. J'avais préféré ne pas rentrer au Brestet ce soir-là ; j'avais besoin d'être seul. Les kilomètres s'additionnaient, je roulais sans destination précise.

— Guillaume, tu es là ? insista Emma.

Toujours aucune réaction de ma part.

Le soleil déclinait à l'horizon, la fraîcheur du soir libérait les effluves des champs de lavande qui défilaient inlassablement depuis des dizaines de kilomètres. J'essayais de m'enivrer de ce parfum pour adoucir les révélations du père Bertrand qui cognaient dans ma tête.

Joy lui avait tout raconté, il avait longuement hésité à m'en parler. Même si ce n'en était pas une, il avait l'impression de trahir une forme de confession, m'avait-il dit. Il avait reconnu que ce qui l'avait décidé c'était, bien évidemment, le départ précipité de Joy. Mais il avait surtout eu le sentiment qu'à travers lui, c'est à moi qu'elle voulait parler. Comme si elle pensait ne jamais pouvoir m'avouer ce passé qui lui pesait tant et dont elle avait profondément honte.

Je ne savais plus quoi penser. Notre amour résisterait-il à de telles révélations ? Malgré la puissance de nos sentiments, pourrions-nous bâtir une relation durable après un tel mensonge ?

Mes idées se télescopaient. Bien sûr, Joy avait la plus noble des raisons pour justifier ses actes : la vie de son frère, mais plus je réfléchissais, plus la peur m'envahissait. Je n'avais rien à lui pardonner, car je n'avais pas le droit de juger la décision qu'elle avait prise, quand la vie de son frère était en jeu. Mais ce qui me terrorisait, c'était que je ne me sentais pas assez fort pour accepter son passé. J'aimais une femme qui avait fait commerce de son corps et j'étais incapable de dépasser cette idée.

Un aveu de faiblesse, peut-être ?

Je n'avais pas la force de Joy et je ne l'aurais jamais.

— Guillaume ! Tu as entendu ce que je viens de te dire ? questionna Emma.

Je lui répondis enfin :

— Oui, je t'entends.

— Joy va bien, Lucie l'a vue dès le lendemain du mariage prendre l'avion pour Rio.

J'essayai maladroitement de cacher que j'en savais plus qu'elle.

— Ah bon, pourquoi un départ si rapide ?

— Des affaires de famille à régler. Elle n'a rien dit de plus. Ah si, que l'on ne s'inquiète pas.

— Très bien.

Emma s'énerva devant mes réponses laconiques.

— Oh, Guillaume, tu es avec moi ? Je viens de te dire que ta femme est à Rio depuis le lendemain de votre mariage !

— J'ai compris.

— Tu es sûr que ça va ? Tu as l'air complètement absent. Que t'arrive-t-il ?

Je devais me reprendre et faire comme si je ne savais rien. Le père Bertrand avait insisté pour que je ne parle à personne. De toute façon, je n'en avais pas l'intention. Même si notre amour ne tenait plus qu'à un fil, le passé de Joy lui appartenait et c'était à elle de décider qui devait savoir ou pas.

— Je suis crevé, j'ai fait des photos toute la journée pour le magazine. Je suis en voiture sur la route du Brestet. Excuse-moi, en plus je t'entends mal.

— Je ne comprends plus rien à ta femme, j'ai l'impression de ne plus la connaître. Je ne sais même pas si je l'ai connue un jour.

Je n'avais aucune envie de discuter avec Emma. J'avais besoin d'être seul, de rouler de plus en plus vite comme pour échapper à ce qui ressemblait à un cauchemar éveillé.

— Je rentre à Paris dans deux jours, nous en discuterons. La connexion est vraiment mauvaise.

Je lui mentais, car je l'entendais parfaitement.

— Très bien, me dit-elle.

Emma n'était pas dupe, mais elle décida de me laisser tranquille. Dans un dernier effort, je demandai des nouvelles de mon jeune beau-frère.

— Paulo va bien ? J'espère qu'il s'habitue à la vie parisienne…

— Il commence à prendre ses marques.

— Parfait ! Dès que je rentre à Paris, nous déciderons quand je pourrai m'en occuper pour soulager ton emploi du temps.

Elle tergiversa avant de me répondre :

— Oui, si tu veux… Mais ce n'était pas prévu…

— Non, mais c'est mieux ainsi. Je te laisse, je capte de plus en plus mal. Je t'appelle dès que je suis rentré à Paris. À bientôt, Emma, embrasse Paulo.

— À bientôt, je t'embrasse.

Bouton « OFF », je coupai la conversation et déconnectai le Bluetooth ; je n'avais plus envie de parler à personne.

La nuit commençait à tomber, je m'approchai à vive allure des premières maisons de Vaison-la-Romaine. Je garai ma voiture sur un des parkings du centre-ville et m'engouffrai dans le tumulte des touristes. Je traversai le pont romain qui surplombe l'Ouvèze avant de monter vers la ville haute et ses ruelles escarpées.

Je m'enivrai de tout, de la fraîcheur de la nuit, des odeurs, des bruits, des sourires que je croisais et d'alcool. De beaucoup d'alcool. Ce soir-là, je bus bien au-delà du raisonnable. Je n'avais envie que d'une chose, que les verres absorbent ma détresse, ma peur et mon ennui. Je ne raisonnais plus, je basculais dans le monde de l'oubli, ne plus penser surtout ne plus penser. L'image de Joy s'effaçait et c'était très bien ainsi. Penser à elle me fatiguait, m'épuisait bien au-delà de ce que je pouvais supporter.

Je ne supporterais jamais ce que je venais d'apprendre, je n'en aurais pas l'énergie. Trop de mensonges, trop de non-dits, trop de cette femme à qui j'aurais tout donné, de qui j'aurais tout accepté… mais pas ça ! Comment pourrais-je un jour retoucher ce corps ?

Je n'avais plus aucune force, mes jambes ne me portaient plus, je m'écroulai en bordure du théâtre romain. Je ne sentais plus l'alcool me brûler la gorge, je buvais, je ne faisais que ça… cette satanée bouteille se vidait bien trop vide. Je perdais pied, je glissais vers ailleurs…

Encore une gorgée, une dernière. Je m'affalai sur le goudron encore tiède.

*
**

Paris, premier lundi de juillet, le temps était gris. Les orages de la nuit précédente avaient laissé place à une atmosphère lourde et humide. Il était près de midi lorsque je rentrai sur le périphérique en direction de la porte Maillot.

J'avais quitté la maison du Brestet alors que le jour pointait à peine à l'horizon. Mon oncle avait tenu à petit-déjeuner avec moi. Nous n'avions pas beaucoup parlé, chacun muré dans son silence, nous étions tristes.

Gabriel, malgré les événements, avait apprécié ces dernières semaines où notre présence lui avait redonné cette énergie qu'il perdait peu à peu au fil des années de solitude qu'il accumulait. Il continuerait, comme il savait si bien le faire, à entretenir la demeure familiale : sa piscine, son verger et son potager, dans l'attente que l'un d'entre nous revienne y passer quelques jours.

Tout au long du trajet vers Paris, je pensai au moment où je me retrouverais devant la porte de notre appartement de Neuilly. Je n'avais aucune idée de la façon dont je réagirais.

J'avais eu la malencontreuse idée de prévenir de mon retour mon père qui, comme un petit chien obéissant, s'était empressé d'avertir ma mère, laquelle, à son tour, n'avait pas manqué de me proposer de « nettoyer » l'appartement. Je n'avais pas insisté sur la signification du verbe « nettoyer » par crainte d'être confronté, une énième fois, à son esprit pratique. J'ai bien dit son esprit « pratique », car pour ce qui est du moindre sentiment de compassion, j'attendais depuis trente ans… je pouvais donc attendre quelques dizaines d'années supplémentaires.

Combien de fois, jusqu'à l'adolescence, avais-je espéré un frère ou une sœur afin de ne pas rester seul avec mes questions ? J'étais certain que cela aurait adouci les relations avec mes parents. Au mieux, ils auraient compris que leur rôle était d'aimer leurs enfants sans aucune condition. Au pire, j'aurais eu un confident et nous aurions pu nous soutenir mutuellement pour déchiffrer le comportement parental.

Au fond de moi, je ne leur en voulais pas tant que ça ; ils étaient persuadés de me conseiller au mieux. C'était leur façon de fonctionner, ce n'était pas la mienne : nos relations n'avaient aucune chance de s'améliorer.

Ma mère avait rayé Joy de sa vie, et de la mienne par la même occasion, aussi vite qu'elle l'y avait fait entrer, c'est-à-dire à vitesse supersonique. Elle était persuadée que sa disparition était due à une réflexion trop tardive de sa part, aucune autre hypothèse ne traversait son esprit figé dans ses certitudes.

Évidemment, je m'étais bien gardé de leur faire part de la moindre parole du père Bertrand. J'aurais risqué de les enterrer précocement !

Quoi qu'il en soit, en ce qui concernait sa proposition de « nettoyage », si je l'avais acceptée, ma mère aurait mis un point d'honneur à faire disparaître tout ce qui pouvait me rappeler Joy. Une forme de « désinfection » en règle de l'appartement qu'elle aurait réalisée dans un temps record afin que je retrouve un logement aseptisé du moindre souvenir.

Peut-être avais-je eu tort de refuser son offre : dès que j'aurais franchi la porte, tout me rappellerait Joy.

Je me garai dans le parking souterrain, saisis ma valise dans le coffre et me dirigeai vers l'ascenseur. Curieusement, au contraire de ce que j'avais craint, plus je me rapprochais de la porte d'entrée et plus je me sentais serein, presque heureux de retrouver notre « chez nous », alors que je devais désormais me contenter d'un « chez moi ». Rien n'avait bougé, à mesure que j'avançais, je sentais les touches du parfum de Joy aux quatre coins de l'appartement.

Au lieu de sombrer dans une nostalgie facile, je me sentis bien. Je déposai ma valise dans la chambre et vérifiai que Joy n'était pas passée avant son départ pour Rio. J'ouvris son armoire et constatai que rien n'avait bougé. Ses vêtements et chaussures parfaitement ordonnés me donnèrent l'impression qu'elle allait rentrer avec sa valise à la main et que nous allions tranquillement découvrir notre vie de jeunes mariés.

Je m'installai sur le canapé, balançai mes chaussures sur le tapis et allongeai mes jambes sur la table du salon. Je souris, pensant à Joy, qui n'aurait pas manqué de me rappeler que mes chaussures n'avaient pas de « petites pattes » et qu'elles ne se rangeraient pas toutes seules.

Lorsque j'ignorais tout de son passé, cette femme m'intriguait. Maintenant que je connaissais les raisons de son silence, j'étais partagé entre deux sentiments qui paraissaient incompatibles : le respect et la peur.

Je la respectais pour ce qu'elle avait dû supporter afin que Paulo vive sereinement. Elle lui avait offert un avenir à travers le don d'elle-même. C'est une magnifique preuve d'amour.

En même temps, la peur continuait de me tarauder. Comment pourrais-je de nouveau aimer ce corps souillé par des mains suantes de désir dans un sale jeu où la seule règle était le plaisir en échange de quelques centaines de dollars ?

Nous avons, toutes et tous, notre part d'ombre, nos secrets qui nous accompagnent parfois tout au long de notre parcours. Nos proches n'en savent rien et nous traversons l'existence accompagnés de ces moments qui nous réchauffent ou nous glacent. Nous les gardons bien enfouis dans une malle rangée au fond d'un vieux grenier. On y pense souvent, on l'ouvre rarement, mais elle est là, et cela suffit.

Ma malle est bien vide, celle de Joy trop remplie. Elle ne m'a pas laissé l'opportunité d'en découvrir le moindre recoin. Moi, je lui ai offert la mienne, laissant grand ouvert le couvercle d'osier.

Mon portable se mit à vibrer sur la table du salon.

> Salut Guillaume, tu dois être chez toi. Pizzeria Calini ce soir ? Sans doute besoin de parler ?

Malgré la surprise d'un message si rapide de la part d'Emma, je répondis par l'affirmative ; j'avais effectivement besoin de me confier.

> OK, 20 h ! Content de vous revoir tous les deux.

La réponse d'Emma fut instantanée.

> Nous serons seuls ! Paulo reste avec mes parents. C'est mieux… pour parler.

Je ressentis une sorte de gêne avant de confirmer ma présence.

À ce soir !

Je t'embrasse.

Ma valise fut rapidement vidée et rangée. Gabriel, en véritable fée du logis, avait lavé et repassé l'ensemble de mon linge.

Je passai le début d'après-midi à traîner dans l'appartement, ne sachant que faire pour m'occuper. Pour ne pas laisser s'installer une nostalgie trop pesante, je décidai de me rendre à l'agence afin de transférer mes centaines de clichés sur mon ordinateur de bureau.

Je savais que je ne subirais pas une avalanche de questions de la part de mes collègues. David, mon témoin, avec qui j'étais resté en contact régulier depuis son retour à Paris, les avait prévenus du déroulement des événements.

À peine avais-je franchi la porte qu'il sauta de son fauteuil pour venir m'embrasser.

— Yes ! Je suis content de te voir, lança-t-il sans retenue tout en me serrant si fort que je lâchai ma sacoche contenant mon Canon qui tomba sur le bureau d'Émilie, la secrétaire de l'agence.

— Ça va, ça va ! Ce serait sympa si tu pouvais me lâcher… je pourrais saluer les autres, plaisantai-je, les bras écartés pour supporter son étreinte.

— Bien sûr, désolé. Ça me fait trop plaisir, fit-il tout en me donnant… un amical coup de poing dans le ventre !

Je m'appliquai à saluer chacun de mes collègues. Tous, sans exception, même notre ronchonneuse maladive, Juliette, eurent un mot gentil. À aucun moment le mariage ne fut évoqué sauf par Cécile, gaffeuse professionnelle, qui me présenta, entre deux bruyantes bises, ses « sincères félicitations ». Puis elle devint rouge comme une écrevisse dans son eau de cuisson et dodelina de la tête, comme si elle voulait s'excuser.

Leur comportement à tous, même s'il partait d'un bon sentiment, me mettait mal à l'aise. Nous étions une petite équipe et nous partagions très souvent nos problèmes personnels selon les souhaits et les réticences de chacun. En ce qui me concernait, c'était trop tôt. J'attendrais pour prendre un peu de temps avec chacun d'entre eux. Cela éviterait les situations ambiguës et les hésitations ; je ne souhaitais en aucun cas que mes problèmes impactent nos relations professionnelles et l'efficacité de l'agence.

Je passai avec David dans mon bureau où, tout en transférant mes photos, nous évoquâmes toujours le même sujet : Joy !

Puis je rendis visite à mes parents, et je supportai vaillamment leurs conseils plus avisés les uns que les autres sur la conduite à tenir concernant mon avenir. Ma mère me proposa même son aide dans les démarches à entreprendre en vue du… divorce. Je préférai m'éclipser plus rapidement que prévu.

J'arrivai avec un peu d'avance devant la pizzeria Calini non loin de l'île de la Cité. L'ambiance orageuse avait fini de s'évacuer et, en ce début de soirée, l'atmosphère était agréable. Un petit vent frais rafraîchissait les quais de Seine, j'en profitai pour marcher un peu en attendant Emma.

J'allumai une cigarette, sale habitude que j'avais reprise depuis quelques jours.

— Tu fumes, toi, maintenant ?

Je fis un bond en arrière, surpris par l'arrivée d'Emma.

— Euh, oui, tu m'as fait peur ! Je ne t'ai pas entendue arriver.

— Pourtant, je marchais face à toi. L'esprit ailleurs, me fit-elle remarquer.

— Sans doute, acquiesçai-je.

— Offre-moi une cigarette, me demanda-t-elle tout en s'adossant au muret de pierre situé en bordure de la pizzeria.

Je tendis mon paquet, elle plongea ses yeux dans les miens, puis se saisit d'une cigarette avec une extrême lenteur. Elle l'alluma et aspira une première bouffée.

Je me surpris à la détailler, quelque chose d'inhabituel m'interpellait. Elle portait un haut blanc sans manches, une jupe bordeaux au-dessus du genou. Mon regard glissa sur ses jambes, découvrant des escarpins à talons aiguilles.

— Tu as l'air bien pensif Guillaume, fit-elle.

— Oui, non… enfin. Je n'ai pas l'habitude de te voir… comme ça, bafouillai-je.

— Comme ça, c'est-à-dire ?

Elle tirait lentement sur sa cigarette tout en passant sa main dans ses cheveux blonds.

— D'habitude, tu es une inconditionnelle du pantalon sous toutes ses formes. Je me trompe ?

— Non ! affirma-t-elle.

— Non à quoi ?

— Non, tu ne te trompes pas ! dit-elle en écrasant son mégot dans le bac à fleurs.

— Parfait… non ! Enfin… ça te va très bien, bredouillai-je.

— Parfait ! C'est-à-dire ?

Cette conversation n'avait pas de sens. J'y mis un terme en la saisissant par le bras.

— Allez, viens, entrons !

Notre table, idéalement située, offrait une vue sur la Seine et ses bateaux-mouches glissant lentement sur le fleuve.

— Paulo va bien ?

— Oui, et toi ?

— Tu arrives à t'organiser ? Ce ne doit pas être facile avec tes horaires de travail…

— Ce n'est pas évident, mes parents sont là, et toi tout va bien ? insista-t-elle.

J'éludai une nouvelle fois.

— Il s'habitue à la vie parisienne ?

Emma croisa les jambes et répondit, agacée :

— Il est fort et tu le sais, il s'habituera !

— Comme elle ! affirmai-je.

Le serveur s'approcha et nous tendit les cartes derrière lesquelles nous plongeâmes avec soulagement. Une façon de se cacher ; notre soirée sonnait faux. Nous le ressentions chacun à sa façon. Ce moment où nous n'avions pas besoin de justifier notre silence eut le mérite de nous recentrer sur l'essentiel.

Je repensai à Joy lorsqu'elle me parlait d'Emma. Quelquefois, sans s'en rendre compte elle ne l'appelait pas par son prénom, mais « Croqueuse de vie ». Un jour, alors qu'elle avait répété cette expression plusieurs fois, je lui demandai l'origine de cet étrange surnom. Joy m'expliqua que son amie était une éternelle passionnée, qu'elle tombait souvent amoureuse. Que son cœur d'artichaut était perpétuellement en fleurs.

Encore caché derrière ma carte, je souriais. Mon choix était fait depuis bien longtemps, mais j'attendais qu'Emma reprenne la conversation. Soucieux de savoir si la soirée était définitivement fichue ou si elle était consciente que nous n'avions pas du tout les mêmes attentes.

— J'ai choisi : comme d'habitude, « pizza légumes » sans olives noires ! dit-elle, rompant enfin ce silence pesant.

— Moi aussi, la même chose, mais avec olives.

Nous posâmes enfin les deux cartes. Nos regards se croisèrent puis s'échappèrent à nouveau.

— Une coupe de champagne ? proposa-t-elle.

— Non, je ne crois pas… balbutiai-je.

— Guillaume, une coupe à la santé de Joy. Elle me manque. À toi aussi, terriblement, je suppose.

— Oui.

Son visage avait retrouvé cet aspect enfantin que je lui connaissais, avec sa chevelure blonde de petite fille effrontée. Elle avait quitté cette attitude de femme fatale qui lui allait si mal. Elle était belle et touchante dans sa mini-détresse de « cœur d'artichaut ». Elle posa, l'espace d'un instant, sa main sur la mienne. Sa façon à elle de faire la paix, de me faire comprendre qu'elle ne souhaitait pas de malentendu entre nous. Je serrai le bout de ses doigts avant d'appeler le serveur.

— Vous avez fait votre choix ?

— Ce sera deux pizzas légumes, une avec et l'autre sans olives noires.

— Très bien monsieur.
— Deux coupes de champagne également !
Emma leva les yeux et sourit.
— Parfait monsieur, c'est noté !

La soirée se poursuivit dans une ambiance apaisée. Emma avait compris que je ne ferais pas partie de sa longue liste d'amoureux, même pour une nuit. À plusieurs reprises, elle essaya de s'excuser. Sans doute ne voulait-elle pas que je garde le souvenir de la « bonne copine » qui tente de piquer son mari à son amie dès qu'elle a le dos tourné.

Nous avions passé ensemble une période difficile où chacun exprimait le manque à sa façon.

Moi, c'était avec trop de nostalgie et peu d'action. Emma avec énergie, démesure et sincérité. Elle avait tenté de me séduire, mais je suis certain qu'elle ne savait pas ce qu'elle désirait réellement : une aventure, peut-être, le début d'une histoire, certainement pas. Combler le manque, c'est certain, de la plus maladroite des manières, mais c'était sa façon à elle de se rassurer, de se jeter dans l'inconnu pour se rapprocher de son amie sans se soucier des conséquences.

Je fis comprendre à Emma que je n'avais besoin d'aucune excuse, que malgré ma détresse je devinais son désarroi et que cet instant d'égarement resterait entre nous.

Nous évoquâmes longuement le cas de Paulo, l'organisation de sa vie loin de ses parents, de ses amis et de ses habitudes. Elle me fit part des confidences du petit, lorsqu'au beau milieu d'une galerie de centre commercial, elle avait découvert sa cicatrice. Elle ne cacha pas sa colère envers Joy qui ne lui avait rien dit et dont elle avait peu de nouvelles, et uniquement de façon indirecte.

Nous échangeâmes nos Smartphones, cela nous fit du bien de constater que chacun possédait dans son historique des centaines d'appels et de SMS sortants… vers le même numéro, celui de Joy… et aucun entrant ! Malgré les jours qui passaient, nous espérions qu'elle répondrait enfin. Une autre façon, bien dérisoire, de se rassurer.

À aucun moment je n'évoquai les révélations du père Bertrand. Même devant sa meilleure amie, je ne me sentais pas le droit de trahir une si cruelle vérité. Cette vérité lui appartenait. À elle de la révéler, ou non, aux personnes de son choix.

*
**

Ce n'est qu'au moment où nous sortîmes du restaurant que je fis part à Emma de ma décision de m'envoler pour Rio dès le lendemain. Quitte à perdre la femme que j'aimais, je voulais la perdre en face à face. Qu'elle m'explique, malgré l'urgence de la situation, les raisons de sa fuite solitaire. Elle m'avait juré, face au père Bertrand, que nous partagerions tout : le pire et le meilleur. Nous avions seulement pu partager quelques heures du meilleur.

Alors oui, c'était décidé ! Je partais pour essayer de la retrouver. Cette décision stupéfia Emma autant que… moi ! Pendant tout le trajet du retour à Paris, mon subconscient avait fait son œuvre…

J'irais vers l'inconnu d'une ville où Joy traînait sa détresse. Je voulais son regard dans le mien, ses yeux qui se fermaient lorsque je posais ma main sur sa joue. Elle devait savoir que partager le pire avec elle ne pouvait être qu'une promesse du meilleur.

Peut-être ne le lui avais-je pas assez dit. Peut-être ne l'avait-elle pas compris.

10

Au-delà de la tempête

La vie ne décide jamais à notre place ; nous sommes les seuls maîtres à bord du navire de l'existence.

Nous avons le choix de traverser la tempête jusqu'à cette rive inconnue, vierge et d'une éternelle beauté, où tous les espoirs sont possibles.

Nous pouvons aussi nous contenter de rester au port, de contempler le mauvais temps à travers la vitre et de regarder nos larmes se mêler à la pluie glissant sur les carreaux.

Ce choix n'appartient qu'à nous, perdus dans notre solitude, nos errances et notre lâcheté.

Mais au-delà de la tempête, que le rivage est beau, le sable chaud et l'eau limpide !

*
**

Une seule chose m'importait désormais : rencontrer Estéban et mettre fin à cette menace qui rôdait autour de Paulo. Le dernier message du mafieux, reçu quelques semaines avant le mariage, était parfaitement explicite. Soit les intérêts de ma dette étaient réglés dans un délai d'un mois, soit Paulo serait « inquiété », avec toutes les alarmantes suppositions que cela comporte.

Là Mafia n'avait pas tardé à retrouver ma trace après ma fuite en Europe. Ma tranquillité fut, en effet, de courte durée. Six mois après mon installation à Paris, je reçus le premier appel m'indiquant que seul le capital de ma dette avait été remboursé et que les intérêts continuaient de courir à un taux exorbitant et non discutable.

Bien évidemment, aucun contrat n'avait été signé, aucun taux d'intérêt négocié. Une fois de plus, j'étais à leur merci. Depuis plus d'un an, après chaque appel, je me devais de verser la somme qui m'était indiquée sur un compte, situé dans un paradis fiscal, et dont le numéro changeait régulièrement. Ce furent d'abord de petites sommes que j'arrivais facilement à cacher à Guillaume.

J'avais, à chaque fois, la gorge serrée lorsque nous nous installions sur la table de la salle à manger pour faire les comptes du mois écoulé. Ce genre d'occupation n'était absolument pas la tasse de thé de Guillaume et si, au début de notre relation, je pestais pour qu'il m'aide à pointer chaque ticket de carte bancaire ou talon de chèque, désormais je n'insistais pas, ou plutôt je ne lui demandais même plus de m'aider. Je le laissais s'affaler tranquillement devant son match de foot. Absorbé par les tacles, les dribbles et les roulades théâtrales des vingt-deux millionnaires qui couraient après un ballon sur un rectangle vert aux étranges lignes blanches, il me laissait tranquille pendant près de deux heures. J'avais juste droit à un « Tout va bien ? » lorsque la mi-temps arrivait et qu'il s'installait derrière moi en faisant semblant de s'intéresser aux pointages de chacune de nos dépenses. De mon côté, je m'assurais que les centaines d'euros dont je ne pouvais pas justifier la sortie se perdaient au milieu des factures d'EDF, des achats chez IKEA pour meubler l'appartement ou des prélèvements du drive de l'hypermarché.

Mais plus les mois passaient, plus les sommes devenaient importantes. Ma première prime annuelle chez Air France fut engloutie dans les derniers remboursements que je pus supporter. Quatre mois avant notre mariage, je décidai que ce manège avait assez duré et j'interrompis les versements.

Deux mois passèrent sans que je reçoive la moindre demande de la part d'Estéban. Je crus naïvement que les intérêts monstrueux qu'il avait touchés lui suffisaient et qu'il était passé à d'autres victimes qu'il aurait vite fait de détrousser après leur avoir promis la fortune.

Mais le mal se cachait pour mieux sauter sur sa proie, plus violemment, plus sournoisement. Deux mois avant mon mariage, un intermédiaire d'Estéban me téléphona – en numéro masqué – pour me menacer. Et cela ne fit qu'empirer jusqu'au moment où – quelques jours avant la cérémonie – on m'expliqua sans ambages qu'on allait s'en prendre à Paulo. Je ne pouvais plus temporiser, je devais réagir vite. Le délai qui m'était donné courait jusqu'au lendemain du mariage, je savais qu'à cette période mon jeune frère serait en France, donc en principe en sécurité tant qu'il ne rentrerait pas au Brésil. Cela me laissait du temps pour tenter de régler le problème avec la Mafia.

L'intermédiaire que j'avais eu au téléphone refusait catégoriquement que j'entre en contact avec Estéban. Je devais payer, me taire et attendre que, peut-être, les menaces s'envolent : espoir dérisoire et auquel je ne croyais plus !

*
**

Assise en bordure de la plage de Copacabana, je tenais fermement entre mes mains le papier où mon père avait noté les nouvelles coordonnées d'Estéban.

Que devais-je faire ? L'appeler ? Lui rendre visite ? Attendre quelques jours ? Quelle était la meilleure décision ? S'il en existait une... J'étais seule et je doutais.

Je décidai de l'appeler ; lui rendre visite dans sa tanière ne m'enchantait guère. J'allumai le portable à carte que j'avais acheté le matin même. Consciencieusement, je rentrai l'interminable code afin de l'activer, mes doigts tremblaient. J'appuyai enfin sur la touche « valider ».

Je composai le numéro d'Estéban. J'entendis une dizaine de sonneries avant que sa messagerie ne s'enclenche. Le mafieux le plus influent de Rio ne répond pas à un numéro inconnu sans avoir quelques assurances sur sa provenance. Je décidai de rappeler et, cette fois-ci, de laisser un message résumant la raison de mon appel.

« Joy Lucin, vous devez savoir pourquoi je vous appelle. Je suis à Rio et j'aimerais vous voir pour… qu'on en finisse avec tout ça. Je voudrais être enfin tranquille. »

Je raccrochai, espérant qu'il me contacte rapidement. Mon attente fut de courte durée.

— Qui t'a donné mon numéro ? hurla-t-il.

À quoi bon mentir : il aurait, de toute façon, vite fait de vérifier mes dires s'il avait le moindre doute sur mes propos. Je devais être le plus factuelle possible, l'émotionnel ne devait pas avoir sa place.

— Mon père.

L'espace de quelques secondes, je n'entendis qu'un bruit de fond ressemblant au ronronnement d'un moteur de voiture.

— Ton père ! Qu'est-ce qu'il a fait ce con, encore ? Il fait chier ! Pourquoi t'a-t-il donné mon numéro ?

Quelle délicatesse ! Je ne pus m'empêcher de grimacer.

— J'ai besoin de vous voir. Peu importe pour le numéro. Si vous voulez, je jette le téléphone et tout le reste quand tout cela sera fini ! Je désirais entrer en contact avec vous, c'est tout !

Il se calma et prit son ton mielleux, celui que je connaissais trop bien.

— « Quand tout cela sera fini »… Effectivement, nous devons discuter. Nous avons quelques affaires à régler, de vieilles dettes qui traînent. Nous devons en parler !

J'essayai de garder un semblant de maîtrise.

— Très bien, où ?

— Au Paradise Club, 23 heures ce soir. Demande-moi à l'entrée.

— O.K. !

Je raccrochai. Je ne savais pas si je devais être soulagée ou terrorisée. Je me jetais dans la gueule du loup, refermerait-il ses crocs une deuxième fois sur moi ?

Avant de regagner la pension de famille, je passai à la consigne du Shopping Rio Sul afin de récupérer mes achats de la matinée.

À cette heure de la journée, le funiculaire était presque vide, seul un groupe de touristes chinois m'accompagna jusqu'aux premières ruelles de la favela Santa Marta. Abella balayait son pas-de-porte lorsqu'elle me vit arriver. Elle m'interpella.

— Eh bien, ma belle, tu es drôlement chargée ! fit-elle, accompagnant ses paroles de larges mouvements des bras.

— Quelques achats, il me manquait pas mal de choses. Les compagnies aériennes limitent les bagages où alors ça coûte une fortune.

Abella reprit son balai et finit de pousser le tas de déchets contre le mur avant de se baisser, munie d'une large pelle.

— Sans doute... dit-elle.

— Sans doute quoi ?

— Que les compagnies sont chères pour les bagages. Parce qu'un sac à dos... ça n'a pas dû te ruiner.

Je mentais mal, peu importe.

Je m'embrouillai et m'agaçai en même temps.

— Je n'avais pas envie de m'encombrer pendant le voyage.

— Bien sûr, j'espère que tu ne voyages pas souvent...

— Pourquoi ?

Elle éclata de rire.

— Ça doit te coûter cher ! En même temps, c'est ton argent, pas le mien.

— Oui, bon...

Elle me prit par la taille et m'accompagna à l'intérieur.

— Viens donc manger quelque chose, je suis sûre que tu as le ventre vide ; tu es toute blanche.

Je n'avais pas forcément faim, mais je sentais mes jambes qui chancelaient. J'avais besoin d'énergie ; la matinée avait été rude.

— Volontiers, lui assurai-je en me dirigeant vers la salle à manger.

Louis, attablé seul, m'interpella.

— Matinée shopping, à ce que je vois ?

— Oui, quelques achats.

Je laissai mes sacs sur le vieux carrelage et m'assis sur le banc face à lui.

— Vous avez l'air fatigué, prenez donc une tranche de cet excellent jambon. Il est épicé, ça va vous réveiller, me proposa-t-il en me tendant l'assiette où il venait de déposer plusieurs découpes fines.

Je saisis une tranche, la déchirai entre mes doigts et l'engloutis.

— Eh bien dites-moi ! fit-il en me suggérant de me resservir, ce que je fis avec plaisir.

— Vous venez de rentrer vous aussi ?

Il leva les yeux d'un air interrogatif.

— Non.

— Je pensais que... pour déjeuner, c'est une heure tardive...

Tout en continuant de triturer avec minutie son morceau de pain, il leva furtivement les yeux vers moi.

— Mes repas sont calés sur mon inspiration. Quand elle n'est plus là, je m'occupe du reste et donc, entre autres, de me nourrir.

— Votre inspiration est donc revenue... puisque vous déjeunez tard.

Je venais d'engloutir un deuxième morceau de jambon et de me servir une assiette de ragoût. Les gestes de Louis étaient lents, posés, rassurants. Sa voix rauque et lisse provoquait des vibrations à l'intérieur de ma poitrine, comme de légers frissons de bien-être.

Sa barbe mal rasée et ses cheveux longs étaient parsemés de nombreuses mèches grisonnantes. Malgré un visage anguleux et une peau tannée, ses traits étaient doux. Quel âge avait-il ?

Emma et moi, nous nous amusions souvent à deviner l'âge des passagers et je sortais toujours vainqueur de ces jeux futiles. Louis, je n'arrivais pas à lui donner d'âge précis. Avait-il la quarantaine usée ou la cinquantaine assumée ? Combien d'écart avions-nous ? Aurait-il pu être mon père ? C'est idiot toutes ces questions que l'on se pose parfois quand on rencontre une personnalité atypique que l'on a envie de découvrir.

— Depuis hier soir !

Cette phrase inattendue me sortit de mes questionnements.

— Pardon ?

— Vous me demandiez si mon inspiration était revenue, eh bien depuis hier soir.

— Super ! Un déclic sans doute…

— Oui, vous !

Instantanément, mes joues passèrent du blanc au rouge vif. « Quelle gourde ! Finis donc ton ragoût et arrête de dire des conneries. Réfléchis, ma vieille ! »

— Euh…

« Vite, trouve quelque chose à dire ! » Je sentais son regard posé sur moi. Le nez plongé dans mon assiette, j'étais sûre qu'il ne bougeait pas et qu'il m'observait, à l'affût d'une réaction.

— C'est gentil.

« Mon Dieu, quelle pitié ! Vraiment, tu es nulle ! »

— Moi, gentil ? Et pourquoi donc ?

Louis se leva et se dirigea vers une pièce sans fenêtre qui faisait office de garde-manger et de réfrigérateur. Il me présenta un ananas.

— Vous en voulez ?

— Pourquoi pas ?

— Pour en revenir à votre question, rassurez-vous, vous ne m'avez pas rendu l'inspiration perdue. Par contre vous m'avez donné envie que mon roman se termine bien, me semble-t-il.

Il était touchant, il paraissait sincère. Je me décidai enfin à lever la tête. Ce fut lui qui, à son tour, n'osa pas soutenir mon regard.

— Quelle responsabilité ! Je ne suis pas une grande lectrice, mais tous les romans finissent bien, non ?

— C'est faux ! affirma-t-il.

— Alors pourquoi moi ? Comment une… touriste française que vous ne connaissiez pas quelques minutes auparavant peut-elle vous inciter à écrire une fin heureuse ?

Il hésita.

— Vous respirez la joie de vivre.

Ma surprise fut totale.

— Moi ! Oh non, certainement pas !

— Vous avez raison. Vous avez même un petit air triste qui vous va si bien. Non, pas « la joie de vivre »… oui, c'est ça « la faim de vie ». Vous semblez avoir autant d'appétit pour la vie que pour le jambon et le ragoût d'Abella.

— La « faim de vie » : F.A.I.M… pas la FIN, c'est mieux.

— Exactement !

— Vous me faites rire.

— J'espère.

— …

— Je ne sais pas pourquoi, mais vous me faites penser à une forme d'ambiguïté, comme un… oui voilà, c'est ça : un « désespoir positif ».

Bien vu ! D'où sortait cet homme qui semblait si facilement me déchiffrer ? Je décidai de clore la conversation ; j'étais épuisée.

— Donc O.K. pour la faim-appétit, plaisantai-je. Je dois vous laisser. Je vais me reposer : entre le décalage horaire et le shopping de ce matin je suis morte.

— Pas trop vite quand même, j'ai un livre à finir.

— Pas trop vite ?

— « Je suis morte », pas trop vite.

— Bien sûr, excusez-moi, la fatigue…

Je me levai, Louis, lui, ne bougea pas. Je traversai la cour et entrai dans ma chambre. Avant de m'affaler sur mon lit, cachée derrière le rideau, je jetai un coup d'œil au dehors. Louis était dans la cour et regardait ma fenêtre.

« Dors un peu ma vieille. Ce soir tu as besoin de force. » À peine la tête posée sur l'oreiller, je glissai dans un profond sommeil.

*
**

Le Paradise Club était un des clubs les plus huppés de Rio. Estéban l'avait fait construire à grands frais. Il avait obtenu l'autorisation d'implanter son établissement à quelques mètres de la plage de Copacabana, ce qui ne manquait pas de faire jaser les commerçants alentour qui, eux, devaient respecter la législation en vigueur et ne pas empiéter sur le domaine protégé. Quelques liasses de billets et des menaces feutrées, mais fermes, avaient sans doute suffi à calmer l'ardeur des plus motivés. S'ils voulaient être tranquilles, les commerçants devaient obéir à la volonté d'Estéban ou partir. C'était la règle et chacun s'y soumettait de gré ou de force.

J'arrivai un peu avant 23 heures. Je marchai lentement le long de l'Avenida Atlantica tout en observant, d'abord de loin puis de plus en plus près, l'immense terrasse où les clients fortunés étaient attablés. Le champagne coulait à flots. Je me rapprochai et m'assis sur le muret de pierre longeant l'avenue. Je pouvais entendre les rires des clients qui se mêlaient à la musique de fond, dans une atmosphère de fête et de bonheur obligatoire.

Je pensai à mes parents. Quelques minutes auparavant, j'étais passée devant leur restaurant. C'était une sensation étrange de partir vers l'inconnu d'un rendez-vous où mon avenir et celui de Paulo allaient se jouer et de savoir qu'ils étaient là, tout proches, parfaitement insensibles à ma détresse.

Un père et une mère représentent le repère indispensable dont nous avons tous besoin ; cet ancrage qui nous permet de construire notre personnalité avec ses forces et ses faiblesses.

Il m'arrive de penser que j'aurais préféré que les miens n'existent pas, qu'ils ne soient pas les destructeurs du peu de choses qu'à force de combats intérieurs, j'avais réussi à bâtir.

Mon père m'avait détruite le jour où il m'avait jetée en pâture à Estéban comme une vulgaire marchandise que l'on échange contre un service. Parfois, je me demandais dans quels méandres de mon corps et de mon esprit il me restait encore un peu de force pour lutter une dernière fois contre l'inacceptable. Dans quelques minutes, ce serait ma dernière bataille, celle où je basculerais définitivement vers la lumière ou le néant. Je savais à quel point les forces en présence seraient inégales, mais je n'avais pas d'autre choix. Je prenais le risque insensé qu'Estéban n'accepte pas de recevoir comme paiement les dernières économies que j'avais pu réaliser. Une somme bien dérisoire pour un homme qui brassait des dizaines de milliers de dollars dans de multiples trafics.

Je ressentais une profonde sensation d'angoisse, j'étais à quelques mètres du défi le plus important de ma vie. Je fermai les yeux et joignis mes mains comme si je voulais prier un dieu, peu importe lequel ; s'il en existait un, qu'il vienne me prendre la main et qu'il m'accompagne. Qu'il m'aide à basculer vers ma liberté, celle de retrouver Paulo et de me dire que j'avais eu raison de le protéger et que tout cela avait servi à quelque chose. La liberté de retrouver Guillaume et de le serrer dans mes bras, de sentir sa chaleur, l'odeur de sa peau et d'implorer son pardon.

En réalité, j'avais peur. Paulo, Guillaume, donnez-moi la force ! Vous êtes mes deux petits diamants qui scintillent à des milliers de kilomètres de l'autre côté de l'océan, donnez-moi le courage de vaincre !

Dès que je pénétrai dans le bar, je reconnus un des deux molosses d'Estéban. Il ne prononça pas le moindre mot et me fit signe de le suivre. En haut de l'escalier, il ouvrit mon sac et vérifia que je ne portais pas d'arme. Le contact de ses mains me glaça, j'aurais voulu fuir, mais je ne dis rien et le laissai faire. Mon cœur s'emballait, je pouvais sentir ses battements jusque sur mes tempes. J'étais au bord de l'évanouissement. Je m'appliquai à respirer le plus lentement possible. Ne pas craquer, surtout ne pas craquer...

Le molosse me laissa seule un instant, sans doute pour aller prévenir son patron. J'en profitai pour m'adosser au mur, me forçant à vider mes poumons lentement puis à inspirer le plus profondément possible.

Tout à coup, une porte s'ouvrit. Le molosse m'invita à pénétrer dans une immense pièce où un imposant bureau de bois massif occupait toute la partie gauche. Sur la droite, une baie vitrée donnant sur la plage de Copacabana. Malgré la nuit, je pouvais deviner les vagues qui venaient s'étaler lentement sur le sable. La porte se referma, je ne savais que faire. Et soudain, il entra ! Estéban était face à moi.

— Ah, tu es là ! me dit-il avant de s'affaler dans un canapé de cuir noir situé le long de la baie vitrée.

— Je suis là, répondis-je en continuant de respirer le plus calmement possible.

Il avait vieilli, j'avais l'impression qu'il avait dix ans de plus. Ses cheveux longs, grisonnants et gominés, sa barbe mal taillée, son ventre qui tendait les boutons de sa chemise lui donnaient l'aspect d'un mafieux démodé et usé ! Sans aucun doute le résultat d'une vie d'excès et de nuits de fête trop longues. Seul son regard n'avait pas changé, toujours aussi puissant et glacial. Il se servit un verre de whisky accompagné de deux glaçons.

— Tu voulais me voir ? Je n'ai que très peu de temps.

Je m'assis sur une chaise en face du canapé, les mains posées sur les genoux comme une écolière. Une façon de me refermer et de me protéger.

— Oui, je souhaiterais qu'on arrête tout ça. Je voudrais être enfin tranquille.

Il avala d'un coup son verre avant de se resservir.

— « On » ? Mais ça ne dépend que de toi, ma petite ! affirma-t-il.

S'il prenait l'avantage, j'étais perdue.

— Non, c'est de vous que ça dépend et seulement de vous ! J'ai payé tout ce que vous avez demandé depuis trop longtemps. Vous m'avez imposé des intérêts que je ne peux plus supporter.

Il fit tourner son verre sur la table basse, un sourire calculateur se dessina au travers de sa barbe. Il me fixa du regard.

— Tu sais que je m'en suis donné du mal pour te retrouver !

— J'avais besoin de partir et d'oublier cette période nauséabonde.

— Nauséabonde… pas pour tout le monde. J'ai eu de très bons retours sur tes « services ». Les clients t'ont regrettée et te regrettent encore d'ailleurs.

Je sentais monter des spasmes de dégoût, mon estomac se soulevait. Comment un être aussi repoussant pouvait-il exister ?

— Tout ça c'est fini ! Je vous ai remboursé bien au-delà de ce que je vous dois.

Il déploya ses bras et les posa sur le haut du canapé.

— Ce sera fini quand je l'aurai décidé !

Je tentai un coup de bluff, comme un râle de survie.

— Pour moi, c'est terminé !

Il haussa les épaules et répondit froidement :

— Très bien, c'est ton droit.

Je n'osai y croire, allait-il me rendre ma liberté ?

— Au fait, ton frère, comment s'appelle-t-il ? Ma mémoire me fait défaut, parfois.

— Paulo.

— Oui, c'est ça ! Et Paulo, il rentre quand à Rio ? Il devra faire attention, les rues ne sont pas sûres.

Je crus que ma respiration allait s'arrêter. Il poursuivit :

— Tu sais que Rio est une des villes où la criminalité est la plus importante. Une si belle ville, c'est dommage non ? Qu'en penses-tu ?

Sans conviction, je posai ma dernière carte. Les dernières paroles d'un condamné.

— J'ai un peu d'argent. Je vous le donne et nous sommes quittes.

Il se leva. Son sourire avait disparu. Il avait fini de jouer.

— Combien ?

— Huit cents dollars, je ne peux pas faire mieux.

— Bon, ça suffit maintenant ! Tu me fais perdre mon temps. Que veux-tu que je fasse avec huit cents dollars ? Que j'achète des cigarettes à mon personnel ?

— Je ne peux pas faire mieux ! C'est impossible, insistai-je.

— Si ! Tu peux faire… beaucoup mieux.

— Je ne pourrais pas.

Je revivais le même cauchemar, ça ne finirait donc jamais ?

— Écoute, je peux t'offrir des tas de choses : effacer ta dette, la sécurité de ton frère et beaucoup d'argent.

Je n'avais plus aucun espoir. À mots couverts, Estéban me proposait de nouveau d'être une de ses escorts de luxe au service de ses riches clients. En échange de quoi, il ne s'en prendrait pas à Paulo.

— Ma liberté a-t-elle un prix ou… je suis obligée de… ?

— La liberté n'a pas de prix et tu n'es obligée à rien. Tu as le choix, je te l'ai déjà dit. Si tu travailles pour moi, ton frère sera tranquille. Toi tu seras riche, tes parents pourront même acquérir ce terrain accolé à leur restaurant qu'ils désirent depuis l'année passée. Tu dois me détester, me haïr même ! Mais sois certaine d'une chose : Estéban n'a qu'une parole.

Si je serre une main je ne reviens jamais sur ce que j'ai dit : c'est la règle !

Je ne répondis rien, il finit par clore la conversation :

— Je te laisse tranquille deux semaines. Si tu es là dans quatorze jours à la même heure, je considérerai que notre accord est scellé, sinon…

*
**

Je sortis du bureau, descendis l'escalier comme un boxeur sonné. Je traversai le restaurant en direction de la plage. Il faisait nuit, quelques baigneurs profitaient de la douceur de la soirée. Je m'assis sur le sable, le menton posé sur mes genoux. Je ne pleurais pas ; je ne pouvais pas. Tout était sec en moi, la vie m'échappait. Je regardai l'océan, loin, là-bas, de l'autre côté j'imaginais mes deux hommes.

Je plongeai dans un abîme sans fin. Mes derniers espoirs s'envolaient. J'avais espéré, pauvre folle, « reprendre ma liberté ». Mais je n'étais pas libre ! La vie de Paulo dépendait de ma décision et elle était déjà prise, que pouvais-je faire d'autre ? Abandonner mon petit frère et le condamner ? Non, bien sûr !

Quant à Guillaume c'était fini, j'avais perdu son amour à jamais. Je ne le reverrais plus, je ne lui parlerais plus. Je n'aurais pas la force de lui expliquer, sans doute comprendrait-il, mais à quoi bon ? Le silence s'imposait et c'était mieux ainsi. La vie de Paulo était prioritaire. Je ne pouvais pas choisir de vivre avec Guillaume et attendre fébrilement qu'un coup de téléphone m'annonce qu'un « accident » était arrivé à mon petit frère. Non, c'était au-dessus des dernières forces qu'il me restait.

Guillaume m'avait offert deux ans de bonheur et d'espoir, peut-être ne saurait-il jamais à quel point je l'avais aimé... (Tiens, je conjuguais déjà notre amour au passé !) Je l'avais aimé passionnément, je l'aimais encore, profondément. Il serait toujours celui qui, avec beaucoup de patience, m'avait redonné confiance. Il m'avait permis de croire que tout était possible. Que la petite Joy sortie de nulle part et dont personne ne voulait pouvait entrevoir une lueur et souffler doucement sur des braises fragiles pour raviver le feu de la vie et de l'espoir. Il m'avait permis d'y croire, mais l'existence est ainsi faite qu'elle ne laisse à personne la possibilité de sortir de son chemin, celui que quelque part quelqu'un nous a tracé. J'y avais cru, j'y avais sincèrement cru... Mais désormais Joy Maulin allait redevenir Joy Lucin et c'était sans doute mieux ainsi.

Guillaume, lui aussi, allait continuer sa route. De là où je serais, j'y penserais souvent. Ce dont j'étais certaine, c'est que son chemin serait beau. Je l'imaginais déjà parsemé d'herbe verte, de pâquerettes et de petits ruisseaux qui s'écoulent paisiblement. Oui, son chemin serait beau ; il le méritait.

11

Où s'en vont les amours ?

Où s'en vont les amours, lorsque les âmes trop fatiguées n'ont plus la force d'aimer ?

Quand l'espace d'un détour, on se dit que l'on a trop espéré et que, désormais, tout se conjugue au passé.

Où s'en vont les amours, celles qui s'éteignent peu à peu ?

Où s'en va ton amour, perdu dans les brumes du soir ?

Où m'emmènes-tu ?

Dans le désespoir d'un matin, dans l'attente de demain…

*
**

Cela faisait maintenant deux ans que j'avais effectué un reportage photo dans le parc national de la Serra dos Órgãos, situé à une cinquantaine de kilomètres de Rio. Je n'avais pas eu le temps de visiter la ville et je m'étais promis de revenir un jour découvrir cette merveilleuse cité. C'était au cours de mon voyage de retour que j'avais fait la connaissance de Joy. Depuis notre rencontre, j'étais persuadé que j'y reviendrais avec elle, qu'elle me montrerait tous ces quartiers, ces plages et ces ruelles aux multiples couleurs. Comment aurais-je pu imaginer que nous y serions présents, deux semaines après notre mariage, chacun de son côté ? Elle, perdue dans sa détresse, et moi, à sa recherche.

Seize heures, heure locale, l'avion venait de se poser avec quelques minutes de retard sur le tarmac de l'aéroport. Je me dirigeai vers la salle de débarquement où, agglutinés tout autour du tapis roulant, les passagers du vol Air France Paris-Rio attendaient impatiemment de récupérer leurs bagages. Je faisais de même, le voyage avait été long et je désirais rejoindre rapidement mon hôtel afin de me reposer.

Dès le lendemain, ma quête pour tenter d'aider Joy débuterait. Elle était là, quelque part, dans cette ville qui l'avait vue grandir et où elle avait tant souffert. C'était étrange de se dire que, peut-être, elle était à quelques centaines de mètres de moi, qu'au premier coin de rue j'allais croiser sa silhouette.

Je m'en voulais de ne pas avoir compris plus vite et réagi comme j'aurais dû le faire, c'est-à-dire tout de suite après les confidences du père Bertrand. Mon hésitation me faisait honte ; j'avais laissé la femme que j'aimais souffrir seule. Désormais, cette idée m'était insupportable. Les révélations du père Bertrand sur son passé avaient provoqué en moi un véritable électrochoc. Je n'aurais pas pu imaginer un seul instant qu'elle ait pu vivre un tel calvaire pour sauver Paulo. D'ailleurs, qui aurait pu ? Personne ! C'était la seule excuse que je m'accordais, car pour le reste je ne me pardonnais pas d'avoir douté de son amour, et surtout d'avoir pensé que je ne pourrais plus l'aimer.

Au cours du voyage, j'avais relu à plusieurs reprises la lettre que Joy m'avait laissée au moment de son départ. Elle doutait que je lui accorde mon pardon. Ses derniers mots étaient : « *Sois en sûr je reviendrai. M'attendras-tu ?* » Les rôles étaient désormais inversés : m'attendrait-elle ? J'avais mis tant de temps à espérer naïvement un signe de sa part avant de comprendre qu'elle avait besoin de moi. Elle ne pouvait pas m'avouer son passé, c'était impossible. J'aurais dû être plus réactif, ne pas me morfondre dans un état mélancolique d'amoureux trahi. C'était la solution de facilité et j'y avais plongé, laissant les jours défiler à me poser mille questions alors qu'il n'y avait qu'une seule chose à faire : la soutenir de tout mon être.

En tout cas, désormais, j'étais à Rio pour l'aider à gagner sa liberté !

Pour le reste, ce serait à elle de décider.

*
**

Avant mon départ de Paris, j'ai longuement discuté avec Paulo, sans rien lui cacher.

Il accusa le coup lorsque je lui fis part de ma décision de partir seul. Il aurait voulu m'accompagner et, ainsi, se rapprocher de Joy.

Je pris le temps de lui expliquer que la situation était trop complexe, faisant attention de ne pas insister sur le danger qui les menaçait tous les deux ; je ne souhaitais pas l'affoler. Il comprit, du moins il se rangea à mon avis, contraint de me faire confiance.

Sur ma demande, Paulo nota avec application les coordonnées du domicile et du restaurant de ses parents ainsi que les lieux où Joy aimait se balader lorsqu'elle faisait escale à Rio. J'espérais que cela pourrait m'aider à retrouver sa trace.

Par l'intermédiaire d'Emma, je contactai Lucie. C'était la dernière personne qui avait parlé à Joy avant sa disparition dans la métropole brésilienne et ses millions d'habitants. Notre conversation fut longue et difficile ; elle ne voulait rien me dire à part quelques généralités que je connaissais déjà et qui ne me seraient d'aucune aide une fois sur place.

Je sentais, au ton de sa voix et à ses silences, qu'elle avait pourtant des informations qui pourraient m'être utiles. J'insistai longuement, mais elle ne voulait rien lâcher. Je décidai d'abattre une dernière carte, celle de la fibre sentimentale.

— Je comprends que vous ne souhaitiez pas trahir votre amie.

— En aucun cas ! affirma-t-elle.

Je pesai chacun de mes mots. Je devais obtenir les indications dont elle disposait sans divulguer le secret de Joy. Je décidai de parler de Paulo et de sa maladie.

— Écoutez Lucie, votre fidélité envers Joy vous honore, mais connaissez-vous l'histoire de son jeune frère Paulo ?

Surprise par ma remarque, elle hésita un instant avant de répondre.

— Je sais qu'elle a un frère, pourquoi me parlez-vous de lui ?

— Savez-vous qu'il a subi, il y a quelques années, une lourde opération cardiaque ?

Lucie répondit en termes hésitants et circonspects.

— Non... mais... quel est le lien avec le départ de Joy ?

— Son frère a, de nouveau, des problèmes de santé.

— Ah !

Je continuai, faisant dévier mon discours vers un mensonge qui devenait nécessaire.

— Suite à des examens, l'état de son frère se révèle préoccupant. Une nouvelle opération est nécessaire et doit avoir lieu à l'étranger.

— Je ne comprends toujours pas.

— Elle doit voir ses parents d'urgence pour financer l'opération de Paulo. Des problèmes complexes à régler. Vous connaissez sans doute les relations… tendues qu'elle entretient avec eux ?

— Oui… enfin… je me doute.

— Lors de la première intervention, c'est Joy qui a pris en charge la totalité des frais, devant le refus de ses parents.

Lucie, sans doute prise par l'émotion, commençait à se poser des questions.

— Et pourquoi ne vous a-t-elle rien dit ?

— C'est toujours difficile de parler de sa famille et des raisons de fâcheries. Et puis, vous connaissez Joy, toujours très secrète.

— Comment savez-vous tout cela alors ?

— Avant de partir, elle s'est confiée au père qui nous a mariés. Il a longuement hésité avant de m'en parler… mais le désarroi dans lequel il avait trouvé Joy l'a décidé à tout me dire.

Je ne pouvais pas trahir Joy, mes arguments étaient faibles et confus. Je n'espérais plus rien lorsque tout à coup…

— Elle a donc besoin de vous ? demanda Lucie sur un ton qui laissait percevoir un profond questionnement.

J'en profitai.

— Oui, ma place est auprès d'elle !

Un long silence s'installa avant qu'elle ne se décide, sous le coup de l'émotion, à me révéler la seule information importante que Joy lui avait transmise.

— Elle ne m'a pas donné beaucoup de détails, mais peut être que… oui je crois que ça peut vous aider.

— Je vous écoute !

— Elle a loué une chambre dans une pension de famille dans le quartier de Santa Marta… enfin dans la favela de Santa Marta.

— Dans une favela, et pourquoi donc ?

— Pour être tranquille, m'a-t-elle affirmé. Je lui ai bien proposé mon appartement de Tijuca, mais je suis sûre qu'elle ne s'y rendra pas.

— Vous a-t-elle donné le nom ou l'adresse de cette… pension de famille ?

— Non !

— Rien d'autre, peut-être un détail ?

— Non, vraiment, désolée.

— Ce n'est pas grave, merci, Lucie.

— Je ne sais pas si j'ai bien fait… reprit-elle d'une voix mal assurée.

— Oh, que si, vous avez bien fait ! Ne vous inquiétez pas ! Merci encore.

— Bonne chance, me dit-elle.

Les renseignements dont je disposais étaient bien maigres, mais je devais m'en contenter et espérer que cela soit suffisant. Je continuai à tenter de joindre Joy sur son portable, sans succès.

*
**

Une fois arrivé dans ma chambre d'hôtel, je déballai rapidement ma valise et pris une longue douche chaude. Malgré l'atmosphère étouffante de ce début de mois de juillet, je ressentais le besoin de laisser couler l'eau brûlante sur ma peau. À mesure que la vapeur emplissait la pièce, je me détendais. Je pensais à Joy mais d'une manière différente. Une forme de sérénité m'envahissait. Je me sentais enfin en accord avec ce que j'avais à faire, avec mes responsabilités. Comme si l'homme avait pris la place du postadolescent pleurnicheur qui attendait désespérément que le destin ou – pire – les autres agissent à sa place.

J'ignorais où était Joy, je n'avais aucune idée des actions que j'allais devoir mettre en place pour l'aider, mais en cette fin d'après-midi, seul dans cette chambre d'hôtel, je sentais l'inquiétude laisser, peu à peu, la place à de l'espoir.

En sortant de la salle de bains, je m'allongeai sur le lit. Je pensais à la réaction de mes parents, de David et d'Emma lorsque je leur avais fait part de ma décision de rejoindre Rio. Mon fidèle témoin, dans sa sincérité habituelle, m'avait serré énergiquement contre lui en posant vigoureusement la main contre mon omoplate. C'était sa façon à lui de me dire : « Putain, mon pote ! Tu as raison. Vas-y, fonce ! » David fut le seul qui me proposa de m'accompagner à l'aéroport, ce que j'acceptai avec plaisir. Même si mon choix ne souffrait aucun doute, j'appréciai son geste. C'était rassurant d'être épaulé dans ce moment où je partais vers l'inconnu d'un voyage qui pouvait faire basculer ma vie.

Mes parents furent égaux à eux-mêmes : contre ma décision, bien évidemment ! Ce qu'ils n'avaient pas compris c'est que je ne venais pas leur demander leur avis, mais tout simplement leur annoncer mon départ. Ma mère, voyant la situation lui échapper, simula un malaise qui eut pour seul effet d'exaspérer mon père et de me permettre de m'échapper au plus vite. Une fois de plus, elle n'avait rien compris, mais peu m'importait !

Le comportement d'Emma fut plus ambigu. La veille de mon départ, lors de notre repas au restaurant, elle avait paru approuver ma décision, m'encourageant même à partir au plus vite pour retrouver Joy, et insistant sur la fragilité qu'elle cachait. Dès le lendemain, en revanche, lorsque je rendis visite à Paulo, son discours se fit plus agressif. Sans doute le résultat d'une intense réflexion une bonne partie de la nuit…

— Toujours décidé à partir ? me lança-t-elle en m'ouvrant la porte d'entrée de son appartement, son bol de café à la main.

— Oui, bien sûr ! Bonjour d'abord.

— Bonjour, répondit-elle d'un ton qui me laissa perplexe.

Elle mâchonna quelques mots inaudibles et se dirigea vers la cuisine, s'attablant pour continuer son petit déjeuner. Paulo nous y rejoignit. À aucun moment Emma n'intervint, elle resta sagement à nous écouter. Elle fit durer à l'infini deux tartines de pain grillé qu'elle badigeonna de confiture avec une extrême lenteur. Notre conversation s'éternisait un peu trop à son goût, je remarquai des signes d'énervement lorsqu'elle entreprit, pour justifier sa présence, de nettoyer son bol et ses couverts à la main alors que le lave-vaisselle lui tendait les bras. Je n'étais pas dupe, elle non plus, mais elle s'en moquait ; son seul objectif était d'être le témoin de nos échanges.

À peine notre conversation fut-elle terminée qu'Emma, d'un ton autoritaire, demanda à Paulo de nous laisser seuls. Jusqu'à présent, je ne l'avais jamais entendue lui parler de la sorte. Il s'exécuta sans sourciller.

— Tu as vu comme tu lui parles ?

Elle s'énerva.

— Je lui parle normalement, fit-elle en allumant une cigarette.

— Heureusement, rétorquai-je sur le ton de la plaisanterie, ce qui eut pour effet immédiat de raviver son agressivité.

— Oh, ça va ! Il est aussi costaud que sa sœur, il fera avec !

Je la regardai finir sa cigarette, ou plus exactement aspirer avec vigueur le tabac et le papier carbonisés.

— Tu as des problèmes avec Paulo ?

— Non !

J'insistai.

— Que se passe-t-il alors ?

— Il se passe que ce n'est pas évident. Je me suis engagée à m'occuper de Paulo jusqu'au retour de sa sœur et je tiendrai parole, mais à une condition : que ça ne s'éternise pas !

Je sentais dans ses propos une exaspération qui allait bien au-delà de la charge évidente que représentait la garde de Paulo. Elle me faisait peur, je décidai de lui poser franchement la question.

— Jusqu'à mon retour, je peux compter sur toi ?

— Depuis le départ de ta femme, tu ne t'es pas trop soucié de lui, je me trompe ?

Elle n'avait pas tort. Malgré ce dont nous étions convenus avant notre départ du Brestet, j'avais brillé par mon absence.

— Je dois être sûr de pouvoir te faire confiance jusqu'à mon retour !

Elle alluma une nouvelle cigarette.

— O.K. maximum un mois ! Si tu n'es pas rentré dans un mois ou si sa sœur ne m'a donné aucune nouvelle, je ne pourrai plus continuer à supporter cette contrainte.

« Contrainte »… Adorable pour Paulo ! « Sa sœur », « ta femme »… qu'avait-elle pour ne plus appeler sa meilleure amie par son prénom ? Elle qui ne jurait que par Joy il y a encore quelques semaines. J'avais peur de comprendre et ne souhaitais pas poursuivre une conversation inutile. La soirée au restaurant et ses ambiguïtés suffisaient. Je pensais que j'avais été assez clair, manifestement ce n'était pas le cas.

— Très bien, je peux compter sur toi ? Un mois c'est sûr ?

— Oui, je te l'ai déjà dit ! fit-elle en trépignant d'énervement.

— Calme-toi Emma !

— Et tu comptes la retrouver au beau milieu de millions de Brésiliens ?

Elle m'agaçait sérieusement.

— Oui ! affirmai-je.

— O.K. c'est toi qui vois, fit-elle, hochant la tête en signe de désapprobation.

— Exactement, c'est moi qui décide !

Je me dirigeai vers la porte.

— Je vais être en retard, je te laisse. Je te donnerai des nouvelles.

— C'est ça, si tu veux. Et bonne recherche pour ta femme !

Elle referma la porte lourdement.

*
**

En début de soirée, je décidai d'aller sur le boulevard longeant la plage de Copacabana. Avant de me rendre au domicile des parents de Joy, dès le lendemain, je souhaitais d'abord les voir évoluer dans leur univers.

Paulo m'avait fait un croquis où était indiqué le plan du quartier. Je n'eus aucun mal à reconnaître les bâtiments tant la description du jeune homme était précise et détaillée. Je fus surpris par la taille de l'établissement ; j'avais imaginé un modeste restaurant avec quelques tables en bordure de plage. Il n'en était rien ! Le nombre de couverts approchait les deux cents, avec une terrasse d'environ trois cents mètres carrés.

Un bar à vin dans une ambiance chaleureuse et tamisée attendait les clients lorsqu'ils poussaient la porte d'entrée.

Une très jolie jeune femme m'accueillit avec un sourire et une allure capables de vous convaincre de goûter tous les plats et grands vins de la carte. Le genre de créature formée pour vous aspirer votre carte bleue et tout ce qu'elle contient en l'espace d'une soirée. Effectivement, comme me l'avait assuré Paulo, ses parents avaient le sens des affaires et savaient… recevoir les clients dans les meilleures conditions.

— Bonjour, monsieur, vous désirez dîner ? me demanda-t-elle dans un anglais laissant percer un très léger accent.

Surpris, je fronçai les sourcils : je n'avais pas encore prononcé le moindre mot et elle avait deviné que je n'étais pas brésilien. Pour quelqu'un qui ne voulait pas se faire remarquer, c'était mal parti !

— Oui, répondis-je.

Elle remarqua mon étonnement.

— Nous avons l'habitude de recevoir de nombreux étrangers.

— Une table s'il vous plaît pour… une personne, balbutiai-je dans un anglais hésitant.

— Terrasse ou intérieur ?

— Terrasse, merci.

— Suivez-moi, fit-elle tout en saisissant une carte sur le comptoir.

Elle me précéda, je ne pus m'empêcher d'admirer son déhanché et ses courbes parfaites. Je pensais à David qui rabâchait à l'envi que la plus belle vue de Rio ne se trouvait ni dans les musées ni en haut du Corcovado, mais sur les plages lorsque les jeunes Cariocas offraient la vision de leurs bikinis à la surface minimale.

— Cela vous convient, monsieur ? s'assura-t-elle en m'invitant à m'asseoir.

— C'est parfait.

— Je reviens dans quelques minutes prendre votre commande.

— Merci !

J'allais de surprise en surprise. Bien que Paulo m'ait effectivement parlé d'une « belle affaire », je m'attendais à découvrir un restaurant familial. J'avais devant les yeux un complexe aux multiples services permettant aux clients de passer du bar au restaurant puis à une boîte de nuit en sous-sol pour finir par un dernier verre dans un espace cosy situé en bordure de plage. Depuis mon arrivée, je n'avais aperçu que de jeunes employés alors que j'avais pensé me retrouver face aux parents de Joy.

Alors que je m'apprêtais à finir mon entrée, je remarquai une touriste qui s'énervait à quelques tables de la mienne. Avec de grands gestes, elle interpella d'une voix forte le serveur, qui ne tarda pas à intervenir. Son débit de paroles bien trop rapide et son accent américain ne me permirent pas de comprendre tous les détails de son mécontentement. Malgré toute la diplomatie dont fit preuve le serveur, la cliente ne se calmait pas, bien au contraire. Elle saisit son assiette et fit semblant de la jeter en l'air. La situation semblait hors de contrôle lorsqu'un homme apparut. Slalomant entre les tables, il se dirigea vers la cliente mécontente. Le serveur l'appela par son nom : « monsieur Lucin ». Il s'agissait du père de Joy… mon beau-père !

Je cherchai en vain une ressemblance avec sa fille. Je le détaillais, scrutant avec minutie chacun de ses gestes. Sa façon de parler était aussi extravertie que celle de Joy était réservée, son allure nonchalante contrastait avec la vivacité de sa fille. Ce n'est que lorsque le problème sembla résolu et qu'il se retourna dans ma direction que je pus capter son regard. Un regard vif, clair, qui attirait l'attention : le même que celui qui me manquait tant !

Il rejoignit le bar, où une femme l'attendait. Il semblait lui expliquer les raisons de l'énervement de la cliente. Les bras croisés, elle écoutait avec attention et ne disait rien. Lorsqu'il eut fini de parler, elle posa une main sur son bras. D'un geste fugace, il saisit sa taille avant de disparaître en direction des cuisines. Elle resta immobile face à la salle de restaurant où son regard se posa sur la table où le calme venait de revenir.

Son allure me fit sourire, car sa façon de bouger me rappelait les gestes calmes et posés de Paulo. Il s'agissait de madame Lucin… ma belle-mère !

Tout en terminant mon dessert, je ressentis comme un sentiment de malaise. L'ambiance était agréable et les parents de Joy ne correspondaient absolument pas à l'idée que je m'en étais faite. Je passais la soirée dans un établissement chic et luxueux alors que je m'attendais à découvrir presque un snack de plage aux odeurs nauséabondes de friture et de grillades bon marché. Mes beaux-parents, que j'imaginais arrogants et agressifs vu leur intransigeance vis-à-vis de Joy, ressemblaient juste à un couple uni, avec une certaine aisance dans leur comportement.

Une fois mon repas terminé, je restai un instant à contempler l'océan. L'air frais contrastait avec la chaleur suffocante que je subissais depuis mon arrivée. Les premiers convives quittaient leurs tables. Pour certains, la soirée s'achevait, pour d'autres la boîte de nuit était la prochaine destination.

Je pensai à Joy. À plusieurs reprises durant la soirée, je m'étais demandé si depuis son arrivée à Rio elle avait parlé à ses parents. Il était certain que, par rapport à ce qu'elle avait avoué au père Bertrand, elle avait obligatoirement cherché à les rencontrer. Et si elle s'était réconciliée avec eux ? J'imaginais qu'elle allait peut-être apparaître, que j'allais la voir pénétrer dans la salle de restaurant.

D'après ce que j'avais appris sur son passé, c'était une possibilité bien improbable, mais je devais me préparer à toutes les éventualités. Même si je savais ce qu'elle avait dû supporter, je n'avais aucune idée de la façon dont elle voulait s'en libérer.

Évidemment, Joy n'était pas apparue ! Il était près de 23 heures, je décidai de rentrer à l'hôtel. Je longeai le bar, cherchant à croiser le regard de ses parents. Ils avaient disparu depuis bien longtemps. Son père s'était chargé de résoudre le conflit avec la cliente, quant à sa mère elle s'était assurée que le calme était revenu. Je venais de découvrir avec surprise leur efficacité professionnelle.

Demain, je serais face à eux. Le professionnel n'aurait plus sa place, je ferais appel à l'émotionnel. Mon avis sur eux serait-il le même ?

Je me réveillai bien trop tôt, satané décalage horaire ! Après avoir tourné à maintes reprises dans le lit, je décidai de me lever, il n'était que 4 heures du matin. Je fis plusieurs fois le tour de la chambre, comme un animal en cage. J'ouvris les rideaux et découvris, au loin, la baie de Rio. Mon hôtel, situé dans le vieux quartier de Flamengo, offrait une vue imprenable sur le Pain de Sucre et la partie nord de la plage de Copacabana. J'apercevais les lumières de l'Avenida Atlantica qui dessinait un croissant de lune s'étirant à l'infini.

Je laissai filer le temps comme je pouvais, zappant sur les différents bouquets satellites. Je passai en revue les chaînes d'info en continu. BFM ou iTélé n'étaient déjà pas ma tasse de thé, avec leurs capacités à faire croire que le moindre accrochage sur le périphérique va bientôt se transformer en une catastrophe nucléaire ; je ne pouvais pas m'imaginer qu'au Brésil c'était pire !

Il est vrai qu'ici la violence était quotidienne, avec un taux de criminalité dépassant de loin les moyennes des capitales européennes. Une chaîne nationale consacrait sa une, pour les informations de 6 heures, à une opération de police dans une favela réputée l'une des plus dangereuses. Les images étaient impressionnantes : déploiement de force et de violence lors de l'arrestation, souvent au saut du lit, de pseudo-mafieux qui ne semblaient pas avoir plus de seize ans. C'était choquant de voir la police d'État proposer ses propres images en direct, laissant planer la possibilité de tous les excès pour obtenir un impact médiatique plus percutant. L'approche des Jeux olympiques obligeait le gouvernement à poursuivre le programme de pacification qu'il avait instauré plus de deux ans auparavant, lors de l'organisation de la Coupe du monde de football.

Seul dans une chambre d'hôtel, à la recherche de Joy qui logeait dans une de ces favelas, je n'avais pas là de quoi me rassurer.

Je descendis prendre mon petit déjeuner dès l'ouverture de la salle de restaurant. Je fus le premier client à m'approcher de la machine à café que l'employée venait de mettre sous tension. Elle s'excusa et me fit comprendre qu'il était nécessaire d'attendre quelques minutes, le temps que le système de pression se réinitialise.

J'attrapai une viennoiserie et me dirigeai vers la baie vitrée. Le soleil pointait à peine à l'horizon et déjà le trafic automobile était dense et bruyant. Les Brésiliens sont aussi doués pour faire la fête à la moindre occasion que pour transformer la circulation et les transports en commun en véritable enfer. Et ce dès 6 h 30 du matin. J'observais cette effervescence à travers la vitre tout en mordillant sans conviction mon croissant : je n'avais pas faim.

La jeune femme me fit signe que la machine à café était prête à cracher ses doses de caféine dont j'avais tant besoin pour affronter ma première journée à Rio. Avec, en premier lieu, le plus important : la rencontre avec les parents de Joy. J'avais décidé de me rendre à leur domicile dès le début de la matinée.

J'avalai deux grandes tasses de café corsé, sans m'arrêter à son goût qui relevait plus d'une formule chimique que d'un grand cru... et pourtant j'étais au Brésil ! L'important n'était pas là, la caféine allait faire son effet, c'était le principal. Je traînai encore près d'une heure dans le hall de l'hôtel, feuilletant les journaux mis à la disposition de la clientèle.

*
**

Il était près de 9 heures lorsque je sonnai à la porte de l'appartement de... mes beaux-parents. Aucune réponse, j'attendis quelques instants avant de réappuyer plus longuement sur le bouton de la sonnette, toujours rien. Je m'agaçai, sans doute le résultat du stress et d'une dose de café dont je n'avais pas l'habitude. Je me mis à frapper vigoureusement sur la porte, bien décidé à ce qu'ils me répondent. Mon tambourinage eut pour seul effet d'énerver la voisine qui ne tarda pas à venir me témoigner son mécontentement. Elle vociféra bien avant d'ouvrir sa porte et continua encore plus fort lorsqu'elle se trouva en face de moi. Je ne comprenais pas le moindre mot de ce qu'elle disait. J'avais beau m'excuser et lui expliquer que j'étais étranger, que je souhaitais rencontrer monsieur et madame Lucin, rien n'y faisait. Je décidai de lui saisir les poignets afin de tenter de la calmer. Elle baissa enfin le débit et le volume de ses paroles. J'arrivai à lui faire comprendre que je cherchais ses voisins de palier. Son visage s'éclaira enfin tout en me répétant « *Não, restaurante ! Não, restaurante !* » Bien que mon niveau en portugais soit proche du néant, je n'eus aucune difficulté à saisir que pour voir mes... beaux-parents (décidément, je ne pourrais jamais m'y faire !), les parents de Joy, je devais me rendre à leur restaurant.

Mon stress ne faisait qu'augmenter, mais n'entamait en rien ma détermination. Je longeai la plage, je pouvais apercevoir au loin le restaurant et sa terrasse. Je devinais deux silhouettes s'affairant à aligner les chaises le long des balustres de bois. Je n'étais plus qu'à une cinquantaine de mètres lorsque je reconnus la mère de Joy et une employée.

Je m'approchai, sûr de moi ! J'avais, à de multiples reprises, répété la façon dont j'allais les aborder une fois que je les aurais en face de moi. Madame Lucin aperçut ma silhouette et leva les yeux.

Tout à coup, le trou noir, le néant, aucun mot ne pouvait sortir de ma bouche. Le discours que j'avais préparé n'existait plus, ma mémoire était vide. Son regard ne présentait ni agressivité ni questionnement, mais j'étais là, en face d'elle, muet comme une carpe.

— Amanda, pouvez-vous aller aider en cuisine ? dit-elle à la jeune femme.

— Mais madame Lucin, nous n'avons pas terminé.

— Amanda ! insista-t-elle.

— Très bien, madame.

La jeune femme disparut.

— Oui, vous désirez ? me demanda-t-elle d'une voix calme et posée.

J'avais la sensation de voir bouger Paulo. De plus en plus déstabilisé, je cherchais mes mots.

— Eh bien...

Je n'y arrivais pas. De façon surprenante, elle vint à mon secours.

— Vous êtes Guillaume, n'est-ce pas ?

Ma surprise fut totale. Joy leur aurait-elle parlé de moi ? Elle aurait montré une photo à sa mère... je ne pouvais y croire.

— À voir votre surprise, je pense que vous venez de me donner la réponse, vous êtes donc Guillaume !

Que pouvais-je faire ? Mentir n'aurait servi à rien.

— Oui, je suis Guillaume.

Nous étions face à face, la situation était irréelle. Elle m'invita à m'asseoir et d'un signe de la main elle commanda deux cafés. Je la regardais, mais n'arrivais pas à la trouver antipathique.

— Vous devez sûrement vous demander comment je vous ai reconnu ?

— Oui, bien évidemment, votre fille a dû venir vous voir ?

— Effectivement, mais elle n'a vu que son père. Et ça s'est assez mal passé, dit-elle tout en masquant difficilement un geste de contrariété.

— Mal passé ? m'enquis-je.

Amanda posa les deux cafés sur la table. Madame Lucin resta muette jusqu'à ce que son employée rejoigne le bar.

— Oui, mal passé ! Comme d'habitude. Elle nous en veut, surtout à son père et elle a raison, affirma-t-elle avec une sorte de tristesse dans la voix.

Je la laissai poursuivre.

— Vous savez... oui, vous le savez sans doute... ça n'a pas été très facile pour elle !

Était-ce une manœuvre pour tenter de savoir ce que je connaissais de la vie de Joy ou l'expression d'une forme de regret ? Il s'agissait de sa mère, mais il n'était pas question que j'entre dans les détails.

— Je sais que ce n'a pas toujours été facile entre vous.

Elle baissa les yeux tout en triturant son café avec sa cuillère.

— « Pas toujours facile », c'est le moins qu'on puisse dire ! Elle a eu raison de partir pour Paris, elle devait oublier... ou tenter d'oublier.

Je restai volontairement flou dans mes propos.

— Sans doute.

— Ce que mon mari a fait est impardonnable ! Enfin, mon mari... Ce que *nous* avons fait est impardonnable. Je le regrette, mais c'est trop tard. J'ai perdu ma fille et ce n'est que justice. Elle doit vivre sa vie.

Je bafouillai, hésitant à répondre.

— Oui… quoique… je ne sais pas.

— Si, je vous assure ! J'espère simplement qu'elle saura définitivement se libérer de tout ça. Mais ce ne sera pas facile !

« Pas facile, pas facile » ! Elle m'agaçait un peu, avec ses « pas facile » ! Mais je la laissai poursuivre.

— C'est Paulo !

— Pardon ?

Elle me tendit son portable.

— Regardez, c'est Paulo qui m'a envoyé une photo, le jour du mariage, vous aviez l'air heureux. Il m'a prévenu que vous veniez à Rio, voilà pourquoi je vous ai reconnu. Je m'attendais à votre visite.

Je fixai l'écran de son portable, nous étions, avec Joy, à la sortie de l'église sous une pluie de pétales de rose.

— Effectivement, c'était une magnifique journée, avouai-je.

— Vous savez, Paulo c'est un bon garçon. J'essaie de ne pas faire les mêmes erreurs. Avec mon mari ce n'est pas toujours simple, mais… il m'a sortie d'une vie difficile et je lui en serai éternellement reconnaissante.

Elle était touchante dans cette forme de confession.

— Paulo est un garçon adorable, affirmai-je.

— Vous ne finissez pas votre café ?

— Non, désolé, j'en ai un peu trop pris depuis ce matin et… je préfère ne pas insister pour aujourd'hui.

Elle semblait se détendre. Ce fut de courte durée.

Tout à coup, son mari apparut et se dirigea vers nous.

— Je crois que notre discussion est terminée, murmura-t-elle d'un ton désabusé.

— La terrasse n'est pas prête ! Où est Amanda ? s'écria monsieur Lucin.

— Je te présente… Guillaume.

Je tentai de m'immiscer dans la conversation, il ne m'avait toujours pas regardé.

Je me levai et lui tendis la main.

— Bonjour monsieur Lucin.

— Bonjour !

Il me salua rapidement.

— C'est Guillaume, répéta sa femme.

— Je ne connais aucun Guillaume !

Elle se racla la gorge, la pâleur de son visage trahissait son angoisse.

— Le mari de… Joy, dit-elle, presque en chuchotant.

Instantanément, le regard glacial de monsieur Lucin se posa sur moi. Aucune émotion ne transpirait. Il contenait une évidente colère.

— Je peux savoir ce que vous faites là ?

— Je cherche à retrouver la trace de Joy, je pensais que…

Il m'interrompit brutalement.

— Ne pensez rien, avec elle il n'y a rien à penser !

J'insistai.

— Joy a des problèmes, sans doute est-elle venue vous voir ?

J'avais du mal à soutenir ce regard haineux qui me fusillait.

— Je n'ai pas envie de parler d'elle, alors écoutez-moi bien, après ce sera terminé !

Ça avait le mérite d'être clair ! Sa femme, tête baissée, semblait redouter une réaction violente de son mari.

— Je vous écoute, insistai-je.

— Joy est, effectivement, venue me voir. Elle est tellement bornée que nous n'avons même pas pu avoir une conversation normale entre père et fille.

Je tentai de lui faire face.

— Je crois que ç'a toujours été comme ça, entre vous, hasardai-je.

— Écoutez jeune homme, je viens de vous dire qu'elle n'a pas souhaité que nous parlions, voilà tout !

— Pourquoi est-elle venue vous voir alors ?

Sa femme semblait se liquéfier, tétanisée de peur.

Il tergiversa.

— Cette conversation est terminée, je vous ai dit ! Ça ne sert à rien de poursuivre. En ce qui me concerne, je n'ai plus de fille.

Sa femme tentait de se contenir, mais je devinais des sanglots étouffés.

— Il faut finir de préparer la terrasse, je te renvoie Amanda.

Il ne me salua pas, aucun regard, il partit à vive allure.

— Je suis désolée, me dit madame Lucin en essuyant ses larmes.

— Quelle haine ! C'est terrifiant, lâchai-je.

— Oui, et ça ne changera pas, vous feriez mieux de partir.

J'essayai encore d'obtenir une information qui pourrait me mettre sur la trace de Joy.

— Enfin madame, je connais votre fille. Elle n'est pas venue voir son père uniquement pour l'agresser, je n'y crois pas !

— Effectivement !

— Comment ça ?

Elle sortit une carte du restaurant et griffonna, au dos, un prénom et un nom qui semblait être celui d'un restaurant, d'une boîte de nuit ou d'un hôtel. Puis elle me la tendit.

— Merci, mais…

— Ne me demandez rien de plus, je pourrais avoir des problèmes.

Je n'insistai pas.

— Merci madame !

— Puis-je vous embrasser ?

Elle était touchante dans sa faiblesse.

— Bien sûr.

— Et Paulo, je sais qu'il est chez une amie à vous. Il lui tarde de rentrer. Vous savez quand, peut-être ?

— Non, madame, c'est… Joy qui décidera.

— Ils sont très proches, ils ont toujours été… très proches.

— Ne vous inquiétez pas pour lui, il sera de retour rapidement. Quelques semaines, un mois tout au plus.

— Mon mari s'en moque, mais... j'ai besoin de lui. J'ai perdu ma fille, je ne souhaite pas perdre mon fils.

Je tentai de la rassurer.

— N'ayez crainte, il profite de la vie parisienne et reviendra très vite chez lui, ici à Rio.

— Merci, et... faites attention à vous et... à Joy. Elle n'a pas eu beaucoup de chance jusqu'à présent.

— Je ferai de mon mieux.

Elle posa sa main sur mon épaule et me fixa de son regard doux.

— Prenez soin d'elle, jurez-le-moi !

— Je vous le jure !

— Adieu Guillaume.

Elle se retourna, le dos voûté et le pas lent, puis elle fit signe à Amanda. Elles reprirent l'alignement des chaises.

Je restai un instant immobile. Je regardai la carte qu'elle venait de me donner.

Il y était inscrit : « Estéban – Paradise Club ».

12

D'amour et d'amitié

Entre l'amour et l'amitié, la limite est imprécise et mal tracée.

L'amitié, c'est le soutien de l'amour quand celui-ci est terminé ou n'a plus sa place, un petit bonbon sucré qui adoucit les amours trop épicées.

Mais il existe un domaine plus rare, plus noble et généreux. Il a pour nom « D'amour et d'amitié ».

*
**

Dix jours s'étaient écoulés depuis l'ultimatum d'Estéban. Il ne me restait que peu de temps avant de replonger dans le néant. Telle était ma destinée, désormais je l'acceptais.

J'avais lutté, pendant des années, avec toute mon énergie. Mais sans doute avais-je mal évalué la force de mon adversaire. Pas celle d'Estéban, il était ignoble, je le savais, mais c'était un être humain avec ses faiblesses.

Peut-être aurais-je pu, avec le temps, réussir à les percer ? Non, un adversaire bien plus fort venait de me vaincre : mon destin !

Ma vie était liée à celle de Paulo. Nous ne pouvions pas être libres tous les deux, c'était ainsi. Injuste, triste, mais c'était ainsi ! La lutte n'avait plus de sens, d'ailleurs en avait-elle jamais eu ? Dix jours que je me posais cette même question.

La vie ne nous offre rien. Chacun, à sa place, doit souffrir pour gagner sa liberté dans un monde sans pitié qui écrase méthodiquement tous ceux qui cherchent l'illusion d'une existence meilleure.

Je n'avais qu'un seul regret, celui d'avoir eu beaucoup de retard sur la ligne de départ, celle qui mène au bonheur. Mon histoire m'avait reléguée bien trop loin, tout au fond de la ligne droite. J'ai cru naïvement que ma volonté me porterait assez pour effacer mon retard... J'y étais presque, il ne me restait que quelques foulées, les derniers mètres m'ont été fatals.

Je n'avais pratiquement pas quitté la pension de famille depuis ma dernière rencontre avec Estéban. J'étais descendue à trois reprises par le funiculaire pour me balader en ville, le cœur n'y était pas. J'errais comme une âme en peine.

Je préférais passer du temps soit seule, soit avec les jeunes enfants dans les rues de la favela. J'y trouvais une certaine quiétude, une forme d'apaisement après le tumulte de cette lutte sans fin et avant de retrouver les griffes du diable.

Abella et Louis s'en étaient rendu compte. Abella, comme le ferait une mère, essayait de me proposer de multiples occupations qui n'avaient, à son grand regret, qu'un seul résultat : me conforter dans ma mélancolie.

Louis, c'était différent ! Les premiers jours, il m'avait longuement observée, sans beaucoup me parler. Il dormait peu et consacrait beaucoup de temps à la finalisation de son roman. Même si je n'en croyais pas un traître mot, il m'avait répété son laïus sur « vous m'avez donné envie que mon roman se termine bien », « la faim de vie » et le « désespoir positif ». J'arrivais à croire que, peut-être, il y avait là-dedans une part de vérité tellement il paraissait sincère. Là où il se trompait, c'était que rien ne se « terminait bien » dans mon histoire. La « vie » n'existait plus et le « positif » encore moins. Un seul mot me paraissait juste : « désespoir » !

Je pensais souvent à Guillaume. Le temps passait et c'était un peu comme si j'usais mes dernières forces pour tenter de l'oublier. Bien sûr, je n'arriverais jamais à le gommer de mon esprit, mais quelquefois son image se brouillait, le souvenir de sa voix s'estompait. Pour… quelques heures, mon esprit basculait vers la raison et tentait de ne plus y penser. Parfois les heures n'étaient que des minutes, mon cœur revenait à la charge et son image se redessinait, parfaitement claire.

Un jour, peut-être, j'aimerais un autre homme, mais ce dont j'étais certaine c'est qu'aucun ne prendrait sa place. Guillaume m'avait offert l'espoir de croire en un avenir, et malgré ma défaite son souvenir resterait indélébile. Lorsque les jours gris se feraient trop longs et trop tristes, il serait mon plus beau souvenir.

La veille, après une nouvelle nuit d'insomnie, j'avais rallumé mon téléphone portable pour appeler Paulo. Il me manquait trop, j'avais besoin d'entendre sa voix, de savoir qu'il allait bien. Comme je m'y attendais, la messagerie était saturée et les appels en absence innombrables. Ne voulant pas m'infliger un nouveau supplice, j'effaçai l'historique des appels et les messages non lus sans prendre le temps de les écouter. Cela aurait été trop difficile, à quoi bon ?

Paulo était heureux de m'entendre, je tenais à le rassurer, à lui dire que j'allais… bien, qu'il ne s'inquiète pas et qu'au plus tard dans quelques semaines, il serait possible qu'il rentre à Rio. Il n'était pas dupe et perçut à l'intonation de ma voix un profond malaise que je justifiai par la fatigue accumulée depuis bientôt deux semaines.

Dans quelques jours, je « travaillerais » pour Estéban et je savais que, si je tenais parole, mon frère ne serait pas inquiété. Les mafieux sont des êtres vils, capables de toutes les violences, mais ils ont un code d'honneur dont ils ne se départent jamais : une parole est une parole. Estéban m'avait donné la sienne. Ma vie, ou plutôt ce qu'il en restait, se déroulerait désormais à Rio, Paulo ne s'en doutait pas. Je lui expliquerais lorsqu'il serait face à moi. Je trouverais les mots, je les avais toujours trouvés avec lui.

Chaque fois que Paulo, au téléphone, tentait d'évoquer Guillaume, je m'efforçais de recentrer la conversation sur lui, sur ses activités, la découverte de Paris. Il apprendrait bien assez tôt que Guillaume appartenait désormais à mon passé et qu'il ne le reverrait plus.

J'aurais souhaité avoir aussi Emma, entendre sa voix ; je crois que ça m'aurait fait du bien. Elle était présente, mais semblait occupée.

— Elle ne peut pas te parler, elle est débordée, me dit Paulo.

Je n'insistai pas, même si je me mis soudain à terriblement douter de mon amie. Quelques semaines plus tôt, elle aurait sauté sur le téléphone, me posant mille questions. Elle aussi, j'avais dû la décevoir, comme j'ai sans doute déçu Guillaume. On ne disparaît pas comme je l'avais fait, sans explications, j'en suis maintenant persuadée. Obnubilée par mon objectif, je les ai laissés avec leurs questions, ne leur apportant que des réponses égoïstes. Je n'ai rien partagé avec eux, enfermée dans mon passé.

Si Emma ne souhaite plus me parler, je l'accepterai ; c'est le prix à payer.

J'éteignis mon téléphone, je ne le rallumerais que lorsque je ressentirais le besoin d'appeler Paulo.

*
**

La nuit tombait sur la favela, une agitation inhabituelle parvint jusqu'à ma chambre. Je regardai par la fenêtre et devinai la silhouette d'Abella s'affairant avec énergie derrière ses fourneaux. Ses fils installaient des tréteaux et des planches en guise de table au beau milieu de la cour tandis que sa fille recouvrait les planches de bois brut d'une magnifique nappe blanche. Une fête se préparait, sans doute une cérémonie familiale. Je me dirigeai vers Laila, la fille d'Abella, afin de connaître la raison de cette effervescence.

— Bonsoir, Laila, ta mère organise une fête ce soir ?

Tout en positionnant méticuleusement les couverts, la fillette se tourna vers moi et, surprise, me répondit :

— Oui, mais tu n'es pas au courant ?

— Non, pas du tout, à quelle occasion ?

— Les quatre-vingts ans de mon grand-père !

— C'est super, il doit être content de fêter une nouvelle dizaine entouré de sa famille ?

D'un air interrogatif, Laila me fixa de ses grands yeux noisette.

— Mais…

Abella déboula dans la cour tout en s'essuyant les mains sur son tablier. Elle s'approcha, me saisit par les bras et me secoua vigoureusement.

— Ce n'est pas possible, celle-là ! Elle ne se souvient de rien !

— Tu ne m'as rien dit, assurai-je.

— Non, non, non… tu ne te souviens pas, ça, c'est sûr ! Je t'ai invitée à deux reprises, mais mademoiselle est ailleurs. Les informations ne sont pas arrivées jusqu'à ta petite cervelle ?

— Mais enfin Abella, je suis certaine ! rétorquai-je, persuadée de ne pas avoir entendu parler de cette fête.

Abella retourna vers sa cuisine en soufflant de dépit.

— Pfff ! Si tu as les oreilles ouvertes cette fois-ci, je te rappelle que tu es invitée.

— Elle vous a invitée, murmura une voix derrière moi.

Je sursautai. C'était Louis. Je ne l'avais pas entendu s'approcher.

— C'est vrai ?

— Je vous assure, nous étions là tous les deux lorsque Abella nous a invités.

— Peut-être alors, puisque tout le monde est contre moi.

Il sourit, sa voix était posée.

— Admettez que depuis quelque temps vous semblez bien… absente… ou ailleurs, je ne sais pas.

— J'ai… des soucis, enfin… j'avais des soucis.

— Ils sont donc résolus ?

— Pardon ?

— Vous conjuguez vos soucis au passé, donc ils sont résolus ?

Au fond, il n'avait pas tort. D'une certaine façon mes problèmes avaient disparu.

— Oui, on peut voir les choses comme ça.

— Décidément, vous êtes un vrai mystère !

Aussitôt je songeai à Guillaume lorsqu'il m'appelait « mon mystère à moi ». N'étais-je qu'un mystère, qu'une énigme ? Cramponnée à mes failles, je n'avais jamais cherché à m'ouvrir aux autres, persuadée que personne ne pouvait m'aider. J'avais toujours cru qu'en agissant de la sorte je protégeais mon entourage. Il n'en était rien, je me détruisais et je les faisais fuir !

— Joy, vous m'entendez ?

— Oui.

C'était la première fois qu'il m'appelait par mon prénom.

— Je ne suis rien du tout, vous savez ! Enfin, je veux dire… je ne suis pas un mystère.

— Pour moi vous en êtes un ! Et j'adore les intrigues.

Les vibrations de sa voix m'apaisaient.

— Et votre roman ? La lumière de votre chambre est rarement éteinte, il doit avancer, je suppose ?

— Oui, vous supposez bien. Vous me surveillez ?

Je rougis.

— Non, non, bien sûr ! J'ai... des insomnies et je vois votre fenêtre éclairée.

— Il faut venir me voir, n'hésitez pas !

— En pleine nuit ?

— Vous ne dormez pas et moi j'écris seul. Si nous profitions de nos deux solitudes ?

Une proposition plutôt ambiguë...

— Que voulez-vous dire ?

— Je veux simplement dire que ça ne me dérange pas si, au lieu de rester seule dans votre chambre, vous désirez me tenir compagnie.

J'eus un moment d'hésitation, puis :

— Pourquoi pas !

— Vous viendrez compter les pages que je jette dans la poubelle. Vous verrez, je suis devenu un champion du lancer de feuilles froissées.

— Vous me faites sourire.

— Je sais, vous me l'avez déjà dit !

— Peut-être.

— Vous me l'avez déjà dit, répéta-t-il.

— Très bien, je vous crois.

— Parfait ! Et si nous arrêtions notre partie de ping-pong ?

— Je préfère, lui assurai-je.

— Alors c'est décidé, après le repas, vous viendrez compter mes feuilles ? Vous verrez, c'est beaucoup plus intéressant que les moutons.

— Vous plaisantez toujours ?

— La vie serait bien triste, sinon. C'est peut-être ma façon de faire tomber la pression. D'autres font des kilomètres en courant ou en pédalant, moi je plaisante.

— Je viendrai !

Le repas se déroula dans une excellente ambiance. Chaque membre de la famille d'Abella y allait de son anecdote sur la vie du grand-père. J'aidais Louis à comprendre les conversations, tentant de lui traduire aussi fidèlement que possible les dires de chaque invité. Et il y eut de vrais fous rires lorsque Abella et ses enfants tentèrent de lui apprendre deux ou trois rudiments de portugais. Manifestement, il était plus doué pour écrire que pour parler une langue étrangère.

La soirée traîna en longueur, avec Louis nous profitions de la fraîcheur de la nuit. Le grand-père était parti se coucher, les enfants avaient eu l'autorisation de descendre en ville avec leurs amis. Abella avait refusé notre aide et se faisait épauler par ses voisines pour remettre en ordre la cour et la cuisine.

— C'était une merveilleuse soirée, vous ne trouvez pas ?

L'espace de quelques heures, j'avais profité de l'instant. C'était agréable de lâcher prise, de ne plus être tournée ni vers les remords et regrets du passé ni vers la tristesse de ce qui m'attendait. Louis avait l'art d'instaurer une atmosphère si légère qu'une partie de mes inquiétudes, sans pour autant s'envoler, paraissait moins lourde à porter. Une aura de délicatesse l'entourait.

— Oui, c'est agréable !

— Je peux me permettre de vous demander quelque chose de… personnel ?

Surprise, j'hésitai.

— Oui… enfin…

— Vous n'êtes pas une touriste ?

Il fallait bien que ça arrive, c'était inévitable !

— Non, vous avez raison.

Il s'excusa.

— Je suis désolé, je n'aurais pas dû vous poser cette question. Je suis trop curieux, c'est un de mes défauts.

— Ne vous inquiétez pas ! Et puis, ce n'était pas trop difficile à deviner.

— Pourquoi dites-vous cela ?

— Une touriste qui reste cloîtrée dans sa chambre, effectivement c'est… mystérieux.

— C'est vous maintenant qui me faites sourire.

Nous étions assis, face à face, chacun dans sa retenue. J'avais compris que Louis ressentait des sentiments à mon égard. Je me laissais entraîner dans sa délicatesse, son respect, son humour et son côté « décalé ». Il eut l'intelligence de ne pas pousser plus avant son questionnement quant à ma présence à Rio. Mon avenir ne m'appartenait plus, lié aux ordres d'Estéban, quelques moments d'insouciance avec Louis me feraient le plus grand bien.

Comme je le lui avais promis, je vins dans sa chambre et m'installai, assise à côté de lui devant le petit bureau. Il démarra une sorte de rituel, je le regardai avec attention. Il alluma son ordinateur portable, déposa un paquet de feuilles à sa gauche et deux stylos-feutres, l'un rouge, l'autre bleu, à sa droite. Il les tritura à plusieurs reprises et les aligna parfaitement.

— Je vais vous faire travailler, me dit-il.

— Travailler ? À 1 heure du matin ?

— Oui, exactement.

— Dites-moi !

— Je vais vous faire lire les cent premières pages de mon roman, vous me direz ce que vous en pensez, me proposa-t-il tout en me tendant une partie du paquet de feuilles.

— Je n'oserai pas, votre livre n'est pas terminé, personne ne l'a encore lu.

— Raison de plus !

— Ça me gêne, fis-je, hésitant à accepter sa proposition.

— Écoutez, j'ai besoin d'un avis féminin. Et puis…

— Et puis quoi ?

— Je ne vais pas rester indéfiniment les bras tendus, saisissez donc ces feuilles !

Une fois de plus, il m'amusa. Je pris le paquet de feuilles qu'il ne lâcha pas tout de suite.

— À une condition, une seule, dit-il, me regardant fixement dans les yeux.

— Je vous écoute.

— Vous lisez, vous griffonnez quelques commentaires si vous le désirez, mais vous ne dites rien ; j'ai besoin d'entendre le silence.

— « D'entendre… le silence », rien que ça. Pas de souci !

Il m'abandonna enfin le paquet de feuilles, je m'installai sur le lit. Je n'avais jamais été une grande lectrice, les livres ce n'était pas pour moi. Je me posais déjà la question : à quelle page allais-je piquer du nez ? J'étais allongée sur le lit, Louis à son bureau semblait déjà ailleurs, je ne savais pas où. Son visage avait changé, devenu plus grave, plus marqué. Je fis attention de ne faire aucun bruit, je commençai la lecture.

Les premières pages me glacèrent le sang, deux meurtres dès le premier chapitre, ça promettait ! L'histoire ne me passionnait pas plus que ça ; les thrillers angoissants, où l'on s'attend au pire à chaque paragraphe, je craignais que cela devienne vite lassant. Au fil des pages, je me laissai pourtant entraîner par le style de Louis, une écriture précise, forte, très émotionnelle. L'intrigue ne me passionnait toujours pas, mais son style me plongeait dans un agréable ronronnement.

Il était 2 h 30 et je venais de finir la première partie de son manuscrit. Louis restait silencieux. Le plus souvent, il tapait avec frénésie sur son clavier, noircissant l'écran pour en effacer la moitié quelques secondes plus tard. Quelquefois, il lâchait des onomatopées de satisfaction ou des grognements de dépit. Je m'amusais à le regarder ; il était vraiment ailleurs. Je me levai et lui fis signe que je souhaitais continuer la lecture du manuscrit. D'un geste de la main, il m'indiqua que je pouvais prendre la totalité du paquet, soit trois cents pages ! Je repris ma place, le dos bien calé contre l'oreiller, et me plongeai sans attendre dans la suite de ma lecture.

Les chapitres défilaient rapidement. Le policier qui enquêtait tomba amoureux de la meurtrière présumée. Les descriptions de leurs ébats au beau milieu de la nuit dans le commissariat me firent frissonner. Leurs étreintes étaient aussi extrêmes que l'horreur et la cruauté des meurtres. Je levai la tête, observant Louis ; c'était surprenant d'imaginer cet homme doux et attentionné en train d'écrire avec une telle rage, une telle intensité.

Cinq heures du matin, nous n'avions toujours pas prononcé la moindre parole. Louis s'était levé à deux reprises pour se faire un thé, d'un signe de tête il m'en avait proposé un que j'avais refusé. Je rêvais d'un café, mais je n'osais pas le déranger dans son cheminement d'écriture qu'il semblait si bien maîtriser.

À ma grande surprise, je venais de terminer les quatre cents premières pages de son livre sans ressentir le moindre instant de lassitude.

L'intrigue allait bientôt se terminer, je voulais savoir si cette relation impossible allait pouvoir perdurer. Si ce policier et cette atroce meurtrière allaient prendre la décision de partir au bout du monde pour vivre leur amour. Allait-elle continuer sa série meurtrière ? Le policier deviendrait-il sa nouvelle victime ? Je venais de lire dix-neuf chapitres, la table des matières en contenait vingt.

J'entendis l'imprimante cracher les dernières feuilles de son manuscrit. Louis se leva, se saisit du dernier chapitre et le relut avec attention, annotant, çà et là, quelques pages. Je n'osais pas le déranger, mais brûlais d'impatience de connaître la fin de l'énigme. Il déposa le dernier chapitre à sa gauche comme il l'avait fait pour le reste du manuscrit. Il s'affala sur sa chaise, balança ses bras en arrière et s'étira avec une extrême lenteur. Son visage était fatigué, mais il paraissait satisfait.

Je m'approchai et me saisis de ce dernier chapitre. Louis se redressa à vitesse supersonique et plaqua sa main sur la mienne qui s'écrasa sur le bureau.

— Non, pas le dernier chapitre !

Je tentai de dégager ma main toujours coincée sous la sienne.

— Vous me faites mal.

— Pardon, excusez-moi, fit-il en me libérant.

Surprise par sa réaction, je me dirigeai vers le lit où les feuilles étaient étalées. Je fis attention de les ranger avec application et les déposai sur le bureau. Je m'apprêtais à partir, pour enfin dormir quelques heures, quand il me retint par le bras.

— Vraiment, je suis désolé !

J'étais vexée, mais je ne souhaitais pas donner plus d'importance que cela à ce mauvais réflexe.

— Pas de souci, je vais aller me reposer. Merci pour le livre.

Louis me tenait toujours par le bras.

— Ça vous a plu ?

— Pour être honnête, je ne suis pas une fan de thrillers. L'hémoglobine et les mises en scène des meurtres à vous empêcher de dormir pendant trois jours, je m'en serais passée. Par contre cette intensité dans l'histoire d'amour, j'ai adoré ! J'aurais aimé connaître la fin... mais ce n'est pas possible, semble-t-il ?

— Plus tard peut-être... ce n'est pas... encore finalisé.

Son argument ne tenait pas, il ne souhaitait pas que je lise ce dernier chapitre. Je respectais sa décision.

— L'histoire finit bien au moins ? C'est une sorte d'amour impossible, je n'arrive pas à imaginer quelle fin vous avez bien pu donner à votre livre. Mais je doute que ça finisse par : « Ils vécurent heureux et eurent beaucoup d'enfants. »

Il s'esclaffa tout en desserrant légèrement son étreinte. Je pouvais sentir la chaleur de sa main sur mon bras nu.

— Effectivement, j'évite le côté « fleur bleue ». Vous souhaiteriez que cette histoire se termine comment ?

— Quelle question ! L'écrivain ce n'est pas moi, c'est vous !

— Oui, mais c'est vous qui m'avez inspiré ce dernier chapitre, affirma-t-il.

Je secouai la tête, hésitant entre l'agacement et un certain plaisir.

— Arrêtez ! Vous me l'avez déjà dit, je ne vous crois pas.

Il me dévisageait, ses yeux plantés dans les miens. Il posa ses mains sur mes épaules comme s'il voulait m'attirer vers lui. Mon rythme cardiaque s'accéléra ; un instant j'hésitai… Succomber à cet homme pour oublier ? Non, rien ne pouvait me faire oublier. Et puis, je ne voulais pas gâcher notre relation. Louis était ma bouée de sauvetage dans cette ville qui m'aspirait vers un avenir si sombre. Sans connaître mon passé, j'avais l'impression qu'il comprenait mes tourments.

— Louis…

Je ne savais que dire et que faire.

— Joy, je vous connais à peine. Je ne sais pas d'où vous venez, ce que vous êtes venue faire à Rio et ce que vous désirez faire. Sachez que quelle que soit votre décision, vous êtes et vous resterez quelqu'un… comment dire, je ne trouve pas les mots.

— Pour un écrivain, pas bon !

Nous nous mîmes à rire.

— Non, je ne trouve pas les mots.

— Je souhaiterais vous demander quelque chose, dis-je alors à ma propre surprise. Je comprendrais que vous refusiez.

— Dites-moi !

— Je… voudrais que… vous me preniez dans vos bras, simplement dans vos bras.

Il posa une main sur ma nuque, son autre main resta sur mon épaule. Il m'attira à lui. Je plongeai mon visage contre son torse, je sentais la pression de son menton sur le haut de mon crâne. Je me mis à pleurer, il ne bougeait pas. Louis se rendait compte que j'avais besoin de réconfort et d'affection. Peut-être qu'en d'autres temps nous aurions pu vivre une belle histoire, mais pas ici, pas maintenant, pas comme ça. Je ne pouvais pas mentir à cet homme, me jeter dans les faux-semblants pour finir de me détruire et lui faire du mal.

J'aimais un autre homme, il s'appelait Guillaume. Il me manquait terriblement, il me manquerait jusqu'à la fin de mes jours. Même si je savais, désormais, que je ne reverrais plus Guillaume, je ne pouvais mentir à Louis, je le respectais trop. Je ne lui dirais rien de plus que « Prenez-moi dans vos bras », je savais qu'il comprenait ; et même s'il me serrait peut-être un peu plus fort qu'un ami qui console un être cher, il eut la décence de ne pas insister et l'élégance de me faire croire qu'il n'en avait pas envie.

La vie est ainsi faite que nos plus belles rencontres se font au hasard. On lance le dé, on attend avec impatience qu'il tombe sur le six... il roule, roule, rebondit pour s'immobiliser sur le un. J'aurais dû rencontrer Louis un jour où le dé, libre de toute contrainte, aurait eu une chance de s'arrêter sur le six. Je n'ai jamais été chanceuse aux jeux de hasard, une seule fois j'ai gagné... le jour où j'ai croisé le regard de Guillaume. Mais la pente où s'était figé le dé était trop inclinée. Un simple souffle de vent a suffi à lui faire reprendre sa course vers le... un !

Notre étreinte amicale, amoureuse... peu importe, dura bien trop longtemps pour que nous en ressortions indemnes. Nous voulions, chacun à sa façon, ressentir le plus longtemps possible la chaleur de l'autre. Nous étions deux solitudes qui, pour des raisons différentes, se mêlaient au milieu d'un quartier populaire de Rio. Je n'avais plus d'avenir, Louis, lui, rêvait que son roman soit le nouveau départ qu'il devait sans doute espérer. Au fond de moi, en lâchant son bras, je lui souhaitai la plus sincère réussite.

Cette nuit-là, je me promis une chose : je lirais ce fameux chapitre 20. J'attendrais que Louis finalise son livre et qu'il soit disponible. Je rentrerais alors dans une librairie, j'y achèterais son ouvrage puis j'irai en courant jusqu'au sable de Copacabana. J'attendrais la nuit et je découvrirais enfin ces dernières pages, celles qu'il m'avait interdit de lire. J'aurais, ce jour-là, enfin la réponse à ma question : le policier ne ressemble-t-il pas un peu à Louis et l'horrible meurtrière n'est-elle pas un peu la mystérieuse Joy ?

J'entendis la porte de sa chambre se refermer. J'étais déjà allongée sur mon lit. La comptabilité des pages était terminée, celle des moutons n'allait pas tarder à reprendre.

*
**

Dix heures du matin, je n'avais dormi que quatre heures. Mon sommeil avait été agité et mon corps était douloureux ; des courbatures dans le dos et mes jambes endolories me faisaient souffrir. J'attrapai des vêtements de rechange dans l'armoire et me dirigeai vers la salle de bains ; j'avais besoin d'une longue douche brûlante pour décontracter mon corps et mon esprit.

En revenant dans ma chambre, je vis, déposée sur le lit, la veste que j'avais oubliée chez Louis la veille. Depuis la salle de bains, je ne l'avais pas entendu frapper à ma porte. J'eus un soupir d'agacement ; je n'appréciais pas qu'il soit entré « chez moi » en mon absence. Je supposai qu'il était venu me chercher pour le petit déjeuner, je balayai une pointe de mauvaise humeur et partis le rejoindre.

Si à ce moment-là j'avais su ce qu'il avait fait pendant sa visite dans mes murs – et que je n'ai appris que bien plus tard –, je l'aurais sans doute étranglé.

*
**

— Joy, vous êtes là ?

Aucune réponse, Louis frappa de nouveau avant de remarquer que la lumière de la salle de bains était allumée. Il vit ma porte entrebâillée. Il s'assura que j'étais bien absente avant d'entrer et de déposer ma veste sur mon lit. Il allait ressortir lorsqu'il aperçut un carnet à spirales sur mon bureau, et une enveloppe posée dessus. Une semaine auparavant, j'avais noirci quelques pages à l'attention de Guillaume. C'était une lettre que je souhaitais lui envoyer. Depuis ma dernière rencontre avec Estéban, j'avais ressenti le besoin de lui écrire mon histoire en détail et de lui raconter, enfin, pourquoi je l'avais abandonné le soir du plus beau jour de notre vie.

Louis hésita, mais il ne put résister, il s'approcha. L'enveloppe était adressée à Guillaume, chez Gabriel, au Brestet. Avec son doigt, il fit glisser l'enveloppe déposée sur le carnet, ouvrit celui-ci et découvrit les deux premières pages. Un titre, tout en haut de la page de gauche, était souligné à l'encre rouge.

Il poursuivit sa lecture, tourna une à une les pages noircies de ma confession. J'y avais résumé mon enfance, la maladie de Paulo, le harcèlement d'Estéban, l'amour profond que je portais à Guillaume, le pardon que j'espérais qu'il m'accorde un jour. Tout, absolument tout y était noté !

Dans un premier temps, je n'avais pas souhaité y décrire ce que j'avais dû endurer pour rembourser ma dette. Mais si Guillaume devait me pardonner, il devait tout savoir. Ce n'est que dans le dernier paragraphe que j'osais enfin lui avouer que mon corps avait tant de fois été souillé par des mains qui sentaient l'odeur de l'argent.

Tout à coup, Louis entendit Abella se diriger vers ma chambre, il n'eut pas le temps de lire la dernière page, c'était mieux ainsi. Il relut l'adresse et repositionna l'enveloppe sur le carnet en faisant attention de laisser le bureau exactement comme il l'avait trouvé. Il était abasourdi, son esprit fonctionnait à une vitesse folle, reconstituant le puzzle mystérieux de ma vie. Devant les appels répétés d'Abella, il partit prendre son petit déjeuner. Abella, surprise de le voir sortir de ma chambre, l'interpella dans un charabia anglo-portugais :

— La petite ? Cette nuit avec toi ?

— Non, non, fit-il. Je déposais sa veste qu'elle avait oubliée.

Elle sourit et fit semblant de le croire.

— Très bien, dit-elle.

Louis s'assit sur le banc, repassant dans sa tête ce qu'il venait de lire. Il était profondément préoccupé, son visage était livide.

— Pas bon, hier le repas, mal digéré ?

— Non, non, j'ai travaillé toute la nuit !
— Ah d'accord, et la petite ? insista-t-elle.
— À la salle de bains, elle arrive !
— Café ?
— Oui, beaucoup !

*
**

Louis ne pensait plus qu'à une chose : heureusement qu'il ne s'était rien passé la nuit précédente, il s'en serait voulu toute sa vie. Ces mots qu'il venait de lire l'avaient profondément touché. Lui, l'écrivain, connaissait, plus que tout autre, la puissance des mots. Il ne se sentait pas le droit de toucher à un amour aussi fort : celui que Joy portait à Guillaume.

13

Un jour, j'aurai cent ans !

De là où je serai, je me retournerai.

Un jour, j'aurai cent ans ! Seras-tu là à contempler le même passé ?

Le temps aura défilé, avec ses matins câlins et ses soirs d'ennui.

Un jour, j'aurai cent ans ! Les mains tremblantes de nos blessures, celles qui ont fait que je t'ai tant aimée.

Un jour, j'aurai cent ans ! Seras-tu là, blottie à mes côtés ?

*
**

Je venais de quitter les parents de Joy, envahi par un sentiment trouble. Je m'attendais à rencontrer deux personnes superficielles et dénuées du moindre sentiment.

Si son père fut fidèle à l'idée que je m'en faisais, sa mère ne ressemblait en rien à la description que Joy en avait faite au père Bertrand.

Cette femme paraissait profondément bouleversée par ce qu'avait dû endurer sa fille et ce que, peut-être, elle devrait encore supporter. Certes, elle n'avait pas fait grand-chose pour l'aider face à ce père guidé par un seul objectif, la réussite de ses affaires, mais la sincérité de son tourment ne faisait aucun doute. Peut-être n'était-ce que le remords de ne pas avoir su tenir tête à son mari lorsqu'il avait jeté leur fille dans les griffes d'Estéban ? À moins qu'elle ne craignît de voir Joy replonger dans les mêmes horreurs ? Elle était terrorisée face à son époux, il la tenait psychologiquement. Dans chacun de ses gestes, dans chacune de ses paroles elle semblait le remercier. Pour quelle raison ? Peu m'importait ! Ma priorité c'était Joy et je ne comptais pas dévier du seul but qui comptait à mes yeux.

Je triturai nerveusement la carte de visite, relisant ce que ma belle-mère y avait noté : « Estéban – Paradise Club ». Même si Joy n'avait pas donné de nom lors de sa confession au père Bertrand, je n'avais aucun doute. Il s'agissait, à l'évidence, du mafieux qui la terrorisait depuis des années.

Je disposais d'un prénom, ou d'un surnom, et de ce qui ressemblait à l'appellation d'une enseigne de boîte de nuit. Je n'eus aucun mal à valider cette idée lorsque je tapai dans la barre de recherche Google de mon Smartphone « Paradise Club Rio ». L'image d'un établissement de luxe, bordant la plage de Copacabana, apparut à l'écran. Je fus surpris de constater que je n'étais qu'à quelques centaines de mètres de ce complexe restaurant-boîte de nuit. Je décidai de m'y rendre.

J'eus l'impression de me retrouver face à un camp retranché. Vigiles, caméras de surveillance et murs d'enceinte protégeaient l'ensemble. Le luxe était partout, dans la démesure de la construction, dans les décorations fastueuses bordant la piscine, située au beau milieu des tables du restaurant. Le deuxième niveau était occupé par une boîte de nuit à ciel ouvert. Je m'approchai pour tenter d'en savoir un peu plus. Un molosse aux épaules bodybuildées me fit comprendre poliment, mais fermement, que ma curiosité devait se limiter aux affiches fixées sur le mur proche de l'entrée principale.

Je n'insistai pas ; cela n'aurait servi à rien. Sous la surveillance discrète du vigile, je consultai avec attention les affiches publicitaires et les services que proposait le complexe. Les tarifs étaient prohibitifs, cet établissement paraissait être réservé aux riches Brésiliens et à une clientèle étrangère prête à lâcher quelques centaines ou milliers de dollars par soirée.

Cela faisait une dizaine de minutes que je donnais l'impression d'apprendre par cœur les menus et la longue liste des spectacles à venir. Le regard du vigile se fit plus insistant... Je choisis de m'éclipser ; je ne souhaitais pas me faire remarquer. Je reviendrais dans la soirée, lorsque l'établissement serait ouvert. Je pourrais, plus aisément, tenter d'en savoir un peu plus sur ce mystérieux Estéban.

Il était près de 14 heures lorsque je décidai de grignoter un sandwich et de boire une canette de bière assis sur le muret bordant la plage et l'Avenida Atlantica.

Je repensai à la matinée qui venait de s'écouler, aux parents de Joy et à l'établissement que j'avais découvert. Tout cela me paraissait si loin de la femme que j'aimais, rien ne lui ressemblait, ni l'égoïsme de son père, ni la faiblesse de sa mère et encore moins les fastes du Paradise Club. J'étais persuadé que cette piste, d'une façon ou d'une autre, me conduirait à elle, mais la tâche me paraissait de plus en plus ardue. Une fois encore, je me reprochai d'avoir douté de Joy et surtout trop attendu pour lui venir en aide.

Et si je n'avais pas le temps nécessaire pour trouver une solution ? Ou, pire, s'il était déjà trop tard ? Cette idée commençait à tournoyer dans mon esprit. Il fallait que, rapidement, je trouve comment être le plus efficace.

Avant mon départ de Paris, Lucie m'avait donné une information pour retrouver Joy : elle logeait dans une pension de famille située dans la favela de Santa Marta. Après quelques recherches, je m'étais rendu à l'évidence :

autant chercher une aiguille dans une botte de foin. Officiellement soixante pensions de famille étaient répertoriées, sans compter les non officielles. Je n'avais pas le choix, mon après-midi allait se passer dans la favela à arpenter les ruelles à la recherche du lieu où Joy résidait. Le soir, je reviendrais au Paradise Club, et demain je continuerais ma recherche dans la favela. Espérant que le sort bascule en ma faveur.

Le funiculaire me déposa en haut de la favela. Je fus surpris par la propreté des lieux. J'imaginais un bidonville insalubre et je découvrais un quartier pauvre où les habitants mettaient tout en œuvre, avec peu de moyens, pour rendre leur vie le plus agréable possible. Les habitations étaient pour la plupart construites en tôle et en bois. Quelques-unes, élevées en dur, avaient sur leur façade de magnifiques tags colorés qui semblaient souhaiter la bienvenue aux visiteurs.

Je démarrai mon périple à travers les ruelles, essayant de suivre mon plan afin de visiter les différentes pensions que j'y avais notées.

Les plaques de rue étaient rares, voire inexistantes. Je décidai de demander ma route aux habitants installés sur le pas de leur porte. De nombreux jeunes s'amusaient à l'aide d'un ballon de cuir dégonflé. Deux adolescents, un garçon et une fille, me proposèrent, en échange de quelques billets, de me guider dans les méandres de ces rues sans fin et sans logique de circulation.

Je n'avais pas le choix, j'acceptai leur proposition ; ma recherche en serait facilitée. Le jeune garçon se saisit de mon plan, quant à la jeune fille, elle y jetait quelquefois un coup d'œil rapide avant de bifurquer à gauche ou à droite avec une telle rapidité que j'eus du mal à les suivre. Je repris espoir lorsque je me rendis compte qu'en à peine une heure j'avais déjà rayé une quinzaine de lignes sur ma liste de pensions de famille. À chaque fois, le même rituel : les deux jeunes expliquaient que j'étais à la recherche d'une personne, je montrais alors une photo de Joy.

Ils ne ménageaient pas leurs efforts, sans doute espéraient-ils obtenir un supplément de pourboire. Entre deux pensions de famille, ils n'hésitaient pas à interpeller les habitants, leur montrant la photo de Joy. La réponse demeurait invariablement un « non » de la tête.

Après deux heures et demie à arpenter les ruelles de la favela à un rythme effréné, mes deux guides d'un jour me proposèrent de s'arrêter chez un ami pour se désaltérer. Je commençais à avoir des crampes aux mollets et, avec cette chaleur humide, un peu de repos serait le bienvenu. Tout en buvant à larges gorgées un grand verre d'eau fraîche, je m'affalai au fond de ma chaise, les yeux fermés, j'essayai de reprendre quelques forces.

Le brouhaha autour de moi semblait s'intensifier, mais je n'y prêtai pas garde jusqu'à ce que la jeune fille qui m'accompagnait s'exprime.

— *Senhor, senhor !* m'interpella-t-elle en me mettant la photo de Joy sous les yeux.

Je ne comprenais pas ce qu'elle voulait. Les discussions autour de moi s'animaient.

— Oui, qu'y a-t-il ?

Elle insistait, la photo toujours bien tendue, m'indiquant du doigt une personne âgée assise non loin de là.

— *À mulher !*

Les gestes de la jeune fille et mes rudiments de portugais, appris lors de mon reportage photo dans le parc national de la Serra dos Órgãos, me permirent de comprendre que la vieille femme avait aperçu Joy jouant avec des enfants dans la rue.

Instantanément, je me raidis. Je me retrouvai debout, laissant tomber ma chaise en arrière. Je me dirigeai vers le pas de la porte pour tenter d'avoir des détails. La discussion que j'essayai d'instaurer avec la vieille femme ne donna rien. Elle parlait sans s'arrêter et je ne comprenais que quelques mots, toujours les mêmes : « femme », « enfants », « jouer ».

Devant mon désarroi et mon énervement, chacun tentait de m'aider, sans succès. Au bout d'un quart d'heure d'une parfaite incompréhension réciproque, un homme s'approcha et, dans un anglais correct, me demanda s'il pouvait me venir en aide. Je l'aurais embrassé ! J'acceptai avec bonheur sa proposition.

Il me dit de le laisser faire, ce que je fis tout en trépignant d'impatience, pendant qu'il allait parler à la vieille dame qui avait vu Joy. Je faisais les cent pas à quelques mètres de là. Il revint vers moi et m'expliqua qu'effectivement cette vieille dame, qui passait le plus clair de son temps assise à contempler la rue, avait vu Joy quelques jours plus tôt, s'amusant avec des enfants. Je le bombardai de questions, mélangeant sans m'en rendre compte le français, l'anglais et quelques mots de portugais. Chaque fois, il me priait de me calmer et de reformuler ma question en anglais, et le plus simplement possible. Notre échange dura jusqu'à ce que le flot de mes interrogations se tarisse. Je le remerciai pour sa patience, même si je n'avais appris que peu de chose. Je ne savais toujours pas le plus important : dans quelle pension de famille logeait Joy.

Il était l'heure que je redescende à Copacabana pour me rendre, comme je l'avais prévu, au Paradise Club. Je donnai rendez-vous à mes deux jeunes guides pour le lendemain matin afin que nous poursuivions nos recherches. Trop heureux de ma proposition, ils m'accompagnèrent jusqu'au funiculaire. Je glissai deux billets supplémentaires dans la poche du jeune garçon.

Durant la descente vers la ville et ses beaux quartiers, je repensai à cet après-midi de

« randonnée » dans la favela. Je n'avais pas retrouvé la trace de Joy, mais, au moins, je savais qu'elle séjournait bien là où elle l'avait indiqué à Lucie. Dès le lendemain matin, je repartirais de cette petite place, là où la vieille dame l'avait aperçue quelques jours auparavant.

Tandis que je marchais le long de l'Avenida Atlantica, une question tournoyait dans mon esprit : si j'avais croisé Joy dans la favela, comment aurais-je réagi ? Si ce soir je l'apercevais, quelle serait ma réaction ? J'étais venu à Rio pour la libérer, pour lui permettre de choisir sa vie. J'espérais qu'elle souhaiterait la poursuivre avec moi. Je n'en avais aucune assurance tellement le temps que j'avais mis à réagir me faisait honte. J'avais passé trop de jours à comprendre sa détresse et sa solitude. Une seule idée comptait : je devais, d'une façon ou d'une autre, agir pour la dégager de la contrainte d'Estéban. Car c'était cet homme-là qui la tenait, j'en étais sûr.

J'arrivais en vue des lumières du Paradise Club lorsque mon Smartphone vibra dans ma poche. Je regardai d'où provenait l'appel, j'écarquillai les yeux : Gabriel, mon oncle ! Lui, réfractaire à toute communication téléphonique ! À chaque fois, c'était moi qui l'appelais pour avoir de ses nouvelles. Que voulait-il ?

Je décrochai.

— Gabriel !

— Guillau, tu vas bien ?

— Oui, et toi ? Rien de grave ?

— J'ai mis un temps fou à comprendre les numéros à composer, heureusement que ton père est là !

Je ne pus cacher ma surprise.

— Mon père est là ?

— À côté de moi !

— Que fait-il au Brestet ? Passe-le-moi s'il te plaît.

J'entendis aussitôt la voix de mon père.

— Guillaume, ça va ?

— Vous êtes venus quelques jours au Brestet avec maman ? Ce n'était pas prévu…

Il hésita.

— Je suis venu seul, ta mère est restée à Paris.

Du plus lointain de mes souvenirs, mes parents ne s'étaient pas séparés plus d'une demi-journée.

— Tu es sûr que ça va ?

— Ne t'inquiète pas Guillaume. Je profite du grand air avec Gabriel. Un peu de calme loin de Paris !

Il mentait mal, je le connaissais trop.

— Papa, dis-moi la vérité !

— Eh bien, après ton départ, nous avons eu une discussion très animée avec ta mère. Cette fois-ci, j'ai enfin répondu et tenu bon. Je n'en pouvais plus, il fallait que ça sorte et surtout que ça cesse !

— Elle t'a mis dehors ?

D'un ton soulagé, il m'assura :

— Non, c'est moi qui ai décidé de « prendre l'air » !

— À quel sujet ?

— Peu importe, affirma-t-il avec autorité.

Manifestement il ne désirait pas poursuivre cette conversation.

— Très bien, je n'insiste pas, répondis-je.

Je ne savais que dire, en même temps c'était leur histoire, pas la mienne. J'étais à Rio pour aider Joy, je n'avais pas le droit de me laisser distraire par des problèmes qui ne me concernaient pas.

— J'espère que ça se passe bien à Rio. Tu as retrouvé la trace de Joy ?

Stupéfait, je restai un instant sans voix. Mais si, je ne rêvais pas : c'était bien mon père qui se souciait de savoir si mes recherches avançaient. Je n'en croyais pas mes oreilles !

— Eh bien… ce n'est pas évident, mais je vais faire ce qu'il faut !

— Bon courage, mon fils, je suis avec toi !

Incroyable, mon père m'encourageait ! Il paraissait sincère. J'étais troublé, il le sentit.

— Je vais te repasser ton oncle. Il a reçu un appel téléphonique étrange. Je t'embrasse.

Ça aussi, ce n'était pas habituel.

— Moi aussi… je t'embrasse, murmurai-je, pressé d'entendre ce qu'avait à me dire mon oncle.

— Qu'y a-t-il Gabriel ? Je t'écoute.

— Un homme m'a appelé en début d'après-midi. J'ai d'abord cru à une mauvaise blague. Je lui ai raccroché au nez.

Je ne voyais pas où il voulait en venir.

— Oui, et alors ?

— À peine avais-je posé le combiné qu'il rappelait. Il m'a parlé de Joy, qu'il séjournait avec elle à Rio. Je commençais à m'énerver quand il m'a décrit ta femme et là, j'ai hésité. Il semblait la connaître.

— Un homme qui séjourne avec Joy à Rio, qu'est-ce que tu racontes ?

— Écoute, ça peut paraître idiot. Tu me connais, je ne me laisse pas couillonner facilement. Eh bien, je l'ai cru !

Ma surprise était totale. D'abord mon père qui, enfin, commençait son processus d'émancipation. Maintenant, mon oncle qui croyait aux canulars téléphoniques de très mauvais goût.

— Mais enfin, c'est une blague ou quoi ? répondis-je, agacé.

J'avais autre chose à faire de plus urgent qu'entendre les élucubrations de Gabriel et les confidences de mon père.

— Guillaume, écoute-moi ! Après tu fais ce que tu veux…

— Vas-y ! rétorquai-je.

— Il m'a dit qu'il séjournait depuis plus de deux semaines avec Joy dans une favela de Rio, Sainte Marthe… je crois.

— Santa Marta ?

— Oui, c'est ça !

— Continue !

— Il m'a raconté qu'il avait trouvé une enveloppe à l'attention de « Guillaume » avec l'adresse d'ici. C'est comme cela qu'il a pu avoir mes coordonnées.

Le canular semblait s'éloigner.

— C'est tout ?

— Non, il y avait aussi une lettre pour toi. Il ne m'en a pas dit plus.

— Que lui as-tu répondu ?

— Que « Guillaume » était mon neveu et… que Joy était ta femme.

Il sentit mon agacement.

— J'ai mal fait ? s'inquiéta Gabriel.

— Non, non… je ne sais pas.

— Je lui ai dit également que tu étais à Rio et…

Je l'interrompis.

— En fait, tu lui as tout raconté !

— Il m'a laissé son numéro, il a demandé que tu l'appelles.

Je ne savais quoi penser de ces informations plus que troublantes. Mais je me devais d'explorer toutes les pistes.

— Je l'appellerai, envoie-moi son numéro par SMS s'il te plaît.

— Par quoi ?

J'avais oublié que mon oncle était parfaitement réfractaire à toute forme de modernité, même pour un simple SMS.

— Demande à mon père, il sait faire.

— Très bien, il est en train d'écrire sur son téléphone.

— Cet homme, il t'a laissé son nom ?

— Juste son prénom : Louis !

J'avais beau chercher, je ne connaissais aucun Louis. Était-ce encore un secret de Joy ? Un homme qu'elle connaissait et dont je ne soupçonnais pas l'existence ? Elle serait venue à Rio pour le rejoindre ? Qu'y avait-il dans cette lettre ? Pourquoi ce fameux Louis cherchait-il à me joindre ?

J'étais complètement largué, mon esprit s'embrouillait.

— Guillaume, tu es toujours là ? demanda Gabriel.

— Oui.

— Ton père veut encore te parler, je te le passe.

Je n'eus même pas le temps de dire au revoir à Gabriel, mon père était au bout du fil.

— Tu sais... Guillaume, nos relations n'ont pas toujours été... simples, hasarda-t-il.

Où voulait-il en venir ?

— C'est le moins qu'on puisse dire ! ironisai-je.

— Je te souhaite sincèrement de retrouver ta femme... et de la ramener !

Je ne pus rien répondre d'autre qu'un laconique :

— Merci.

— Si tu as besoin de quoi que ce soit, n'hésite pas !

— Oui, oui…

De quoi pouvais-je donc avoir besoin de la part de mon père ?

— Je t'embrasse Guillaume.

Deuxième fois… il fallait donc que je m'y habitue. La séparation avec ma mère avait dû provoquer une forme d'électrochoc positif.

— Au revoir, papa. Je te tiens au courant. Merci pour le message, je viens de le recevoir.

Je raccrochai.

J'essayai de remettre mes idées en ordre. Je devais absolument prendre du recul et analyser avec le plus de sang-froid possible ces nouvelles données.

Il était 21 heures, que devais-je faire ? Poursuivre le programme que je m'étais fixé : ce soir le Paradise Club et la suite de ma recherche dans la favela demain à la première heure ? Ou bien appeler ce… Louis, sorti de nulle part.

Hésitant, je triturai mon portable. Quitte à connaître une nouvelle déception, je composai le numéro que je venais de recevoir. Trois sonneries, une voix d'homme.

— Allô !

— Bonsoir, vous êtes Louis ?

Un silence.

— Bonsoir, vous devez être Guillaume ?

Une voix posée, calme, qui contrastait avec la mienne, hésitante et hachée par le stress.

— J'ai eu vos... coordonnées par... mon oncle. Vous cherchez à me joindre ? Pourrais-je savoir pourquoi ?

J'essayais de donner à mes propos une force qui sonnait faux. Il n'y fit pas attention, continuant sur le même ton bienveillant.

— Je crois que nous devrions nous voir ! Votre femme vous a écrit une lettre. Pour tout vous dire, je pense que c'est urgent !

Qui était donc ce Louis qui se permettait de s'occuper de mes relations avec Joy et me suggérait ce que j'avais à faire ?

Continuant sur le même ton, je lui demandai :

— Mais qui êtes-vous ? Et que faites-vous avec Joy ?

— Peu importe qui je suis, Louis, ça suffira. Je séjourne à la même pension de famille que votre femme. J'ai découvert par hasard cette lettre. Je vous assure, c'est important !

Je le sentais sincère, je ravalai ma fierté de mâle meurtri. Je ne savais comment poser la question qui me taraudait depuis l'appel de mon oncle.

— Vous séjournez avec... ma femme ?

Il comprit mon inquiétude.

— Je ne séjourne pas avec Joy, mais dans la même pension, voilà tout. Nous avons sympathisé. C'est quelqu'un d'attachant... si je peux me permettre.

— Elle va bien ?

Sans aucune précaution, il m'avoua :

— Elle semble résignée, au bout du rouleau !

— Depuis quand est-elle avec… enfin… à la pension ?

— Une quinzaine de jours.

— Que fait-elle ?

— Rien ! Elle traîne sans but particulier. Au début de son séjour, elle paraissait enjouée, pleine de détermination et de vie, puis, d'un coup, le vide !

Le puzzle se reconstituait peu à peu. Joy avait dû essayer de « négocier » sa liberté avec Estéban, elle avait échoué. Qu'attendait-elle en restant cloîtrée au beau milieu d'une favela ?

— Je peux vous demander pourquoi vous faites cela ? Vous n'êtes pas obligé.

La réponse de Louis fusa :

— Parce qu'elle le mérite !

J'étais estomaqué.

— Vous semblez sûr de vous ?

— Je crois que nous avons assez discuté. Venez lire ce qu'elle vous a écrit. Ce sera la meilleure des réponses. Je vous le répète, le temps presse !

— Quand ?

— Ce soir ! Elle est absente ; les jeunes de la favela ont organisé un spectacle. Elle ne rentrera pas avant minuit. Je vous attends à la sortie du funiculaire.

— Très bien, j'arrive.

Cet homme m'intriguait, mais j'avais confiance en lui. Était-ce parce qu'il représentait ma seule piste concrète ? Cherchait-il réellement à nous aider ? Je n'allais pas tarder à le savoir.

Je n'eus aucun mal à le reconnaître. Son physique m'interpella dès que je le vis. Lui non plus n'eut aucune hésitation et se dirigea immédiatement vers moi.

Il me salua.

— Bonsoir, rebonsoir pardon.

— Je vous suis.

Nous marchâmes dans les ruelles de la favela, traversant certains endroits où j'étais passé quelques heures auparavant. Après dix minutes de marche silencieuse, nous arrivâmes face à la pension Bem-vindo. Il me conduisit dans une petite cour.

— C'est ici, fit-il en m'indiquant une porte de bois abîmée par les années et le manque d'entretien.

Je le regardai, circonspect.

— C'est sa chambre. Il y a un carnet à spirales sur le bureau.

— Je...

— N'ayez crainte, pendant une heure, personne ne vous dérangera. Si vous avez besoin de quoi que ce soit, je suis dans la chambre d'à côté.

Je ne savais pas si je devais le remercier ou le haïr. Cet homme, au charme certain, résidait depuis plus de deux semaines dans une chambre située à quelques mètres de celle de Joy. Il se retourna, me laissant seul.

Je m'avançai, posai ma main sur le loquet. J'ouvris doucement la porte, découvrant le lieu où Joy vivait depuis… notre mariage. Même si les meubles et la décoration étaient rudimentaires, cette pièce lui ressemblait. Sur le bureau, son Smartphone était posé à côté du carnet. Je le pris entre mes mains, il sentait son parfum. Je fermai les yeux, inspirant à plusieurs reprises. Un sentiment de manque profond, presque animal, m'envahit. Ces effluves réveillaient tous mes sens, je serrai son portable de plus en plus fort comme si c'était elle. Je l'appuyai contre ma joue, caressant ma peau jusqu'à ma bouche. J'avais envie de sentir sa chaleur contre la mienne. Je voulais ses yeux dans les miens, ses mains sur mon corps.

Je reposai le téléphone, ma main glissa jusqu'au carnet. Une enveloppe, à mon intention, avec l'adresse du Brestet, était posée dessus. Je la mis de côté, m'assis et allumai la petite lampe de bureau. Le halo de lumière n'éclairait que la couverture du carnet. Je l'ouvris. Tout en haut de la première page, souligné à l'encre rouge, il était écrit :

« *Ce que je n'oserai jamais te dire…* »

Juste en dessous « *Guillaume, mon amour* », suivi de huit pages où Joy se livrait avec vérité et pudeur. J'y retrouvai tout ce que m'avait dit le père Bertrand avec beaucoup plus d'intensité dans les mots et dans les émotions que je pouvais ressentir.

C'était comme si je devinais sa présence, comme si Joy était là près de moi et qu'elle me lisait ses mots, ceux qu'elle avait déposés sur le papier. Je tournais les pages et j'imaginais la douceur de sa voix, la tendresse de son amour.

À plusieurs reprises, je revins en arrière et relus les paragraphes les plus émouvants. Au-delà de l'émotion, cette lettre était le parfait reflet de sa personnalité. Elle n'avouait que dans le dernier paragraphe qu'au plus profond de son corps elle avait connu l'horreur, qu'elle en ressentait une honte maladive, mais que si elle devait recommencer pour sauver Paulo, sans hésitation elle le referait exactement dans les mêmes conditions. Sa dernière phrase me troubla, un sentiment d'inquiétude m'envahit :

« *Si je n'ai pas d'autre solution, si la sécurité de Paulo est en jeu, oui, je recommencerai !* »

Je relus, une dernière fois, l'ensemble de la lettre. À nouveau, je m'arrêtai sur cette dernière phrase, et un mauvais pressentiment me saisit.

Tout en réfléchissant, je feuilletai le carnet jusqu'à la dernière page, rien d'autre n'y était noté. Je m'interrogeai : avait-elle réellement l'intention de m'envoyer cette lettre ? Ne s'agissait-il pas plutôt d'une forme d'exutoire à sa détresse qui resterait à jamais dans un carnet dont les pages jauniraient avec le temps, enfoui au fond d'un tiroir ?

Je fis attention de replacer le carnet puis son portable comme je les avais trouvés. Je refermais l'étui du Smartphone lorsque je découvris un papier dans la pochette intérieure. Je le dépliai, il comportait un prénom : « Estéban » et un numéro de téléphone. La dernière pièce du puzzle venait de s'emboîter. C'était maintenant une certitude, cet homme détenait la clef de l'énigme. Tous mes efforts devaient se concentrer sur lui. Je disposais de son numéro de téléphone et du lieu où je pouvais le trouver. À moi de jouer, je ne devais pas me tromper, je n'aurais pas de deuxième chance à offrir à Joy.

Je sortis de la chambre, Louis m'attendait dans la cour. Je me dirigeai vers lui. Je n'avais que peu de temps, je devais me rendre au plus vite au Paradise Club. J'aurais aimé en savoir plus sur cet homme qui venait de me donner la possibilité d'offrir sa liberté à Joy. Je pris quelques minutes pour lui dire ma gratitude.

— Je ne vous connais pas, je ne sais pas qui vous êtes, mais je tenais à vous remercier.

Il haussa les épaules.

— Ne me remerciez pas. Si j'ai agi de la sorte, c'est que j'ai senti qu'il le fallait. Une forme de prémonition, peut-être. J'aimerais vous demander quelque chose…

— Bien sûr !

— Je n'ai pas eu le temps de lire l'ensemble de la lettre, mais j'ai compris que vous étiez marié avec Joy. Votre oncle me l'a d'ailleurs… confirmé.

— Oui, depuis... peu de temps !

— Elle est partie le soir de votre mariage, c'est bien ça ?

— Oui, mais pourquoi me demandez-vous cela ? Si vous avez lu le début de la lettre, c'est écrit noir sur blanc...

— Bien sûr, le chapitre 20 est donc bien terminé !

Je m'étonnai.

— Pardon ?

— Rien, ne faites pas attention.

— Je suis désolé, il faut que je parte. Je crois que chaque minute compte.

— Bien sûr.

— Et... ne lui dites pas que je suis venu. Je peux compter sur vous ?

— Évidemment !

Louis me raccompagna jusqu'au départ du funiculaire. Nous marchâmes rapidement, sans dire un mot. Nous nous saluâmes d'un simple geste de la main avant que je disparaisse dans la nuit en direction de la ville basse.

*
**

La fête battait son plein et le champagne coulait à flots lorsque j'arrivai devant l'entrée du Paradise Club. Les spots tournoyaient et éclairaient alternativement la scène et le restaurant avant de se perdre dans l'écume des vagues qui venaient mourir sur le sable. Il était près de minuit, l'établissement était bondé et l'attention des vigiles à son maximum.

Je n'allais pas me jeter dans la gueule du loup et me présenter à l'entrée de l'établissement en demandant à parler à Estéban. Les deux molosses auraient vite fait de me faire comprendre poliment, ou un peu moins, si j'insistais, qu'ils ne connaissaient personne de ce nom-là et qu'il était préférable que je l'oublie.

Le seul avantage dont je disposais, c'était qu'Estéban ignorait ma présence à Rio et, le plus important, que j'étais en possession de son numéro de téléphone.

Comment utiliser, au mieux, ces maigres atouts ? Jouer sur l'effet de surprise, c'est la seule chose que je pouvais faire pour qu'il accepte de me voir.

Une seule solution s'offrait à moi, une sorte de coup de bluff. Je me devais d'être le plus concis et le plus déterminé possible. S'il refusait mon appel, je n'aurais pas de deuxième chance. Je composai son numéro. Plusieurs sonneries, aucune réponse ! Je recommençai, cette fois-ci je laissai un message espérant que je saurais le convaincre.

« Bonsoir, je suis Guillaume Maulin, le mari de Joy ! Je souhaiterais vous rencontrer. Cette histoire ne peut plus durer, je suis à Rio pour la régler ! Je suis devant votre établissement, je vous attends. »

J'attendis, rien ne vint. Une heure était déjà passée. Peut-être devais-je rentrer et demander directement à lui parler ? Une demi-heure de plus s'écoula, je n'avais plus le choix, je m'approchai. Les deux vigiles filtraient les entrées de la boîte de nuit. Je me positionnai dans la file d'attente, essayant d'être le plus discret possible, lorsqu'un homme se plaça entre les deux vigiles. Il leur parla à l'oreille, tous deux eurent la même réaction, un hochement de tête négatif. L'homme s'écarta, il semblait chercher quelqu'un. Il saisit son téléphone portable et composa un numéro. J'en étais certain, il ne pouvait s'agir que du mien. En effet, mon Smartphone ne tarda pas à vibrer. Je sortis de la file, levai un bras tout en tenant mon téléphone. Je ne décrochai pas ; ce n'était pas nécessaire. Il me fit signe de m'approcher et dans un français presque parfait me demanda :

— C'est vous Guillaume Maulin ?

— Oui.

— Pouvez-vous le prouver ?

— Je lui tendis mon passeport qu'il regarda rapidement avant de le glisser dans la poche intérieure de sa veste de costume.

Il demanda à un des deux vigiles de me fouiller avant de m'indiquer de le suivre. L'établissement était immense, je me faufilais entre les clients et les serveuses qui couraient dans tous les sens. L'ambiance était irréelle, la démesure était présente partout. Je le suivais presque au pas de course. Il se retourna à plusieurs reprises, vérifiant que je ne m'égarais pas.

Nous arrivâmes dans un endroit plus calme en bordure de plage. Deux hommes étaient assis à une table près de la terrasse. Je n'eus aucun mal à deviner lequel des deux était Estéban. Il me donnait l'impression d'être la parfaite caricature des mafieux que les films policiers américains de série B nous offrent à longueur de soirée. Mon « accompagnateur » lui tendit mon passeport, nous étions toujours debout. Il feuilleta le document avec attention. Je voulus parler.

— Je suppose…

Je sentis une main ferme, presque violente, se poser sur mon épaule. Toujours dans un français presque sans accent, mon voisin m'intima de me taire.

— Chut ! Lorsqu'il le décidera.

Estéban jeta mon passeport sur la table et s'affala dans sa chaise. Son employé fut chargé de traduire ses propos.

— Tu es donc Guillaume Maulin ?

— Oui.

— C'est la première fois que tu viens au Brésil ?

— Non, la deuxième. Je suis déjà venu pour raison professionnelle.

— Quel métier ?

— Photographe.

— Tu es bien le mari de Joy ?

— Oui, nous sommes mariés, affirmai-je.

Il se tourna vers ses employés en baragouinant quelques mots qui ne me furent pas traduits. Je me doutais de la délicatesse de ses propos.

— Tu sais qu'elle me doit beaucoup d'argent ?

Je devais improviser. La seule chose dont j'étais certain, c'est qu'il la faisait toujours chanter... je ne connaissais pas les détails.

— Oui, je suis au courant ! fis-je, essayant de masquer mon état de stress.

— Tu me parais bien nerveux ?

— Imaginez que vous êtes à ma place, vous seriez serein ?

Je devinai d'abord une certaine tension sur son visage, puis un sourire en coin.

— Je ne suis pas à ta place !

— Certes.

— Tu as de la repartie, toi ! Vous vous êtes bien trouvés avec Joy !

— Sans doute !

Cette conversation stérile, faite pour m'intimider, commençait à m'irriter. Je me devais de garder mon calme. S'il avait accepté de me recevoir, ce n'était pas sans raison. J'attendais sa proposition avec impatience.

— Pourquoi es-tu là ?

— Pour que vous la laissiez libre !

— Libre, rien que ça ! fit-il tout en levant les yeux au ciel.

— Libre de rentrer chez elle et libre de m'aimer si elle le souhaite.

Il me regarda avec étonnement.

— Si elle le souhaite ? Vous venez de vous marier ! Que veux-tu dire ?

J'abattis une de mes dernières cartes.

— J'aurais dû être là bien plus tôt pour la sortir de vos griffes. Peut-être m'en voudra-t-elle d'avoir tardé.

— Tu l'aimes vraiment ? dit-il.

Ce détail semblait le contrarier.

— Oui, et je ne la lâcherai pas !

Il s'adressa à son voisin de table et fit signe à mon traducteur de ne rien dire.

Il se retourna vers moi.

— Je n'aime pas avoir dans mes employés des personnes mariées et amoureuses. C'est toujours le bordel et une source de problèmes.

J'attendais la suite, une solution paraissait possible.

— Je te propose une chose : je sens que tu ne vas pas lâcher l'affaire si facilement. Et je n'aime pas les soucis.

— Non, je…

Il balança sa main vers moi en signe d'agacement. Je devais me taire.

— O.K. Je vous laisse libre, les « tourtereaux » ! C'est bien comme ça que l'on dit en français ?

Il s'esclaffa de nouveau.

Je l'avais sans doute convaincu de relâcher son emprise sur Joy, mais quelle en était la contrepartie ?

— Tu sais qu'elle a déjà travaillé pour moi ?

— Oui.

— Et quel type de travail elle a fait ?

— Oui, répondis-je fermement.

— Putain, mais tu l'aimes vraiment !

— Oui, et je ne la laisserai pas tomber.

Il frotta sa barbe mal rasée et se pencha une nouvelle fois vers son voisin. Ils chuchotèrent plusieurs phrases, ils semblaient d'accord.

— Voilà ce que je te propose.

— Je vous écoute.

— Tu sais peut-être beaucoup de choses, par contre ce que je vais te dire, je ne suis pas sûr que tu le saches !

— Quoi donc ? m'enquis-je.

— Elle doit retrouver son ancien « travail » dans trois jours pour finir de payer sa dette. La santé de son frère est tellement fragile... ajouta-t-il ironiquement.

Il se mit à rire de nouveau avec une telle assurance et une telle vulgarité que ma seule envie fut, à cet instant, de lui mettre mon poing dans la gueule.

— Et...

— Tais-toi, je n'ai pas terminé !

— Allez-y !

Je bouillais, j'avais envie de lui sauter dessus.

— Maximo va te raccompagner jusqu'à la sortie. Il te donnera un papier, il y est noté un numéro de compte bancaire anonyme. Pas la peine d'aller voir la police ou qui que ce soit. D'abord je le saurai très vite et, de toute façon, personne ne peut remonter l'historique du titulaire du compte.

— Et, je suppose…

— Arrête de me couper !

Je me tus, l'écoutant avec attention.

— Tu as trois jours pour payer le prix de sa liberté. Dès que j'aurai la preuve du crédit sur le compte, je ne la connaîtrai plus, elle m'oubliera, toi aussi et nos conversations n'auront jamais eu lieu !

— Sinon ?

— Sinon, tu découvriras qui est Estéban ! Je ne te le souhaite pas.

J'eus un mouvement d'hésitation.

— Comment puis-je vous faire confiance ? Je peux verser l'argent et puis…

Il me coupa.

— Non !

— Quoi, non ?

— Si tu retrouves ta femme, tu lui demanderas ; elle sait que je n'ai qu'une parole. Tu crois que j'aurais construit tout ça et tout le reste sans la respecter ? Évidemment, tu n'auras aucun contrat avec ma signature en bas à droite. Mais tu as mon engagement et ça a beaucoup plus de valeur.

— O.K. !

Je devais le croire. Ce fut le seul moment de notre entretien où il me parut sérieux, sans envie de rire ou de rabaisser son interlocuteur.

— Tu as trois jours pour virer trente mille dollars américains.

Je ne pus m'empêcher de réagir vivement.

— Combien ?

— Trente mille dollars, tu as bien entendu.

— Mais c'est une somme énorme !

Il reprit son comportement sarcastique.

— En euros, ça fait beaucoup moins… vingt-huit mille, non ?

D'un claquement de doigts, il demanda à une serveuse de lui apporter un autre cocktail.

— Trois jours, souviens-toi, et elle est libre. Je n'aime pas les amoureux, ce sont des sources de problèmes, tu m'as bien compris ?

— Oui.

Avais-je le choix ?

Pour Estéban, la conversation était close. Son traducteur, Maximo, me raccompagna jusqu'à la sortie. Il glissa dans ma poche un papier où était inscrit le numéro du compte.

— Dès que l'argent sera viré, tu recevras un message sur ton portable.

Il se retourna et disparut dans le long couloir conduisant à la boîte de nuit.

Je m'adossai à un lampadaire, mon dos glissa et je me retrouvai assis par terre, la tête entre les mains et le front posé sur les genoux. Je pensai à haute voix : « Vingt-huit mille euros, trois jours, comment vais-je faire ? Vite Guillaume, réfléchis ! La liberté de Joy est à ce prix. »

Mes économies étaient au plus bas, le mariage avait asséché mes comptes. Je disposais d'à peine dix pour cent de cette somme sur un livret A que je traînais depuis mes dix ans. Estéban éclaterait de rire si je lui proposais un acompte de ce genre.

David, oui David bien sûr ! Il comprendrait, il serait d'accord. Non, impossible, il claque tout dans ses voitures de sport. Emma, je n'osais même pas y penser. Où pouvais-je trouver une telle somme dans un délai si court ?

Je n'avais aucune solution. Je rentrai à l'hôtel désabusé, épuisé de fatigue, je m'affalai sur le lit. Il était 4 heures du matin et impossible de m'endormir, mon esprit tournoyait dans tous les sens. Je devais trouver le moyen de rassembler cette somme, je ne pouvais pas la laisser tomber, c'était inconcevable !

Je commençai à m'assoupir lorsque je sursautai brusquement. Mon père, que m'avait-il dit ?

« Si tu as besoin de quoi que ce soit, n'hésite pas ! »

Il souhaitait aider son fils, c'était le moment de me le prouver.

« Quelle heure est-il en France ? », me demandai-je.

Je regardai la double horloge sur mon Smartphone : 9 heures du matin, parfait !

Je composai le numéro du Brestet, personne ne répondit. Vite, dans mes contacts, le numéro de portable de mon père.

— Allô, c'est Guillaume.

— Oui, Guillaume qu'y a-t-il ? Je t'entends mal, nous sommes au marché avec Gabriel. Il y a beaucoup de monde, pendant les vacances les touristes nous envahissent. Ça faisait bien longtemps que je n'étais pas venu ici, tu sais ta mère... sa peur de la foule.

— Papa, s'il te plaît, pas de discours, c'est important !

— Guillaume, je t'entends mal, parle plus fort !

— Papa ! hurlai-je.

Les occupants de la chambre mitoyenne ne tardèrent pas à réagir en tambourinant sur le mur et lançant des insultes dans la langue de Shakespeare. La voix de mon père devint moins enjouée, il avait compris que mon appel était important.

— Je me suis écarté du brouhaha, je suis plus tranquille. Qu'y a-t-il, tu sembles...

— J'ai un souci, un gros souci.

— Je peux faire quelque chose ? me proposa-t-il.

— Je ne sais pas, mais je n'ai pas d'autre solution. J'ai besoin d'une somme d'argent... importante.

Il ne dit rien un instant avant de me demander :

— Je peux savoir pourquoi ?

Je n'avais pas le choix !

— Joy, elle a des problèmes et...

— ... tu dois l'aider, une vieille histoire qui traîne, un solde à clôturer !

Surpris, je balbutiai.

— Mais... comment ?

— J'ai rencontré le père Bertrand.

Je sursautai : pourvu que mon père n'ait pas tout appris !

— Que t'a-t-il dit ?

— Un simple résumé, mon fils. Il est très inquiet pour vous deux. De combien as-tu besoin ?

À quoi bon tergiverser, j'annonçai la somme.

— Trente mille dollars ! ça fait à peu près…

— Je sais compter Guillaume, environ vingt-huit mille euros. Tu es sûr de toi ?

— Oui, je suis désolé, je n'ai malheureusement pas d'autre solution.

— « Malheureusement » pourquoi ? « Heureusement » serait plus approprié !

Surpris par son propos, je l'interrogeai.

— Pourquoi dis-tu cela ?

— Parce que je peux t'aider, je l'ai rarement fait. Et j'ai envie de revoir Joy, voilà pourquoi !

— Papa, tu as bien entendu : vingt-huit mille euros, c'est une somme énorme !

Il décida de donner un ton plus léger à la conversation, comme pour dédramatiser l'instant.

— Peut-être un peu plus ? dit-il en plaisantant. Il faut voir avec le banquier pour la conversion.

L'émotion et la fatigue se mêlèrent, les larmes me vinrent aux yeux. J'avais la voix étranglée.

— Merci !

— Pas de merci ! De toute façon, depuis dix ans j'avais ouvert une assurance vie que j'alimentais régulièrement au cas où tu te marierais. Pour démarrer dans la vie, on a besoin d'argent ; ça aide. Comme quoi les prévisions sont bien faites, quelquefois !

— Par contre, l'argent doit être crédité, au plus tard, dans trois jours. Je vais t'envoyer un numéro de compte.

— Parfait, avant midi ce sera fait ! Le banquier de Vaison-la-Romaine m'en a assez pris depuis des dizaines d'années. Donc il va se dépêcher !

— Et maman ?

— Maman, elle comprendra… si je lui dis. Ne t'occupe pas de ça, c'est mon problème !

— Merci !

— Arrête de dire merci. Je te laisse. Je dois passer voir mon banquier… pour le plus beau des placements.

— Au revoir papa !

— À bientôt, et ramène-nous Joy !

14

Ce pourrait-être…

Ce pourrait être contempler une pluie d'étoiles avec toi, une nuit sans fin dans tes bras ou l'odeur du pain grillé le matin.

Ce pourrait être deviner le bruit de tes pas, la douceur de ton parfum qui effleure ma peau ou tes montagnes de baisers qui glissent dans mon cou.

Ce pourrait être la caresse d'un fruit d'été, l'élégance de ta robe qui s'envole au vent ou un immense panier rempli de tes sourires. Ce pourrait être tant de choses simples et faciles à la fois.

Ce pourrait être… ce que je veux vivre avec toi.

*
**

Le soleil descendait doucement à l'horizon. Assise sur le sable, je regardais ses derniers rayons se refléter sur le Pain de Sucre donnant aux roches une couleur jaune orangé. Les surfeurs s'offraient une ultime glisse, profitant de cette lumière unique qui mêle le bleu de l'océan et le reflet du bloc de granit, gardien de l'entrée de la baie de Guanabara.

La plage de Copacabana se vidait peu à peu. Dans quelques heures, les quatre kilomètres de sable appartiendraient aux amoureux, aux promeneurs et aux quelques sans-abri qui oseraient s'aventurer jusqu'en bordure d'océan.

Des frissons parcoururent mes épaules dénudées. Je ne savais pas s'il s'agissait de l'atmosphère qui se rafraîchissait ou de la peur qui m'envahissait, mais j'avais froid, de plus en plus froid ! Mon estomac noué bloquait mon diaphragme, provoquant des spasmes irréguliers. Ma respiration se faisait saccadée. Je n'avais rien pu avaler depuis la veille, seul un Coca, bu à petites gorgées, m'apportait un peu d'énergie. L'ultimatum d'Estéban se terminait ce soir, dans quelques heures je replongerais dans les griffes du monstre.

J'avais quitté la pension de famille en début d'après-midi. Au cours du repas, Abella et surtout Louis s'étaient inquiétés de me voir ne rien ingérer comme nourriture solide. Abella avait insisté, comme une mère un peu trop présente, mais avec tellement de tendresse que je ne lui en voulus pas.

Louis se montrait plus discret depuis quelques jours. Depuis cette soirée où chacun avait pris la mesure des sentiments de l'autre, nous n'avions plus évoqué son roman et son éternel dernier chapitre qu'il avait enfin terminé.

*
**

Seule sur cette immense plage, je pensais à Guillaume et à Paulo. Où étaient-ils ? Que faisaient-ils ?

J'avais rédigé une lettre pour Guillaume. Après de longues nuits d'hésitation, je m'étais décidé à lui révéler toute la vérité, je la lui devais. Comme une dernière preuve de l'amour que je lui portais et que je ne vivrais jamais avec lui. Je lui enverrais la lettre dans quelques jours lorsque, perdue dans des bras inconnus, je ressentirais le besoin d'être avec lui. Je collerais mes mots contre ma poitrine, je marcherais lentement jusqu'à la boîte aux lettres et j'y glisserais l'enveloppe comme on lâche sa vie. Pour la dernière fois, d'une certaine façon, je serais avec Guillaume.

Après j'affronterais l'inconnu, le vide, où seule l'image de Paulo me donnerait la force de continuer. Je décidai de l'appeler.

Il était heureux d'entendre ma voix et de savoir que dans quelques jours il serait de nouveau chez lui, à Rio. Une fois de plus, Emma ne souhaitait pas me parler, justifiant son refus par un emploi du temps trop chargé. Je fis semblant d'y croire afin de ne pas alarmer

Paulo. Je concentrai mon discours sur son retour, seul événement important à mes yeux.

Il était l'heure, je me levai tout en essuyant le sable collé sur ma robe. Je devinai, au bout de la plage, les lumières du Paradise Club. La peur disparaissait, la fatalité s'installait. Cela faisait déjà quelques jours que l'espoir ne m'habitait plus et que je traînais ma détresse comme un condamné à mort d'autrefois, ne sachant que faire dans l'attente de l'échafaud. J'en arrivais presque à me convaincre que c'était la « meilleure » solution et que je n'avais aucun regret à avoir. Toute mon énergie avait été engloutie dans cette lutte pour la liberté, j'avais trop espéré, comme dans un rêve éveillé, mais les rêves ne se réalisent jamais. Le rêve, c'est une invention pour les enfants, pour leur faire croire que les démons qui hantent leurs cauchemars ne reviendront pas et qu'ils peuvent se rendormir sans crainte. Quelle bêtise ! Plus on grandit, plus les démons s'installent et s'ancrent en nous pour devenir les maîtres de notre destin.

Mon rêve c'était de sauver mes deux hommes, mes deux diamants. Pourquoi, moi, Joy Lucin, aurais-je droit à tout cela ? Ce fut ma plus grande faute de croire qu'il existait quelque part une petite place pour un bonheur à part, presque confidentiel. Je crus que, parce que j'avais trop souffert, le ciel devait s'éclaircir, que c'était une évidence. Une fois de plus, quelle bêtise ! Les jours de pluie succèdent à d'autres jours de pluie, et contrairement à ce que dit le proverbe, après ne vient pas le beau temps pour tout le monde. Nous n'y pouvons rien, nous ne décidons rien, nous n'avons aucune prise sur notre destin.

Mes parents ne sont jamais venus adoucir mes cauchemars d'enfant et me raconter une de ces magnifiques histoires qui m'auraient fait croire qu'un gentil héros me protégeait. Une dernière fois, quelle bêtise ! Le gentil héros n'avait pas bercé mes jeunes années, pourquoi devait-il, pour compenser le manque, devenir l'ange gardien de ma vie d'adulte ?

C'était fini.

*
**

Un des deux vigiles me reconnut et me fit entrer sans l'attente et la fouille réglementaire… C'était désormais les maigres privilèges de mon quotidien. J'allais devenir une des « protégées de luxe » de monsieur Estéban.

Alors que j'allais monter à l'étage, en direction des bureaux, Maximo dit en m'apercevant :

— Joy, que fais-tu là ?

Comment pouvait-il me poser la question ? Une dernière humiliation peut-être ? Je ne sus que dire et balbutiai ma réponse.

— Eh bien… c'est le délai que m'avait laissé Estéban…

Il répéta sa question :

— Mais enfin, que fais-tu là ?

Malgré ma détresse, je ne pus m'empêcher d'exprimer mon agacement.

— Maximo, s'il te plaît arrête ! Estéban est là ? Je peux monter ?

L'air ahuri, il me dévisagea avant de me faire signe d'attendre quelques instants. Il prit son téléphone, s'éloigna de quelques pas tout en continuant à garder les yeux sur moi. Le niveau des décibels ne me permettait pas d'entendre ce qu'il racontait. Sa conversation fut brève.

— Tu peux monter, me dit-il tout en m'invitant à le suivre.

Arrivée en haut de l'escalier, j'aperçus Estéban affalé dans un des fauteuils de son bureau, un énorme cigare à la main et deux splendides créatures à ses côtés. Un homme dégarni, au costume sombre et tenant une mallette sur ses genoux, lui faisait face. Estéban m'interpella avec un large sourire, bien inhabituel chez lui.

— Ma belle ! Comment vas-tu ? Tu cherches ton tourtereau ?

Ne comprenant strictement rien à ses propos, par réflexe je répondis :

— « Tourtereau » ! Que voulez-vous dire ?

Il continua avec de nouvelles questions encore plus incompréhensibles avant d'éclater de rire, accompagné du gloussement des deux potiches.

— Un deuxième versement, peut-être ? Ah non, j'ai compris ! Tu as rompu et tu t'es dit : « Je ne sais pas quoi faire donc je vais voir Estéban. » C'est ça, non ?

« Tourtereau », « versement » que voulait-il dire ? Si c'était de l'humour, c'était vraiment de très mauvais goût. Je le savais capable de tout, mais là il dépassait ce que j'avais connu jusqu'à présent. Je préférai revenir à l'essentiel.

— Je ne comprends rien à ce que vous dites ! J'ai obéi, je devais être là ce soir, Paulo est donc libre.

Son visage se figea, il interrogea du regard Maximo qui haussa les épaules, ne sachant quoi répondre à son patron.

— Ah d'accord, tu n'es pas au courant ! s'écria-t-il tout en invitant, d'une tape sur les fesses, ses deux accompagnatrices à sortir du bureau.

— Au courant de quoi ? m'étonnai-je.

— Ton frère ne risque plus rien depuis… hier matin, je crois !

Il se tourna vers le petit homme rabougri, la valise toujours vissée sur ses cuisses.

— C'est bien ça, comptable ?

Un simple signe de tête affirmatif en guise de réponse.

— Ce qu'il y a de bien avec les comptables et les avocats, c'est qu'ils connaissent les dates, les montants dans les moindres détails ! Heureusement, car ils coûtent cher, très cher !

Je le regardai, l'air effaré.

— Paulo ne risque plus rien depuis… hier matin ? Mais…

Il semblait déjà ailleurs, étonnamment détaché.

— Toi non plus, d'ailleurs !

« Tourtereau », « versement », ces deux mots continuaient à tournoyer dans mon esprit.

— Quoi, que voulez-vous dire ?

— Bon, on ne va pas y passer la soirée ! Ton « tourtereau » est venu me voir l'autre soir. Je lui ai laissé trois jours pour racheter ta liberté. C'est ce qu'il a fait !

— Mon « tourtereau » ?

— Putain ! Comment s'appelle-t-il déjà ? Il se tourna vers Maximo.

— Guillaume !

— Oui, c'est ça... Un sacré cran quand même, ton mari !

Je sentais les larmes qui montaient, Guillaume était venu ici à Rio, il avait retrouvé la trace d'Estéban et racheté ma liberté. Je ne pouvais prononcer le moindre mot.

— Sacrément accro à toi d'ailleurs ! Il m'a presque touché ce petit, lâcha Estéban dans un ricanement satisfait.

Je tentai de m'exprimer sans y parvenir.

— Mais...

— Tu lui diras que je tiens toujours parole ; il semblait douter de ma sincérité. Il a assuré sa part du contrat, tu ne seras plus embêtée, je sors de ta vie !

Je n'osais y croire... et si les rêves existaient ? Il poursuivit :

— Et dépêche-toi de t'enfuir avant que je change d'avis.

Il se mit, une nouvelle fois, à ricaner. Une dernière boutade de fierté.

Je ne dis rien, je ne pouvais pas. Maximo me raccompagna jusqu'à l'entrée du Paradise Club. Je me tournai vers lui, je le fixai, cherchant la faille, ce que je n'aurais pas compris. Il me fit un signe de la main, je commençais à m'éloigner lorsqu'il m'interpella, ce que je redoutais.

— Joy !

— Oui.

Un nouveau signe de la main.

— Bonne chance !

C'était bien vrai, j'étais donc libre.

Je me mis à courir le long de l'Avenida Atlantica. Je pleurais, je chuchotais, je hurlais, mes larmes se mêlaient à mes cris. Les promeneurs me fixaient, l'air ahuri, ils devaient me prendre pour une folle, et je m'en moquais.

Moi, la petite Joy, j'osais laisser éclater mes émotions, un trop-plein de tout qui se bousculait. Je me précipitai sur le sable et m'effondrai les bras en croix face au ciel illuminé d'étoiles scintillantes. J'avais l'impression qu'elles me faisaient des clins d'œil comme pour me dire : « Tu vois bien que les rêves, ça existe ! »

À cet instant, je venais de comprendre que seuls les cauchemars sont solitaires, les rêves se font toujours à deux. Ils se nourrissent d'attente, d'hésitation, de doute, de manque et de l'amour de l'autre, mon autre : Guillaume !

Il était près de 2 heures du matin lorsque je poussai la porte de ma chambre. Je regardai autour de moi, aucune lumière, aucun bruit, seuls les aboiements d'un chien au loin se faisaient entendre. Je n'avais pas sommeil, j'aurais presque aimé que Louis soit toujours plongé dans l'écriture de son dernier chapitre. Cette fois-ci, sans aucune hésitation, je serais allée le voir. Assise à côté de lui, je n'aurais rien dit, simplement savourer l'instant !

J'étais seule et, pour la première fois depuis mon arrivée dans la favela, j'étais bien. Je pensais à Guillaume, que devais-je faire ? Rentrer à Paris dès le lendemain ? L'appeler pour savoir s'il était toujours à Rio ? Je décidai de lui envoyer un SMS, le premier depuis de trop longues semaines.

Je triturai mon clavier, j'écrivais, j'effaçais, je recommençais pour effacer une nouvelle fois. Que dire à l'homme qui m'aimait et à qui je n'avais pas fait assez confiance pour lui avouer mon passé. Que dire à cet homme qui m'avait extirpée des griffes du diable ? Même si je ne comprenais toujours pas comment il s'y était pris, comment il avait su, comment il avait pu.

« Je lui dois tout », pensai-je. Je n'avais jamais aimé cette expression, souvent utilisée par Emma chaque fois qu'elle tombait amoureuse. Quatre mots sans vrai fondement, la plupart du temps, pour amoureux transis comblés par une étincelle de bonheur. Non, je ne lui devais pas « tout », à Guillaume, je lui devais bien plus, il venait de me démontrer que pour aimer pleinement, intensément, la confiance et le partage sont indispensables, l'attente de l'autre ne suffit pas.

Une preuve d'amour ! Non, mieux que ça : une leçon d'amour, Guillaume venait de m'offrir la plus belle des leçons d'amour.

Je me décidai enfin à appuyer sur la touche « envoyer ».

Merci !

Je restai allongée sur mon lit, le téléphone posé sur ma poitrine dans l'attente de sa réponse, qui ne tarda pas.

AFR443, dans quelques heures, si tu le désires ?
J'y serai !

Je n'eus aucune hésitation, je me connectai au site d'Air France pour réserver mon billet. Je souris et fermai les yeux.

*
**

Encore plongée dans un profond sommeil, j'entendis tambouriner sur la porte. Je regardai l'écran de veille de mon téléphone : 9 heures du matin ! La nuit la plus longue depuis mon arrivée à Rio.

Je me levai et allai ouvrir. C'était Louis qui, inquiet de mon comportement de la veille, venait vérifier si je n'avais pas besoin d'aide.

— Bonjour.

— Je vous dérange, me dit-il en détaillant mon allure de clocharde.

Juste après le texto de Guillaume, je m'étais endormie tout habillée. Ma robe était froissée et j'avais les cheveux en bataille. Tout à coup je pris conscience de ma tenue bien peu présentable.

— Désolée, je me suis écroulée en rentrant cette nuit.

Il s'inquiétait.

— Je vous ai entendue, vous êtes rentrée tard… plus exactement tôt ce matin ?

— J'avais un rendez-vous… qui s'est éternisé.

Il ne savait quoi dire. Il me proposa :

— Je vais déjeuner, vous venez ou…

Il s'attendait à une réponse négative de ma part. Je vis dans son regard de la surprise lorsque je lui répondis avec une assurance qui contrastait avec mon abattement de ces derniers jours :

— Avec plaisir ! Laissez-moi dix minutes, le temps de prendre une douche et d'enfiler des vêtements propres.

— Bien sûr, bien sûr, répéta-t-il en reculant en direction de la cour.

Les dix minutes se transformèrent en une demi-heure. Je laissai couler un long moment l'eau chaude sur mon corps comme pour me laver de toute cette saleté dont je venais enfin de me débarrasser. Une forme de symbole, inconsciemment je voulais donner un nouveau départ à ma vie.

Je quittai ma chambre vêtue d'un jean, d'un polo de laine fine et de mes Converse rouges, celles que je portais lors de mon arrivée à la pension de famille. Mes cheveux, encore mouillés, étaient tirés en arrière.

Louis m'attendait toujours.

— Désolée, je me suis attardée sous la douche.

— Ce n'est pas grave, vous semblez en pleine forme, me fit-il remarquer.

Il paraissait heureux, c'est certain, mais son regard trahissait une pointe de nostalgie.

— J'ai une faim de loup ! affirmai-je.

— Très bien, allons-y ! Abella nous attend. Elle ronchonne, bien évidemment, puisque nous sommes encore en retard.

Il m'invita à entrer dans la cuisine, je sentis sa main effleurer ma taille.

Le petit déjeuner s'éternisa, j'étais heureuse, nous étions bien malgré cette nostalgie qui se dégageait parfois des propos de Louis. Il savait déjà avant que je le lui confirme :

— Je rentre à Paris… aujourd'hui… dans l'après-midi.

Il baissa les yeux, sa tristesse était palpable, mais il eut la délicatesse de prendre sur lui pour ne pas gâcher mon bonheur.

— La vie réserve parfois de belles surprises ! dit-il sur un ton qui respirait la sincérité.

Je baissai les yeux. De quoi parlait-il ? De notre rencontre ? De mon avenir ?

Dans quelques heures, je dirais adieu à Louis. Assurément, il resterait une des plus belles personnes que j'aurais rencontrées.

Ma vie était ailleurs, la sienne aussi.

Le vol AFR443 décollait à 17 h 05, j'avais prévu de partir de la favela vers 13 h 30. Il me restait peu de temps pour boucler mes valises et faire mes adieux à Abella, sa famille et… Louis !

J'étais prête, l'heure du départ avait sonné. Je fis le tour de la pension, je ne voulais oublier personne. J'embrassai Abella avec tendresse et reconnaissance. De la même façon que lors de mon arrivée, elle m'étouffa à moitié pour m'assurer de son amitié. Je devinai une larme écrasée sur sa joue.

Louis m'accompagna jusqu'à la porte. Je me retournai.

— Je suis heureux pour vous, soyez heureuse, me dit-il.

Une dernière fois, je le regardai.

— Je lirai votre livre… et le chapitre 20 !

Il sourit et disparut derrière la porte.

*
**

Aéroport international de Rio de Janeiro-Galeão, terminal 2. Les réacteurs du Boeing 777 commençaient à cracher leurs décibels tandis que les derniers passagers gagnaient leur siège. Le vol de nuit durait plus de dix heures. L'atterrissage était prévu à Paris vers 8 heures du matin, heure locale.

Je ne connaissais aucun membre du personnel de bord, c'était mieux ainsi. Je m'engouffrai dans l'appareil en compagnie d'une famille de Parisiens qui rentrait de vacances. Nous étions les ultimes passagers avant que l'épaisse porte se referme. Je m'installai à ma place, tout en faisant attention de ne pas regarder autour de moi. Plus tard…

Un mélange d'apaisement, de plaisir, d'appréhension et d'attente m'envahissait. Je savourais l'instant !

L'avion décolla avec facilité. Après trente minutes, il atteignit sa vitesse et son altitude de croisière. Le personnel de bord nous autorisa à détacher nos ceintures.

J'osai enfin regarder autour de moi, quelques places étaient vides. Je me levai, cherchant Guillaume du regard. Quelques secondes suffirent, il était là, à une dizaine de rangées devant moi. J'aurais voulu que ce moment dure des heures.

Je devinai le côté droit de son visage. La barbe mal rasée, il avait l'air fatigué. Je m'approchai, mon cœur tapait fort, c'était bon de se sentir vivante. À sa gauche une place libre.

Je posai mes avant-bras sur l'appuie-tête de son fauteuil, nous ne pouvions voir nos visages.

Mes mains glissèrent jusqu'à son cou, il posa les siennes sur mes poignets.

— La place libre, c'est pour votre meilleur ami « monsieur Canon », je suppose ? murmurai-je à son oreille.

Je pouvais sentir sa peau, il bascula sa tête contre ma joue.

— Non, mademoiselle, pardon… madame, j'attends ma femme, nous rentrons chez nous !

Remerciements

Ça restera entre nous…

Vous venez de finir la lecture de *Ce que je n'oserai jamais te dire…* J'espère que, l'espace de quelques heures, j'ai su vous faire voyager et, ainsi, vous permettre de vous évader de votre quotidien, si beau soit-il.

Je n'ai qu'une prétention dans l'écriture : vous offrir des instants de bonheur et d'émotion. Je souhaite, du plus profond de mon être, y être parvenu.

L'écriture est un acte solitaire, parfois aisé et quelquefois d'une extrême difficulté. J'ai besoin de me nourrir de votre attente pour réaliser ce petit miracle quotidien. Vous êtes à mes côtés à chaque ligne que j'écris, toujours à me poser la même question : « Est-ce que ça va leur plaire ? » Une forme d'hésitation et de doute dont j'ai besoin pour créer mes personnages et le fil de leurs histoires.

Vous êtes très nombreux à avoir découvert mon premier roman : *Seulement si tu en as envie*... Vous m'avez offert, à travers la réussite de ce premier livre édité, la possibilité de rêver une deuxième fois. Merci de tout cœur et que le rêve ne s'arrête jamais.

Ce roman n'existerait pas si les éditions Michel Lafon ne m'avaient pas renouvelé leur confiance. Merci aux différentes équipes toujours disponibles avec une mention spéciale pour...

Elsa Lafon : merci de ta disponibilité, ta patience et ce brin de passion qui ressort dans tes encouragements.

Huguette Maure, directrice littéraire : vous êtes un personnage à part, quelle incroyable énergie ! Merci pour votre recherche perpétuelle de l'amélioration de mes manuscrits.

Merci à Anissa Naama. À chaque appel, chaque message, toujours une bonne nouvelle : un délice !

Ce deuxième roman a été écrit dans des conditions un peu particulières, non pas pour le romancier, mais pour le père.

Mes deux diamants ont choisi de me réserver un concentré d'émotions durant la période de rédaction du manuscrit.

L'une s'engageait officiellement pour le plus beau des voyages, celui de l'amour. L'autre s'envolait à l'autre bout du monde pour une escale, une expérience, dont elle reviendra plus forte pour affronter son avenir. Combien de fois ai-je pensé à elles lorsque la plume se faisait lourde ? J'y ai puisé une grande partie de mon énergie émotionnelle. Merci mes filles !

Merci à celle qui partage ma vie. Je me souviens de ce matin ou tu venais de terminer la lecture de la première version de *Seulement si tu en as envie*... Les yeux embrumés, tu m'as dit : « Je ne sais pas pourquoi, mais ce roman va réussir ! » J'avoue, humblement, que tu m'as bien fait rire... et pourtant c'est toi qui avais raison. Merci pour tes relectures critiques... très critiques certains jours, mais justes.

Merci d'y croire parfois plus que moi !

Enfin, merci à vous tous, inconnus ou pas, vous qui m'inspirez mes personnages. Je sais, je vole des instants de vos vies pour les injecter dans mes romans. Ne m'en voulez pas ; c'est une façon de vous rendre hommage.

Pour vous, toutes et tous, une profonde tendresse...

Ça restera entre nous !

Table des matières

Découvrez un extrait inédit
du prochain roman de Bruno Combes

Parce que c'était toi…

Parution le 12 avril 2018
aux Éditions Michel Lafon

Moi, je m'étais dit…

Moi, je m'étais dit, la passion ce n'est pas pour moi !

Ce genre de truc qui vous fait faire des choses incroyables, ce genre d'état qui vous rend idiot, qui vous fait perdre toutes vos certitudes.

Non, ce n'est pas pour moi et pourtant je suis là, debout sous la pluie, à laisser taper les gouttes sur mon visage, à regarder un ciel désespérément gris et pourtant le soleil brille… mais il n'y a que moi qui peut le voir !

Putain que c'est con cette fameuse passion ! Putain que ça fait mal ! Mais j'aime ça, je me sens vivant à me souvenir d'un parfum, d'un visage, du son de sa voix de la chaleur de sa peau… Où est-elle ? Que fait-elle ? Je n'en sais rien et je m'en fous ! Au moins la passion a-t-elle un avantage : la jalousie devient inutile, trop banale, trop classique. Un instant d'elle me suffirait, juste entendre sa respiration, sentir le souffle de ses cheveux quand elle tourne sa tête un peu trop vite et me lance ce regard qui m'envoie où plus rien n'a d'importance, non plus rien, juste elle, juste son espoir !

Moi je m'étais dit, la passion ce n'est pas pour moi… depuis elle, je ne dis plus rien… je l'attends !

12094

Composition
PCA

Achevé d'imprimer en Espagne
par CPI BOOKS IBERICA
le 4 mars 2018

Dépôt légal mars 2018
EAN 9782290155189
L21EPLN002308N001

ÉDITIONS J'AI LU
87, quai Panhard-et-Levassor, 75013 Paris

Diffusion France et étranger : Flammarion